本書出版得到國家古籍整理出版專項經費資助

明清稀見唐詩選本

曲景毅／主編

唐詩中聲集

[清]鄒美中 編選 ／ 曲景毅 王治田 校點

清人鄒美中編選的《唐詩中聲集》，分五古、七古、五律、七律、長律、五絶、七絶等七種體裁編排，體各一卷，凡七卷，共收詩三百三十二首。

此書借鑒《二馮評閲才調集》，採用八股文法評詩，亦是乾隆二十二年恢復科舉試詩後，試律詩復興風氣下的産物，可以作為研究嘉慶、道光年間試帖詩對唐詩學影響的一個樣本，具有一定的學術價值。因此書本爲教授子侄所作，編纂較爲嚴謹，評注十分簡要，亦爲普通讀者可資借鑒的唐詩讀本。

此書未見書目著録，僅見同治《公安縣誌》有所記載，北大圖書館古籍部所藏清道光十二年本爲孤本。今以此本爲底本，以《全唐詩》爲校本進行整理，並對其中所輯諸家評語一一加以考索，爲學界提供一個方便利用和參考的版本。

上海古籍出版社

圖書在版編目(CIP)數據

唐詩中聲集 /（清）鄒美中編選;曲景毅主編;曲景毅,王治田校點. —上海：上海古籍出版社，2019.11
（明清稀見唐詩選本）
ISBN 978-7-5325-9393-4

Ⅰ.①唐… Ⅱ.①鄒… ②曲…③王… Ⅲ.①唐詩—詩集 Ⅳ.①I222.742

中國版本圖書館 CIP 數據核字（2019）第 237624 號

明清稀見唐詩選本
唐詩中聲集
［清］鄒美中 編選
曲景毅 主編
曲景毅 王治田 校點
上海古籍出版社出版發行
（上海瑞金二路 272 號 郵政編碼 200020）
（1）網址：www.guji.com.cn
（2）E-mail：guji1@guji.com.cn
（3）易文網網址：www.ewen.co
上海展强印刷有限公司印刷
開本 850×1168 1/32 印張 15.375 插頁 3 字數 295,000
2019 年 11 月第 1 版 2019 年 11 月第 1 次印刷
印數：1—2,500
ISBN 978-7-5325-9393-4
I·3442 定價：68.00 元
如有質量問題,請與承印公司聯繫
021-66366565

前　言

一、鄒美中其人與《唐詩中聲集》的編選

《唐詩中聲集》凡七卷，清人鄒美中編選。鄒美中，字聖贊，號華亭，湖北公安縣人，生卒年不詳。據其《唐詩中聲集·自序》署名，「如清」或爲其別字。其書齋名二分竹屋，因家於西林山之陽，故取別號「西林山人」。據同治《公安縣志》記載，其父名爲鄒振讓，廩生，曾被選爲黄梅訓導。美中幼年喪父，即能讀父書。弱冠鄉試第一，補弟子員，久乃食餼。年三十，即絶意科名，居家除課子時藝（即八股）外，又專力於詩古文辭，兼擅考據、音韻之學，多有獨見。訓二子崇泗、崇漢，皆以第一食餼①。性耽書，博物多識，藏書不下數萬卷，日坐二分竹屋中點勘墳籍，手不釋

① 鄒崇漢，道光二十六年（1846）舉人，《公安縣志·人物志》（同治十三年本，民國二十九年翻印）有傳。

卷。又曾立社約以訓化鄉里，使相友愛扶持。卒後，邑人曾輓云：「訓俗型方一鄉善士，著書立説尚友古人。」①關於其著述，《公安縣志》卷七《藝文志》著録有：《燕石藏稿》《西林雜著》《左傳約編》《左傳分紀》《古詩選》《語策編年》《唐詩中聲集》《試律約箋》《華亭韻通》《切韻表》《音韻支析》，凡十一種，並載有《藏書記》《重修宫保懷白公故第碑》及《道光壬辰大兵南下道經公安》（四首絶句）原文。另外，徐世昌《晚晴簃詩匯》卷一二九收其《晚發御路口》一首（見附録二）。

《唐詩中聲集》現有孤本藏於北京大學圖書館古籍部。據筆者所見，未見他館有藏，亦未見目録書著録。北京大學圖書館古籍部藏書卡片著録：清道光十二年（1832）二分竹屋，綫裝，二册（一函），二十七釐米。前有道光十二年序，内封面鐫「西林山房藏版」，版心鐫「二分竹屋」。有「真卿之印」朱印，「硯」、「田」連珠印。詩題下有題解，通常就地名、人名、節氣、年號或者樂府詩題加以解釋。然後依次爲原詩文「註釋」與「批語」。卷一首頁題云：「公安鄒美中如清選，男崇泗學源、崇漢雲章校。」共分七卷，以詩體劃分，卷一五言古詩，卷二七言古詩，卷三五言律詩，卷四七言律詩，卷五五言長律，卷六五言絶句，卷七七言絶句。

據鄒美中跋語，是書之編選始於嘉慶二十三年（1818），至道光八年（1828）始有定本，其後不斷修訂，又採集各家評語，并以己意附著其間。其後，又聽從同學易兆麟的建議，就其選詩之

---

① 以上據《公安縣志》卷六《人物志・鄒美中傳》，並參考卷五《選舉志》，詳見本書附録一。

典故加以注解。據鄒美中道光十二年(1832)自序,是書已達到「初唐十一家,得詩十八首;盛唐二十三家,得詩百五十二首;中唐三十六家,得詩九十三首;晚唐二十七家,得詩六十九首」的規模,總計三百三十二首,與今本收詩數目相當,可以説,此書在是時已基本定型。據補記,道光十五年(1835)補録後,有數年忙於《左氏傳箋》、《試律約箋》,於此書不復措意。直到道光二十九年(1849)春,「積霖百餘日,悶坐無聊,取而復閲」,并「改評之未合、補評之未到者百十條,因再録一通」,其功方畢。然謂此次「增入數十首」,今將其道光十二年自序所列篇數與實際選詩相對照,並無出入,增詩云云,或者只是有此想法,而並未落實。鄒美中編輯此書前後三十年有餘,可見用力甚勤。

鄒美中在編選過程中的修訂工作,可以從目録(包括總目録和分卷目録)與正文的差異看出一些蛛絲馬跡。這主要表現在七言律詩部分,總目録載有七十一首,而分卷目録則僅有六十三首,其著録杜甫《秋興》八首只有「玉露凋傷楓樹林」一首,而正文補足了其他七首。正文還補選了白居易《八月十五夜禁中獨直對月憶元九》一首,亦爲分卷目録所無,正與總目録相合。此外,書末附有《詩人姓字履貫考》,依照初、盛、中、晚的次序,將所收詩人進行簡要介紹,并載有各人收詩數目。然而,經過筆者的統計,這裏所列的詩人數目、收詩情況,與自序所言亦有出入。自序言初唐十一家,詩十八首,盛唐二十三家,詩一百五十二首,而《詩人姓字履貫考》卻列有初唐十二家,詩二十首,盛唐二十二家,詩一百五十首。或許鄒美中曾經對一位詩人的歸屬在初唐和盛唐之間搖擺不定，且此人當有兩首詩被選録。如張若虛《春江花月夜》一首，明人胡應麟(1551—1602)《詩藪》曾評曰：「詳其體製，初唐無疑。」①然鍾惺(1581—1624)、譚元春(1586—1637)《唐詩歸》又將其歸入盛唐，清人賀裳《載酒園詩話又編》則曰：「此誠盛唐中之初唐。」②可見張若虛當屬初唐抑或盛唐，學者多有異議，美中所爲游移不定者，或即其人。然張若虛僅收詩一首，故仍當存疑待考。另外，《詩人姓字履貫考》中載韋應物詩一首，而實收五首，此當係筆誤，毋庸贅述。

二、中聲：「正變兼收，盛衰並見」的選詩旨趣

書名「唐詩中聲集」，「中聲」本爲音樂術語，指五音調和的中和之聲。《左傳·昭公元年》：「先王之樂，所以節百事也，故有五節，遲速本末以相及，中聲以降。五降之後，不容彈矣。」杜預注：「此謂先王之樂得中聲，聲成，五降而息也。」③《國語·周語下》：「古之神瞽，考中聲而量之

① 胡應麟《詩藪》卷三，《續修四庫全書》本，第85頁。
② 賀裳《載酒園詩話》，載《清詩話續編》，上海：上海古籍出版社1983年，第306頁。
③ 《左傳正義》卷四十一，阮元校刻《十三經注疏》(嘉慶刊本)，北京：中華書局2009年，第4396頁。

以制。」韋昭注：「考，合也，謂合中和之聲。」①古人本以詩樂相通，詩歌追求以中和爲尚，由來已久，這與儒家中庸的美學思想亦是相通的。《左傳·昭公二十年》云：

（齊侯）曰：「和與同異乎？」對曰：「異。如和羹焉。水、火、醯、醢、鹽、梅以烹魚肉，燀之以薪，宰夫和之；齊之以味，濟其不及以泄其過……聲亦如味，一氣，二體，三類，四物，五聲，六律，七音，八風，九歌，以相成也。清濁，大小，短長，疾徐，哀樂，剛柔，遲速，高下，出入，周疏，以相濟也。……若以水濟水，誰能食之？若琴瑟之專壹，誰能聽之？同之不可也如是。」②

由五味相濟聯繫到五音相和，正如烹調需要調和不同的口味一樣，音樂也要協調不同的音節，文學創作也要協調不同風格之間的關係，做到融會貫通，纔不至於單調乏味。《文心雕龍·體性》篇將文學風格分爲典雅、遠奥、精約、顯附、繁縟、壯麗、新奇、輕靡八種之後，又云：「八體雖殊，會通合數。得其環中，則輻輳相成。」③「環中」一詞，出自《莊子·齊物論》：「彼是莫得其偶，

① 徐元誥《國語集解》卷三，北京：中華書局 2002 年，第 113 頁。
② 《左傳注疏》卷四十五，《十三經注疏》，第 4546—4549 頁。
③ 范文瀾《文心雕龍注》，北京：人民文學出版社 1958 年，第 505 頁。

謂之道樞。樞始得其環中，以應無窮。」①蓋指圓環的中心。因此，劉勰（？465—521）的論述，包含兩個方面的含義，一是「雜」，即對各種風格的包融和兼採；二是「約」，各種風格要有所會聚，正如車輪上所有的輻條都聚集於中心一樣。《唐詩中聲集》選詩以約取勝，正變均收，取材較寬，正體現了這樣的旨趣。全書選詩僅三百三十二首，篇幅並不算多，但卻以盛唐爲宗，兼重中、晚唐，「正變兼收，盛衰並見」，力圖全面反映唐詩的面貌。

唐詩有初、盛、中、晚之説，此濫觴於宋人嚴羽的《滄浪詩話》，而形成於明人高棅（1350—1423）的《唐詩品彙》。《唐詩品彙·凡例》云：「大略以初唐爲正始，盛唐爲正宗、大家、名家、羽翼，中唐爲接武，晚唐爲正變、餘響，方外異人等詩爲傍流。」②大約以盛唐爲宗。這一觀點因前後七子「詩必盛唐」的推揚而産生了廣泛的影響。然而晚明以降，「四唐説」遭到不少人的反對。袁宏道（1568—1610）《與丘長孺書》云：「初、盛、中、晚，自有詩也，不必初盛也。」③錢謙益（1582—1664）《唐詩英華序》更云：「夫所謂初、盛、中、晚者，論其世也？論其人也？……一人之身更歷二時，將詩以人次耶，抑人以時降耶？」④由於錢謙益在清代詩壇的巨大影響，其對「四

① 郭慶藩《莊子集釋》，北京：中華書局2006年，第66頁。
② 高棅《唐詩品彙》，上海：上海古籍出版社1988年，第14頁。
③ 袁宏道《袁宏道集箋校》卷六，上海：上海古籍出版社1981年，第284頁。
④ 錢謙益《有學集》卷一五，上海：上海古籍出版社1996年，第707頁。

唐說」的批評得到很多人的認同。如吳喬（1611—1695）《圍爐詩話》卷三云：「初、盛、中、晚，宋人皮毛之見耳。」又曰：「詩乃一念所得，於一念中，唐宋體有相參處，何況初、盛、中、晚，而能必無相似耶？」①然而，亦有人認爲，「四唐說」雖然有其局限，但不必廢棄。如明末清初之俞南史《唐詩正・凡例》云：「唐人之詩，昔無初、盛、中、晚之目，虞山錢宗伯謂余不必用分，及觀諸家之作，自神龍、開、寶之後，風氣漸薄，實有升降盛衰之變。其說似不可易，故仍其舊。」②葉矯然（1614—1711）《龍性堂詩話初集》云：「論詩者謂初、盛、中、晚之目，始於嚴滄浪而成於高廷禮，承訛踵謬，三百年於兹，則大不然。夫初、盛、中、晚之詩具在，格調聲響，千萬人亦見，胡可溷也？……學者謂有初、盛、中、晚之分，而過爲低昂焉，不可也。如謂無低昂而并無初、盛、中、晚之名焉，可乎哉？」③同時，由於宋詩在清代被提倡，與宋詩相近的中、晚唐詩也受到了重視。如清初宋犖（1634—1714）爲《唐詩百名家全集》作序時云：「詩尊初、盛者，以初唐存六季之遺音，盛唐具風騷漢魏之元氣。然沿而習之，亦稍稍板重矣。至中、晚而始極詩之變，雖氣格少卑，實可濟初、盛板重之病。且由初、盛而廓之於中、晚，如原泉之四達，莫可測其涯涘。若但祖初、盛

① 吳喬《圍爐夜話》，載《清詩話續編》，第 551、553 頁。
② 引自陳伯海主編《唐詩匯評》下册，杭州：浙江教育出版社 1995 年，第 3173—3175 頁。
③ 葉矯然《龍性堂詩話》，載《清詩話續編》，第 950—951 頁。

而祧中、晚，俾學者桎梏其心思，束縛於體製，而性靈與才情胥歸無用，是豈得爲詩家定論乎？」①鄒美中不廢初、盛、中、晚之分，於「四唐」中，兼重中、晚，應當受到了宋犖等人的影響。鄒美中也注意到，初、盛、中、晚之間並無明確的界限，而是彼此交融，如其評魏徵《述懷》云：「氣骨高古，結構謹嚴，盛唐風格發源於此。」可見其詩思之細緻。

需要指出的是，鄒美中雖然於各體兼收並蓄，但並非没有自己的判斷標準。事實上，鄒美中對於當時的學風與詩風都有獨特的看法。他在《藏書記》中，就借友人之口批評當時的學風：「今之士類，皆章句之外無學術，帖括之外無文章，應酬之外無經濟。」②同樣地，鄒美中對於當時的詩風也有自己獨到的别裁之功。當有人批評他選詩過「雜」時，他解釋道：

> 慨自嘉、隆而後，主復古者惟賸膚詞，排歷下者適成側調。近時神韻之説興，而範水模山，又幾於馬首之絡。夫原其初，皆鼻祖開元天寶，而同源異派者，何歟？則以臭腐神奇之轉易無常，而學焉各得其性之所近，爲不可强也。

① 席啓寓《唐詩百名家全集》，哈佛燕京圖書館藏康熙四十七年東山席氏琴川書屋本。
② 載同治《公安縣志》卷七。

嘉、隆，即明代的年號嘉靖（1522—1566）、隆慶（1567—1572），正爲後七子活躍之時。這裏所謂的主復古者，即七子及其追隨者。「排歷下者」則爲七子的反對者①，當指晚明的公安派、竟陵派諸公。前後七子主張「文必秦漢，詩必盛唐」，以格調、法度爲上，然流於蹈襲膚廓之弊。如袁宏道於《雪濤閣詩序》中批評七子云：「夫復古是已，然至以剿襲爲復古，句比字擬，務爲牽合，棄目前之景，摭腐濫之辭，有才者詘於法而不敢自伸其才，無之者拾一二浮泛之語，幫湊成詩。智者牽於習，而愚者樂其易，一唱億和，優人騶子，共談雅道。吁！詩至此，抑可羞哉！」②公安派雖然以「獨抒性靈」矯七子膚廓之弊，卻又流於淺俗，錢謙益評之曰：「機鋒側出，矯枉過正，於是狂瞽交扇，鄙俚公行，雅故滅裂，風華掃地。」③嗣後竟陵派又以「幽深孤峭」之風，矯公安之弊，卻又陷於偏仄，被錢謙益評爲「如木客之清吟，如幽獨君之冥語，如夢而入鼠穴，如幻而之鬼國」④。鄒美中所謂「主復古者惟賸膚詞，排歷下者適成側調」者，蓋謂此也。「神韻之說」則由康熙朝的文壇盟主王士禛（1634—1711）提出，嘗云：「高情合受維摩詰，浣筆爲圖寫孟公。」標舉

① 李攀龍、邊貢均爲歷下人，當時在同鄉中形成一批追隨者，被目爲「歷下詩派」或「濟南詩派」。見周瀟《論「歷下詩派」》，《齊魯文化研究》（第八輯），濟南：齊魯書社 2009 年，第 288—296 頁。
② 袁宏道《袁宏道集箋校》卷十八，第 710 頁。
③ 錢謙益《列朝詩集小傳》丁集中，上海：古典文學出版社 1957 年，第 567 頁。
④ 錢謙益《列朝詩集小傳》丁集中，第 571 頁。

沖和澹遠的王孟詩派，風行一時。《四庫全書總目提要》卷一百九十六謂其「論詩主於神韻，故所標舉，多流連山水，點染風景之詞」。鄒美中謂其「範水模山，又幾於馬首之絡」，蓋即謂此。

在對明代以來流行的詩説進行批評之後，鄒美中認爲，無論是支持哪一種主張，都有其流弊。從出發點來講，大家都是想「取法乎上」，以開元、天寶爲師。但因爲人的性情各有不同，學習的側重也就千差萬别，不能强求一致。因此，學詩者要對正變盛衰兼顧，才能在轉益多師的基礎上自成一家。可見其立論之平正。鄒美中之所以能够做到這樣不偏不倚，應當也得益於他僻居鄉壤，避開了詩壇上激烈的門户之争。王士禛主盟詩壇數十年後，由趙執信（1662—1744）、崔邁等發難，對其「神韻」詩學展開了嚴厲的批評，不僅其詩論受到非議，連人格也遭到了責難①。如趙執信既通過推舉馮班、吴喬來貶抑王士禛，又批評其不能獎掖後進，「善貢諛者，斯賞之矣」②。崔邁則云：「《漁陽詩話》三卷，無一語及性情者。」「王阮亭作詩，如小學生學作對

---

① 郭紹虞將馮班、吴喬也列爲王士禛的反對者（《中國文學批評史》，香港：香港文藝出版社 1961 年，第 473—478 頁）。按：趙執信攻擊王士禛，每標舉馮班、吴喬之論，然馮、吴二人持論雖異於漁洋，但並未見有對其直接的批評。吴宏一將孔尚任、陳廷敬也列爲王士禛的反對者，正如蔣寅所論：「懾於王漁洋生前的盛名，許多持異議的人都是在他身後纔集矢攻之，如吴之振對神韻詩説的批評便是一例。」（《趙執信與清初詩學之終結》，《華中師範大學學報》（人文社會科學版）2011 年第 6 期）蓋真正對王士禛進行激烈批評的，當從後生小子趙執信開始。

② 趙執信《談龍録》，載《清詩話》，上海：上海古籍出版社 1978 年，第 315 頁。

聯，止求其精工可聽，於議論敘事，固茫然不解也。」①可謂頗多意氣之言。至乾隆時，沈德潛（1673—1769）的「格調説」和袁枚（1716—1797）的「性靈説」佔據了詩壇主導地位。有趣的是，鄒美中在詩評中對於沈德潛的詩論多有吸收，對於袁枚卻並無隻字提及，大約正如郭紹虞所云，由於袁枚爲人放誕，詩風纖佻，其詩論雖然生前頗爲盛行，身後卻多遭訾議②。鄒美中論詩本以中和爲尚，「標榜風流」的袁枚難入其法眼，從中也可以看出其别裁的眼光。

在《唐詩中聲集》自序的開頭，鄒美中列舉「托意遥深」、「寄情雅正」、「興趣内含」、「神采外發」四種詩風。這四種詩風並不能涵蓋《唐詩中聲集》所選録的詩篇，但無疑是其最爲推崇的風格，可以看作是編者對當時詩壇的回應。

所謂「托意遥深」者，蓋指寄託深遠之作，近似於沈德潛所標舉的「比興」之説。沈氏《施覺菴考功詩序》云：「詩之爲道也，微言通諷喻，大要援此喻彼，優游婉順，無放情竭論，而人徘徊自得於意言之餘。」③比興寄託之説雖然由來已久，卻是沈德潛詩論中的重要内容。《唐詩中聲集》中多有類似的評論，如評陳子昂《感遇》其二十三（「翡翠巢南海」）曰：「結出主意，寄感至

① 崔邁《尚友堂説詩》，載《清詩話三編》，上海：上海古籍出版社2014年。
② 郭紹虞《中國文學批評史》，第491頁。
③ 沈德潛《歸愚文鈔》卷十一，乾隆五年刻本。

深。」又評杜甫《登樓》(花近高樓傷客心)曰「氣象雄偉，寄托遥深」。評温庭筠《達摩支曲》下引紀昀(1734—1805)評論：「温、李遭逢坎坷，故詞雖華艷，而寄託常深。此篇更悲壯，異乎他作之靡靡。」正屬此體。

所謂「寄情雅正」者，爲典雅純正之作。劉勰《文心雕龍·體性》提出「典雅」一體，并云：「典雅者，鎔式經誥，方軌儒門者也。」①蓋指體現儒家倫理觀念而辭采典雅者，這又與沈德潛主張温柔敦厚，「去淫濫以歸雅正」的詩學觀相近。《唐詩中聲集》選録孟郊《遊子吟》，并引鍾惺評曰：「仁孝之言，自然風雅。」評李商隱《韓碑》詩曰：「章法典雅，頌美之體，諷刺之遺也。」正屬於此體。

所謂「興趣内含」者，指涵蓄蘊藉之作。這近於王士禛所推崇的司空圖「不著一字，盡得風流」、嚴羽「羚羊掛角，無跡可求」之詩風。《唐詩中聲集》選録張九齡《感遇》其一，并引鍾惺云：「感慨蘊藉，妙於立言。」又如李白《玉階怨》下評：「露生而不至，惟望月抒情，怨深矣，卻無一字言怨，含蓄有味。」又評李商隱《常娥》云：「此悼亡之作孤寂景，況從對面寫來，多少蘊藉。」正是此種風格。

所謂「神采外發」者，指情采外露之作。這與當時的詩風並無直接對應，但可看作鄒美中對於王士禛過於追求含蓄的「神韻」之説的糾弊。如評劉禹錫《客有爲余話登天壇遇雨之狀因以賦之》：「窈冥之内，光怪迸發，刻畫之中，元氣渾淪，奇情異彩，何減少陵自秦州入蜀詩！」又評

① 范文瀾《文心雕龍注》，第505頁。

劉禹錫《始聞秋風》詩：「英氣勃發，顧盼非常。」

總的來看，鄒美中的詩學旨趣要更近於沈德潛，對王士禛的詩論也有所汲取。經筆者粗略統計，《唐詩中聲集》共引用沈德潛詩論二十一條，而引王士禛詩論僅兩條，正可印證這一判斷。此外，鄒美中引用較多者，尚有《唐詩歸》二十五處，引唐汝詢《唐詩解》十條，引紀昀十三條，引二馮六條，可見其博採之功。這正是「中聲」主張的又一體現。

三、「擬議以成其變化」與明清詩歌的評點

既然作詩應該兼容並蓄，那麽如何在轉益多師中自成一家呢？對此，鄒美中認爲，應該將模擬與創造相結合：「文章一道，貴擬議以成其變化。不擬議，則爲泛駕之馬；不變化，則爲優孟之衣冠。」《易・繫辭上》：「擬之而後言，議之而後動，擬議以成其變化。」韓康伯注云：「擬議以動，盡變化之道。」①「擬議」本來與《周易》的象數之學有關。孔穎達（574—648）疏云：「擬度諸物形容也。見此剛理則擬諸乾之形容，見此柔理則擬諸坤之形容也。」「議此會通之事而爲爻

① 《王弼集校釋》，北京：中華書局 1980 年，第 546 頁。

也。」明代的前後七子用此來説明樂府創作的模擬與變化之關係。如前七子之一的何景明（1483—1521）《與李空同論詩書》云：「故曹、劉、阮、陸，下及李、杜，異曲同工，各擅其時，並稱能言，何也？詞有高下，皆能擬議以成其變化也。」①後七子的李攀龍（1514—1570）在《古樂府》自序中也説：「古之爲樂府者，無慮數百家。各與之争片語之間，使雖復起，各厭其意，是故必有以當其無有擬之用。有以當其無有擬之用，則雖奇而有所不用也。《易》曰：『擬議以成其變化。』『日新之謂盛德。』不可與言詩乎哉？」②要在模擬的基礎上，加以變化，才能自成一家。鄒美中的觀念，當是對明代七子復古詩論的繼承。

鄒美中進而説道：「始於循法，終於化法；始於形似，終於神似。夫然後足以登騷人之壇坫，而獨樹一幟。」這裏其實涉及前後七子復古詩論中的「法度」的問題。前七子領導者李夢陽和何景明曾就「法度」的問題進行過激烈的辯論，李夢陽主張謹守法度，而何景明主張在規矩的基礎上加以變化，即所謂「擬議以成其變化」。前七子提出的「法度」的概念被後七子所繼承發展，並增添了一些新的内涵。表現在詩論上，主要就是對於詩歌聲律、結構等方面技巧的重視③。晚明以來，

---

① 何景明《大復集》卷三十二，摛藻堂《四庫全書薈要》本。

② 李攀龍《滄溟集》卷一，摛藻堂《四庫全書薈要》本。

③ 詳見鄭利華《前後七子研究》第四章第五節、第九章第二節，上海：上海古籍出版社 2015 年，第 176—181、500—521 頁。

前後七子的詩論遭到擯棄，尤其是錢謙益對於七子的攻擊更是不遺餘力。他在《列朝詩集小傳》丁集上《李攀龍傳》中曾批評後七子説：「《易》云擬議以成其變化，不云擬議以成其臭腐也。易五字而爲《翁離》，易數句而爲《東門行》《戰城南》……影響剽賊，文義違反，擬議乎？變化乎？」①清代詩家有很多受了錢謙益的影響，都對前後七子表示詆斥②。當然，亦有對前後七子的貢獻予以肯定者，以王士禛爲代表。其《徐高二家詩選序》云：「明興至弘治百餘年，朝宁明良，海内鳧藻，重熙累洽，名世輩出。於是李、何崛起中州，吴有昌穀徐氏爲之羽翼。相與力追古作，一變宣、正以來流易之習，明音之盛，遂與開元、大曆同風。」③尤其值得注意的是，王士禛對於前後七子「法度」説的揚棄：「善學古人者，學其神理；不善學者，學其衣冠語言涕唾而已。」④拈出「神理」一詞，作爲學習古人的要領，其實與其津津樂道的「神韻」相通。鄒美中説的「始於形似，終於神似」，應當對王士禛的説法有所汲取。鄒氏用謝安評論陶侃用兵能够

① 錢謙益《列朝詩集小傳》，第 428 頁。
② 魯九皋《詩學源流考》即批評七子云：「其見非不甚善，特斤斤規仿，過於局促，神理不存。」（《清詩話續編》，第 1358 頁）葉燮《原詩》卷一：「若有法，如教條政令而遵之，必如李攀龍之擬古樂府然後可，詩末技耳。」（《清詩話》，第 578 頁）朱彝尊《静志居詩話》卷十二更説：「詩莫盛於正德，文莫純於嘉靖之初，自後七子派行，而真詩亡，古文亦亡矣。」北京：人民文學出版社 1990 年，第 333 頁。
③ 《蠶尾續文集》卷一，《王士禛全集》（第三册），濟南：齊魯書社 2007 年，第 1983 頁。
④ 《蠶尾文集》卷一，《王士禛全集》（第三册），第 1789 頁。

「雖用法而恒得法外意」①來打比方，這裏的「法外意」和王士禛的「神理」「神韻」之説相似。需要注意的是，鄒美中重視「神似」的主張與王士禛相近，但並不相同。上文已經談到鄒美中對王士禛「神韻説」的批評。綜上所述，鄒美中是在對明代前後七子以來的詩論進行系統總結之後，提出了自己的選詩宗旨，即由擬議而變化，由形似而神似，博採衆家，不拘一格。

鄒美中對於「法度」的重視，涉及古詩聲律學。在序言的最後，他引用《四庫全書總目提要》對趙執信《聲調譜》的大段論述。近體詩講究聲律，而對古詩聲律的研究，則起自元明之際。明人李東陽（1447—1516）即重視「音節」，提倡「古詩與律不同體」②。其弟子楊慎（1488—1559）撰《轉注古音略》《古音獵要》，對重視格律音調的前後七子産生重大影響。然而古詩聲律學在明代仍相當粗疏。隨著明清之際音韻學的發達，對古詩聲律學的細緻研究纔真正開始，王士禛和趙執信對此頗有建樹③。鄒美中自序云：「古詩不拘平仄，拗體律詩亦不拘平仄，而別有一定之法。」這一論斷正是來源於此。不過鄒美中在《唐詩中聲集》中，並未對古體聲律多所分析，僅

---

① 《晉書》卷六十六《陶侃傳》，北京：中華書局1974年，第1779頁。
② 李東陽《懷麓堂詩話》，載《歷代詩話續編》，北京：中華書局1983年，第1369頁。
③ 蔣寅《古詩聲調論的萌生》，《古典文學知識》1996年第4期；蔣寅《王士禛、趙執信〈聲調譜〉及其古詩聲調論》，《古典文學知識》1997年第3期。又參見蔣寅《中國詩學的思路與實踐》第十三章《中國詩學中的聲律理論——古詩聲調論的歷史發展》，廣西師範大學出版社2001年。

在岑參《與高適薛據登慈恩寺浮圖》一首下引趙執信云：「無一聯是律者，平韻古體以此爲式。」或許有其志而並未落實。此外，鄒美中之所以對「法度」如此重視，應當與乾隆二十二年（1757）詔令科舉試帖，試律詩重新大行其道不無關係。

唐宋人以詩賦取士，然自王安石（1021—1086）提倡經義之文，詩賦取士遭到廢棄，明代以八股文爲科舉的主要文體。至乾隆朝重新加試詩律，試帖詩纔再度風行起來。鄒美中自云，其編選《唐詩中聲集》乃是「因子姪輩甫學爲詩，苦從入之無途」，自然要考慮到科舉試詩的要求。因此，爲了給初學者指出學詩門徑，鄒美中借鑒了《二馮評閱才調集》的方法，對於每首詩的起、承、轉、合進行標識和分析。「二馮」是指清初虞山詩派的馮舒（1593—1645）、馮班（1602—1671）兄弟。二人曾評點後蜀韋縠所編纂的《才調集》，爲《二馮評閱才調集》十卷，有清内府藏本，《四庫全書總目提要》卷一百九十一列入「存目」。後來，紀昀在最接近宋本面貌的康熙四十三年垂雲堂刻本的基礎上，删掉部分選詩，對二馮的評語加以評點，是爲《删正二馮評閱才調集》①。關於馮氏兄弟的編纂體例，鄒美中引用了杭世駿（1696—1773）《榕城詩話》卷上對其的批評：

① 鄧煜《論紀昀對〈二馮先生評閱才調集〉的「删」與「正」》，《瓊州學院學報》2014 年第 4 期。按：《二馮評閱才調集》，有《四庫全書存目叢書》本；紀昀《删正二馮評閱才調集》，有《叢書集成三編》本。

戚進士弢言，德清縣人，每爲二馮左袒。予跋其《才調集點本》後云：「固哉！馮叟之言詩也，承轉開闔，提唱不已，乃村夫子長技。緣情綺靡，寧或在斯？古人容有，細心通才必不當爲此迂論，右西崑而黜西江。夫西崑沿於晚唐，西江盛於南宋。今將禁晉魏之不爲齊梁，禁齊梁之不爲開元、大曆，此必不得之數。風會流轉，人聲因之，合三千年之人爲一朝之詩，有是乎？二馮可謂能持詩之正，未可謂遂盡其變者也。」①

杭世駿首先對馮氏兄弟推崇西崑體而貶斥江西詩派的觀點做了批評。其次便是對馮氏兄弟「承轉開闔」的評點方法做了抨擊，認爲這是「村夫子」的做法，很不足取。

在選本中進行詩文評點始於南宋吕祖謙（1137—1181）《古文關鍵》，陳振孫（1179—1262）謂其「標抹原注，亦便初學」。類似的選本有樓昉《崇古文訣》，舊題王霆震《古文集成》，謝枋得《文章軌範》等②。而最早大量進行詩歌評點的，當屬劉辰翁（1233—1297），其《箋注評點李長吉歌詩》《王孟詩評》等，均爲這方面的代表作。及至明代，隨著八股時藝的興起，很多人開始用八股評點的方法來批評詩文。鄭振鐸云：「明人批點文章之習氣，自八股文之墨卷始，漸及於

① 杭世駿《榕城詩話》卷上，《知不足齋叢書》本。
② 參見吴承學《評點之興——文學評點的形成和南宋的詩文評點》，《文學評論》1995 年第 1 期，第 27 頁。

古文，及於《史》《漢》，最後乃遍及經、子諸古作。」①在詩歌批評領域照樣如此。以起承轉合説詩，起於元代的楊載（1271—1323）《詩法家數》和傅若金（1303—1342）《詩法正論》，在明代受到發揚。萬曆二十七年（1599）王檟編《詩法指南》云：「夫作詩有四字，曰起承轉合是也。以絶句言之，第一句是起，第二句是承，第三句是轉，第四句是合。……以律詩言之，律有破題，即所謂起，有結句，即所謂合也。」「破題」「結句」云云，簡直與八股文法無異了。明人鍾惺、譚元春《唐詩歸》，唐汝詢《唐詩解》，金聖歎《杜詩解》等，雖並未明言起承轉合之法，但其用八股文法評詩的做法，非常明顯。久而久之，「起承轉合本是詩學中的結構論，然而明清以來人們卻只知道它是八股文的基本理論」②。明清之際，隨著實學興起，八股時藝遭到學者的鄙棄，詩文評點的做法也受到批評。如浦起龍（1679—1762）《讀杜心解》一書，即被四庫館臣批評道：「又詮釋之中，每參以評語，近於點論時文，彌爲雜糅。」③起承轉合之説之所以受到如此嚴厲的批評，除了其與八股文法相近之外，也由於其匠氣太重，爲方家所不取。王夫之（1619—1692）批評云：「一篇止以事之先後爲初終，何嘗有所謂起承開闔者？俗子畫地爲牢，誓不入，焉可也！」④葉燮

① 鄭振鐸《西諦書跋》「批點考工記」條，北京：文物出版社 1998 年，第 5 頁。
② 蔣寅《中國詩學的思路與實踐》，第 70 頁。
③ 《四庫全書總目提要》卷一百七十四，北京：中華書局（整理本）1997 年，第 2359 頁。
④ 王夫之《唐詩評選》卷三杜甫《晚出左掖》評語，北京：文化藝術出版社 1997 年，第 111 頁。

(1627—1703)云：「律詩必首句如何起，三四如何承，五六如何接，末句如何結……此三家村詞伯相傳久矣！」①杭世駿之所以對二馮用八股文法評點《才調集》的做法嚴厲批評，也是由於此。四庫館臣爲《二馮評點才調集》寫的提要中，在引用了杭世駿《榕城詩話》的評論之後説：

（杭世駿）其論頗當。惟謂承轉開合乃村夫子長技，則又主持太過。孟子曰：「梓匠、輪輿，能與人規矩，不能使人巧。」巧在規矩之外，而亦不能出乎規矩之中。故詩必從承轉開合入，而後不爲泛駕之馬，久而神明變化，無復承轉開合之迹，而承轉開合自行乎其間。②

認爲真正的大家並不避諱教人「起承轉合」這些技巧，只有從技巧入手，才能超乎技巧之上，達到出神入化的境界。這裏的意見當是來自紀昀《删正二馮評閲才調集》。在詩歌批評中講求「起承轉合」之法，本來已經遭到學者的鄙棄，然而紀昀卻對此津津樂道，這與紀昀的身份有關。紀昀曾多次主持科舉考試，曾兩次爲鄉試考官，六任文武會試考官。在乾隆恢復科舉試詩後，編纂了《唐人詩律説》《庚辰集》《我法集》等試帖詩著作，爲之推波助瀾，可謂是試律詩學的重要

① 葉燮《原詩》卷一，第575頁。
② 《四庫全書總目提要》卷一百九十一。

推動者①。時人云：「試帖詩初興，多尚典贍，紀文達公始變爲意格運題。館閣諸公每呼此題爲紀家詩。」②由此看來，鄒美中之所以對二馮和紀昀的評詩法拘以守之，其實是爲了教導子侄應對科舉的技巧。故云：「是編大概用二馮法，翦翦拘拘，知不免貽大方家姗笑。然先民是程，罔敢背馳，此亦拙者之爲政也。」正是爲此。如其評李白《古風》（莊周夢蝴蝶）云首二句「縹緲而起」，第三句「承筆」，第四句「推筆」，第六句「再抉進一層，興下『青門』二句」，末句「結出本旨」。又如評唐玄宗《幸蜀西至劍門》，頷聯下評：「承『劍閣』，雄健。」頸聯下云：「承『狩回』之景，作轉。」結句云：「結到尚德，乃駐蹕題詩意。」這都是以八股文法來解詩的典型。事實上，鄒美中自己便編有《試律詩箋》，其子崇泗、崇漢，皆能以第一食餼，崇漢且於道光二十六年（1846）中舉，正可看出鄒美中的教子應試有方。不過在脱離了科舉考試的背景之後，鄒美中對詩歌章法的辨析，對於今人讀唐詩未嘗没有可資借鑒處，這正是《唐詩中聲集》的另一價值所在。

附記：本書是2010年6月筆者在北京大學攻讀博士學位的最後兩個月中抄録的。當時的想法非常簡單，論文答辯過後，一則修改論文，一則要給自己再找點事做。素來對唐詩選本

① 蔣寅《紀曉嵐試律詩學述論》，《閲江學刊》2016年4月，第2期。
② 李秉新等校勘《清朝野史大觀》卷九，石家莊：河北人民出版社1997年，第1042頁。

有興趣，於是翻查藏書目録後，挑選了三種部頭較小的唐詩選本《唐詩中聲集》、《唐詩諧律》、《唐詩觀妓集》（此係《唐詩艷逸品》之一卷，當時就記下國家圖書館有完整的萬曆本《唐詩艷逸品》四卷，數年後在美國哈佛大學訪學時發現有天啓本《唐詩艷逸品》）加以整理校對。今天此書有幸出版，正可紀念在北大學習的寶貴歲月。在本書將要出版之前，清華大學博士生顧漩同學多次到北京大學圖書館古籍部調閲并核對本書的原文，避免了許多錯漏。此外，書稿完成後，研究生戴倩倩同學幫忙進行了格式調整。謹此一併致以謝忱！

整理凡例

一、此次整理以北京大學圖書館藏《唐詩中聲集》道光十二年（1932）西林山房刻本爲底本，分原注、批語、校箋三部分。

一、原書本有前序、後跋，自述作意。其中述及前後七子、王漁洋，并引及時人評論，如《榕城詩話》《聲調譜》《四庫全書總目提要》者，皆略爲注出，以見美中論詩之淵源有自。

一、原書部分詩前有題解，或介紹創作背景，或訓釋題目字詞，或解釋地理名物，一并移至〔原注〕下，以〔題〕標識。其引用舊籍者，皆從原文加以覆核。鄒美中對其選詩已有隨文校勘，今更以《全唐詩》加以覆校。原書有明顯訛誤者，皆逕改，不出校。

一、原有隨文注解，今以〔原注〕出之，并參酌來源，對其有明顯訛誤者，加以訂正，不復補注。

一、原書隨文有夾評，今皆移至詩後，并以數碼標明其在詩中的對應位置，以〔批語〕出之，并以「今按」一一爲其指明出處。其中有鄒美中檃栝原文，字句稍異者，如卷一儲光羲《同王十三維偶然作》引王翼雲云：「因漁船而思及採蓮，與《邶風》榛苓思美人、《楚詞》芷蘭思公子，同一寄託。」此出《唐詩合解》卷二，原作：「綠水紅蓮，清香芳潔，我將泛舟以摘，樂其幽艷而不返矣。此與《詩經》榛苓思美人，《楚辭》楚蘭思帝子，同一寄託。」皆爲注出原文，并將所謂「榛苓思美人」「楚蘭思帝子」等典故略爲注出。他有對評語略事校正者，如李白《春思》引吴昌祺云：「以風之來反襯夫之不歸。」此出其《删訂唐詩解》卷二眉批，「歸」原作「來」，亦以按語出之。俾收隨讀隨檢之效，讀者幸勿以繁瑣爲責云。

序

余向選《唐詩中聲集》，以未足盡一代之正、變、盛、衰，姑置之。近因子姪輩甫學爲詩，苦從入之無途也，復就集中、集外，取其「託意遥深」、「寄情雅正」、「興趣内含」、「神采外發」者，筆而授之。凡初唐十一家，得詩十八首，盛唐二十三家，得詩百五十二首，中唐三十六家，得詩九十三首，晚唐二十七家，得詩六十九首，正變兼收，盛衰並見，於唐人門户，已略窺一斑矣。而或曰：「約也。」夫令狐《御覽》但存一卷，次山《篋中》祇録七人，他如《河岳英靈集》、《國秀集》、《中興間氣集》、《極玄集》，率皆不滿三百首，讀書不在多，正無庸羅列四唐，自詡全備也。而或又曰：「雜也。」慨自嘉、隆而後，主復古者惟賸膚詞，排歷下者適成側調。近時「神韻」之説興，而範水模山，又幾於馬首之絡。夫原其初，皆鼻祖開元天寶，而同源異派者，何歟？則以臭腐神奇之轉易無常，而學焉各得其性之所近，爲不可强也。蓋嘗論之，文章一道，貴擬議以成其變化。不擬議，則爲泛駕之馬；不變化，則爲優孟之衣冠。故得其所爲不變者，不王、孟，不高、岑，不李、杜，不韓、柳、温、李，而不可懼其離也。得其所爲至變者，即王、孟，即高、岑，即李、杜，即韓、柳、温、李，而亦不可嫌其襲也。始於循法，終於化法，始於形似，終於神似。夫然後足以登騷人之壇坫，而獨樹一幟。善夫謝太傅論陶公之治軍旅也，雖用法而恒得法外意。於戲，是可深長思已！時道光壬辰歲秋八月十日南郡西林山人鄒美中如清氏書於二分竹屋。

是編自乙未補録後，以評點《左氏傳》、箋注《試律詩》，不復措意，捐之篋衍久矣。己酉歲，積霖百餘日，悶坐無聊，取而復閲，增入數十首，改評之未合、補評之未到者百十條，因再録一通。時小春之十八日也。

往者虞山馮氏評《才調集》，每首分注題字於各句旁，云詩意必顧題。故起聯用破，頷聯則承，腹聯則轉，落句或緊結，或遠結。《榕城詩話》嗤之曰：「此乃村夫子長技，而顧提唱不已。古人容有，細心通才必不當爲此迂論。」紀文達則又以堇浦之説爲不然，謂「大匠能與人規矩，不能使人巧，然巧在規矩之外，亦不能出乎規矩之中，故必先知起、承、轉、合，而後能脱起、承、轉、合，變化飛動，正從起、承、轉、合處做出耳」。是編大概用二馮法，翦翦拘拘，知不免貽大方家姍笑。然先民是程，罔敢背馳，此亦拙者之爲政也。

古詩不拘平仄，拗體律詩亦不拘平仄，而别有一定之平仄，不可更移。趙氏《聲調譜》言之詳矣。謂古詩五言重第三字，七言重第五字，而以上下二字消息之，大抵以三平切脚爲正格，其四平兩平謂之落調。亦有下句律者，上句必拗以別之，斷不得一聯中與律調相亂也。柏梁體及四句轉韻之體，則不在此限焉。律詩以本句平仄相救，爲單拗，出句如杜甫之「清新庾開府」（原按：三四互換法，惟用於出句，不用於對句），對句如王維之「暮禽相與還」（原按：相字救本句，兼救上句「流水如有意」，此一字雙救法）是也。兩句平仄相救爲雙拗，如許渾之「溪雲初起日沈閣，山雨欲來風滿樓」是也。亦有上句不拘平仄，下句以第三字救之，如杜甫「草木歲月晚，關河霜雪清」。然五仄内須有一入聲字，否則依然無調也。起句結句不相對偶者，則不在此限焉。以上皆飴山老人從古詩、唐詩中鉤稽得之，最爲精密，因撮舉以爲同人告，至旁推交通以盡其變，是在善悟者。又律詩上句拗，下句可律，下句拗，上句亦宜拗調協之，乃不易之法。吴體則七言在每對句第五字，以平聲救轉，與拗法不同。

目録

唐詩中聲集卷二……六七

七言古詩　三十四首今按：實收三十六首。

唐詩中聲集卷三………………一四三

五言律詩　七十二首……………一四三

唐詩中聲集卷四

唐詩中聲集卷五

唐詩中聲集卷六……三五四

五言絶句　三十八首……三五四

唐詩中聲集卷七 五十七首……三七八

唐詩中聲集卷一

五言古詩

述懷

魏　徵

中原初逐鹿，投筆事戎軒。縱横計不就，慷慨志猶存〔一〕。杖策謁天子，驅馬出關門。請纓繫南越，憑軾下東藩〔二〕。鬱紆陟高岫，出没望平原〔三〕。古木鳴寒鳥，空山啼夜猿。既傷千里目，還驚九折魂。豈不憚艱險，深懷國士恩〔四〕。季布無二諾，侯嬴重一言。人生感意氣，功名誰復論〔五〕。

【原注】

〔題〕《唐書・魏徵傳》：「少孤，落魄有大志。隋亂，武陽郡丞元寶藏舉兵應李密，以徵典書檄。徵進十策説密，不能用。後從密來京師，久之未知名。自請安輯山東，乃擢秘書丞，馳馹至黎陽。時李勣尚爲密守，徵與書，遂定計歸。」

〔中原逐鹿〕《史記・淮陰侯傳》：「秦失其鹿，天下共逐之。於是高材疾足者，先得焉。」裴駰《集解》：「張晏曰：以鹿喻帝位也。」《晉書・石勒載記》：「脱遇光武，當並驅於中原，未知鹿死誰手。」

〔投筆〕《後漢書・班超傳》：「家貧，常爲官傭書以供養，久勞苦，嘗輟業投筆，嘆曰：『大丈夫無他志略，猶當效傅介子、張騫立功異域，以取封侯，安能久事筆研間乎？』」

〔杖策〕《後漢書・鄧禹傳》：「聞光武安集河北，即杖策北渡，追及於鄴。」按：杖，持也；策，馬箠。

〔請纓〕《漢書・終軍傳》：「南越與漢和親，軍自請：『原受長纓，必羈南越王而致之闕下。』」

〔憑軾〕《史記・酈生傳》：「方今燕趙已定，唯齊未下，臣請得奉明詔，説齊王，使爲漢而稱東藩。」《漢書・酈食其傳》：「韓信聞食其馮軾下齊七十餘城。」注：師古曰：「憑軾者，但安坐乘車而遊説，不用兵衆。」

〔傷千里〕《楚詞・招魂》：「目極千里兮傷春心。」

〔驚九折〕《漢書·王尊傳》：「先是，琅邪王陽爲益州刺史，行部至邛郲九折阪，嘆曰：『奉先人遺體，奈何數乘此險！』及尊爲刺史，至其阪，叱其馭曰：『驅之！王陽爲孝子，王尊爲忠臣。』」
〔國士〕《戰國策·趙》：「豫讓曰：『智伯以國士遇臣，臣故國士報之。』」
〔季布〕《史記·季布傳》：「季布者，楚人也。楚人諺曰：『得黄金百斤，不如得季布一諾。』」
〔侯嬴〕《史記·信陵君傳》：「魏有隱士曰侯嬴，年七十，家貧，爲大梁夷門監者。秦昭王進兵圍邯鄲，公子姊爲趙惠文王弟平原君夫人，公子患之，計不獨生而令趙亡，欲以客往赴秦軍。行過夷門，心不快，曰：『吾所以待侯生者備矣，今吾且死，而侯生曾無一言半辭送我，我豈有所失哉！』侯生乃屏人間語，曰：『嬴聞晉鄙之兵符嘗在王卧内，而如姬最幸，公子誠一開口請如姬，則得虎符奪晉鄙軍，北救趙而西卻秦，此五霸之伐也。』公子從其計，如姬果盜晉鄙兵符與公子。侯生曰：『臣宜從，老不能，請數公子行日，北鄉自剄，以送公子。』公子遂行，侯生果北鄉自剄。」

【批語】

〔一〕二句一括前事，一提下文，簡盡。
〔二〕此即慷慨安輯之志。
〔三〕鍾伯敬云：「『出』『没』二字，深得遠望之神。」今按：鍾惺，字伯敬。語出《唐詩歸》卷一。

〔四〕二語頓挫激昂，一篇關鍵。

〔五〕意氣重，則功名輕。

全詩：此奉使出關，賦以見志也。氣骨高古，結構謹嚴，盛唐風格發源於此。

【今校】

原校：「初」，一作「還」。《全唐詩》卷三一，「鳥」，注「一作雁」。「折」，注「一作逝」。

感遇

陳子昂

翡翠巢南海，雄雌珠樹林。何知美人意，驕愛比黄金。殺身炎洲裏，委羽玉堂陰。旖旎光首飾，葳蕤爛錦衾。豈不在遐遠，虞羅忽見尋〔一〕。多材信爲累，歎息此珍禽。

【原注】

〔翡翠〕《後漢書·西南夷傳》：「哀牢夷出孔雀翡翠。」《禽經》：「經有采羽曰翡翠。」張華注：「狀如鵁鶄，而色正碧，鮮縟可愛，尤惜其羽，日濯於水中。今王公之家，以爲婦人首飾。」

〔珠樹〕《山海經·海外南經》：「三珠樹生赤水上，其爲樹如柏，葉皆爲珠。」吴任臣《廣注》：「案：『三株』通作『三珠』。」

〔炎洲〕東方朔《海内十洲記》：「炎洲在南海中。」

〔玉堂〕宋玉《風賦》：「北上玉堂。」漢清調曲《相逢行》：「黄金爲君門，白玉爲君堂。」

〔旖旎〕《楚詞・九辯》：「紛旖旎乎都房。」王逸《章句》：「旖旎，盛貌也。」

〔葳蕤〕司馬相如《子虛賦》：「錯翡翠之葳蕤。」注：「師古曰：『葳蕤，羽飾貌。』」《楚詞・招魂》：「翡翠珠被。」王逸《章句》：「雄曰翡，雌曰翠，被衾也。」

〔虞羅〕《書・舜典》孔安國傳：「虞，掌山澤之官。」《周禮・夏官・羅氏》：「掌羅烏鳥。」魏彥深《鷹賦》：「何虞者之多端，運横羅以羈束。」

【批語】

〔一〕慷慨惻慽。

全詩：膏以明自煎，漆以用而割，結出主意，寄感至深，讀此令人三復揚子雲「鴻飛冥冥，弋人何篡」二語。今按：「膏以明自煎」「漆以用而割」語出杜甫《遣興五首》其三。「鴻飛冥冥，弋人何篡」語出揚雄《法言》卷五。

薊丘覽古贈盧居士藏用

陳子昂

南登碣石館，遥望黄金臺。丘陵盡喬木，昭王安在哉。霸圖悵已矣，驅馬復歸來。

【原注】

〔題〕《戰國策・燕》：「薊丘之植。」吴師道《校注》：「《索隱》云：薊丘，燕所都。」按：在順天府大興縣西北。

〔碣石館〕《史記・孟子荀卿傳》：「騶衍如燕，昭王擁彗先趨，築碣石宫，身親往師之。」

〔黄金臺〕鮑照《放歌行》李善注：「《上谷郡圖經》曰：『黄金臺，易水東南十八里，燕昭王置千金於臺上，以延天下之士。』」

【批語】

傷好士者不作也。

【今校】

此詩爲《薊丘覽古贈盧居士藏用七首》其二《燕昭王》，詩序云：「丁酉歲，吾北征。出自薊門，歷觀燕之舊都。其城池霸業，迹已蕪没矣，乃慨然仰歎。憶昔樂生、鄒子，羣賢之遊盛矣。因登薊丘，作七詩以志之，寄終南盧居士，亦有軒轅之遺跡也。」《全唐詩》卷八十三「館」作「坂」，注「一作館」。

感遇

張九齡

蘭葉春葳蕤，桂華秋皎潔。欣欣此生意，自爾爲佳節。誰知林棲者，聞風坐相悦〔一〕。草木本無心〔二〕，何求美人折。

【批語】

〔一〕王翼雲云：「『坐』字内有一種高貴意。」今按：見王翼雲《唐詩合解箋注》卷一（光緒六年掃葉山房本）。

〔二〕沈文慤公云：「二語想見君子立品，即昌黎『不采而佩，於蘭何傷』意。」今按：語出《唐詩別裁集》卷一。

【今校】

此詩爲《感遇》十二首其一。《全唐詩》卷四十七，「葉」，注「一作蘂」。原注：「此」一作「任」。《全唐詩》卷四十七「相」，注「一作見」。「本無」作「有本」，注「一作本無」。

江南有丹橘，經冬猶緑林。豈伊地氣暖，自有歲寒心。可以薦嘉客，奈何阻重深〔一〕。運會惟所遇，循環不可尋。徒言樹桃李，此木豈無陰〔二〕。

【原注】

〔桃李〕韓嬰《詩外傳》：「夫春樹桃李，夏得陰其下，秋得食其實。」

【批語】

〔一〕謂諉於遠莫致之也。二句上下樞紐。

〔二〕此劉公幹所謂「采春華而忘秋實者」也。今按：劉楨《與曹植書》：「採庶子之春華，忘家丞之秋實。」見《三國志·魏志》卷十二《邢顒傳》。

鍾云：「感慨蘊藉，妙於立言」。今按：語見《唐詩歸》卷五。

【今校】

此詩爲《感遇》十二首其七。

漢上有游女，求思安可得〔一〕。袖中一書札，欲寄雙飛翼。冥冥獨不見，耿耿徒緘憶〔二〕。紫蘭秀空蹊，皓露奪幽色。馨香歲欲晚，感歎情何極。白雲在南山，日暮長太息〔三〕。

【批語】

〔一〕游女喻君，猶《楚詞》思美人意。

〔二〕言寄書無由，徒耿耿懷思耳。

〔三〕復以幽蘭比己之芳潔，而惜歲華之晚，欲歸卧白雲，則又不能恝然於君，所以長歎息也。

【今校】

此詩爲《感遇》十二首其十。《全唐詩》卷四十七，「書札」作「札書」。

渭川田家

王　維

斜光照墟落，窮巷牛羊歸。野老念童僕，倚杖候荆扉。雉雊麥苗秀，蠶眠桑葉稀。田夫荷鋤至，相見語依依。即此羨閒逸，悵然吟式微。

【原注】

〔題〕《書·禹貢》：「導渭自鳥鼠同穴。」按：鳥鼠山在今甘肅州府渭源縣西，渭水所出，東南流至陝西同州府華陰縣，東北入河。

〔墟落〕張揖《廣雅釋詁》：「墟、落，居也。」王念孫《疏證》：「墟，猶邱也，語之轉耳。落之言聯絡也。」

【批語】

樸率真至，中有畫意。吟式微，言欲歸田也。乃歇後語。今按：歇後，謂隱去句末之詞，暗示其意。葉夢得《石林詩話》卷中：「彦謙題漢高廟云：『耳聞明主提三尺，眼見愚民盜一抔。』雖是著題，語皆歇後。」《詩經》：「式微式微胡不歸。」此處用「式微」暗示思歸之意。

【今校】

題解「甘」疑當作「甘肅」。「光」，《全唐詩》卷一百二十五作「陽」，注「一作光」。「童僕」，作「牧童」，注「一作童僕」。「至」，注「一作立」。

藍田山石門精舍

王維

落日山水好，漾舟信歸風。探奇不覺遠，因以緣源窮〔一〕。遥愛雲木秀，初疑路不同。安知清流轉，偶與前山通〔二〕。捨舟理輕策，果然愜所適。老僧四五人，逍遥蔭松柏〔三〕。朝梵林未曙，夜禪山更寂。道心及牧童〔四〕，世事問樵客〔五〕。暝宿長林下，焚香卧瑶席。澗芳襲人衣，山月映石壁〔六〕。再尋畏迷誤，明發更登歷〔七〕。笑謝桃源人，花紅復來覿〔八〕。

【原注】

〔題〕《漢書・地理志》：「京兆尹，藍田山出美玉。」按：山在今陝西西安府藍田縣東。

〔梵〕梅膺祚《字彙》：「梵唄吟聲。」

〔牧童〕《莊子・雜篇・徐無鬼》：「黄帝將見大隗乎具茨之山，至於襄城之野，七聖皆迷，適遇馬童子，問途焉。」

〔樵客〕任昉《述異記》：「信安郡有石室山，晉時王質伐木，至，見童子數人棋而歌，質因聽之。俄頃，童子謂曰：『何不去？』質起視，斧柯爛盡。既歸，無復時人。」

〔明發〕《詩・小雅・小宛篇》朱子集傳：「明發，謂將旦而光明開發也。」

〔桃源〕見二卷《桃源行》。

【批語】

〔一〕邐迤而入。

〔二〕二句神來境妙，筆亦入妙，有無數路徑在内。

〔三〕先從精舍外寫。

〔四〕鍾云：「『及』字深妙難言。」今按：見《唐詩歸》卷八。

〔五〕言外見别無人可問，極形其幽静也。

〔六〕次就精舍内寫。
〔七〕二語回旋盡致。
〔八〕結到復來，是出路法。
全詩：水窮雲起，心跡雙清，似此足當卧遊。

【今校】

《全唐詩》卷一百二十五，「探奇」，注「一作玩寄」。「緣」，注「一作尋」。「秀」，注「一作翠」。「疑」，注「一作言」。「安」，注「一作誰」。「未」，注「一作方」。「山」，注「一作心」。「及」，注「一作友」。「林」，注「一作井」。

齊州送祖三

王維

相逢方一笑，相送還成泣。祖帳已傷離，荒城復愁入〔一〕。天寒遠山浄，日暮長河急〔二〕。解纜君已遥，望君猶佇立。

【原注】

〔題〕《唐書·地理志》：「河南道齊州濟南郡。」按：今山東濟南府。
〔祖帳〕應劭《風俗通義·祀典類》：「共工之子曰修，好遠遊，故祀以爲祖神。祖者，徂也。」

《史記・高祖紀》：「高祖復留止，張飲三日。」裴駰《集解》：「張晏曰：『張，帷帳。』」《漢書・疏廣傳》：「設祖道，供張東都門外。」注：師古曰：「祖道，餞行也。」

【批語】

〔一〕是預計語。

〔二〕沈云：「著此二語，結句倍覺黯然。」今按：見《唐詩別裁集》卷一。

【今校】

《全唐詩》卷一百二十五，「帳已」，注「一作悵忽」。「猶」注「一作空」。

送綦毋潛落第還鄉

王　維

聖代無隱者，英靈盡來歸。遂令東山客，不得顧采薇〔一〕。既至君門遠，孰云吾道非〔二〕。江淮度寒食，京洛縫春衣〔三〕。置酒臨長道，同心與我違。行當浮桂棹，未幾拂荊扉〔四〕。遠樹帶行客，孤城當落暉。吾謀適不用，勿謂知音稀〔五〕。

【原注】

〔東山〕劉義慶《世說新語・排調門》：「謝公始有東山之志，後嚴命臻，勢不獲已，始就桓公司馬。」按：謝公，謝安。桓公，桓溫。東山，在今浙江紹興府上虞縣西南。

〔江淮〕王應麟《困學紀聞》：「《左氏傳・哀九年》：吴城邗溝通江、淮，此自江入淮之道也。」

〔京洛〕《唐書・地理志》：「河南道，蓋古豫、兖、青、徐之域。東都，貞觀六年號洛陽宮，顯慶二年曰東都，天寶元年曰東京。」陸機《爲顧彦先贈婦詩》：「京洛多風塵。」

〔帶〕揚雄《方言》：「帶，行也。」郭璞注：「隨人行也。」

〔吾謀句〕《左傳・文公十三年》：「子無謂秦無人，吾謀適不用也。」

【批語】

〔一〕四句題前。

〔二〕周旋好。

〔三〕紀時兼敘旅況。四句落第。

〔四〕四句還鄉。

〔五〕四句送。

全詩：反覆曲折使落第人怨尤俱化。

【今校】

《全唐詩》卷一百二十五，「君」，注「一作金」。「洛」，注「一作兆」。「臨長道」，注「一作長安道，一作長亭送」。「城」作「村」，注「一作城」。

萬山潭作

孟浩然

垂釣坐磐石，水清心亦閒。魚行潭樹下，猿挂島藤間。遊女昔解佩，傳聞於此山。求之不可得，沿月棹歌還。

【原注】

〔題〕《水經・沔水》酈道元注：「沔水，又東逕萬山北，山下潭中有杜元凱碑，山下水曲之隈，云漢女昔遊處也。」按：潭在今湖北襄陽縣西北。

〔磐石〕《易・下經・漸》王弼注：「磐，山石之安者也。」孔穎達《正義》：「馬季長云：『山中石磐紆，故稱磐也。』」

〔遊女解佩〕劉向《列女傳》：「江妃二女者，不知何所人也。出遊於江漢之湄，鄭交甫見而悦之，與之言曰：『原請子之佩。』遂手解佩與交甫。交甫悦，受而懷之中當心，趨去數十步，顧二女，忽然不見。《詩》曰：『漢有遊女，不可求思。』此之謂也。」

〔棹歌〕漢武帝《秋風辭》李善注：「棹歌，引棹而歌。」

【批語】

全詩：寄托深遠。靈均求宓妃之所在，恐美人之遲暮，詩意作如是觀。姚姬傳云：空逸澮宕。

【今校】《全唐詩》卷一百五十九，「亦」，注「一作益」。「行」，注「一作「遊」。

夏日南亭懷辛大

孟浩然

山光忽西落，池月漸東上。散髮乘夕涼〔一〕，開軒卧閒敞〔二〕。荷風送香氣，竹露滴清響〔三〕。欲取鳴琴彈，恨無知音賞。感此懷故人，中宵勞夢想〔四〕。

【批語】

〔一〕夏日。

〔二〕南亭。

〔三〕佳景，亦佳句。

〔四〕懷辛。

【今校】《全唐詩》卷一百五十九，「日」，注「一作夕」。「落」，注「一作發」。

田家雜興

儲光義

楚山有高士，梁國有遺老〔一〕。築室既相鄰，向田復同道。糗糒常共飯，兒孫每更抱〔二〕。忘此耕耨勞，愧彼風雨好〔三〕。蟪蛄鳴空澤，鶗鴂傷秋草。日夕寒風來，衣裳苦不早〔四〕。

【原注】

〔糗糒〕《書·費誓》孔穎達《正義》：「鄭玄云：『糗，擣熬穀也。』謂熬米麥使熟，又擣之以爲粉也。糒，乾飯也。」

〔蟪蛄〕《楚詞·招隱士》：「蟪蛄鳴兮啾啾。」王逸《章句》：「秋節將至，非嘹噍也。」

〔鶗鴂〕《楚詞·離騷經》：「恐鵜鴂之先鳴兮，使百草爲之不芳。」《禽經》：「鶗鴂，鳴而草衰。」

【批語】

〔一〕高士，未詳其人。遺老，儲自謂。

〔二〕盎然太和。

〔三〕忘己之勤，愧天之惠，真非力不食者，視帝力何有，意更進一層。

〔四〕四句感時物而相警戒之詞，即《詩》「十月蟋蟀」以下語意。今按：《詩經·豳風·七月》：「十月蟋蟀入我牀下。」

唐仲言云：「詩有幽人遺音。」今按：唐仲言，字汝詢，華亭人。出其《唐詩解》卷八。

【今校】

此爲《田家雜興》八首其六。《全唐詩》卷一百三十七，「每」，注「一作日」。

同王十三維偶然作

儲光羲

野老本貧賤，冒暑鋤瓜田。一畦未及終，樹下高枕眠。荷蓧者誰子，皤皤來息肩。不復問鄉墟，相見但依然〔一〕。腹中無一物〔二〕，高話羲皇年〔三〕。落日臨層隅，逍遥望晴川。使婦提蠶筐，呼兒榜漁船〔四〕。悠悠泛綠水，去摘浦中蓮。蓮花艷且美，使我不能還〔五〕。

【原注】

〔蠶〕賈思勰《齊民要術·種桑柘門》：「《永嘉記》曰：『永嘉有八輩蠶：蚖珍蠶，三月績。柘蠶，四月初績。蚖蠶，四月績。愛珍，五月績。愛蠶，六月末績。寒珍，七月末績。四出蠶，九月初績。寒蠶，十月績。凡蠶再熟者，前輩皆謂之珍。」左思《吴都賦》：「鄉貢八蠶之綿。」

〔榜〕崩去聲，又音謗。司馬光《集韻》：「進舟也。」

【批語】

〔一〕純乎天趣。

〔二〕譚友夏云：「此一語最難，無此不能高話羲皇。」

〔三〕鍾云二語寫出高人。

今按：譚元春，字友夏。譚、鍾語出《唐詩歸》卷七。

〔四〕高談已晚，蠶者使歸，漁者復出，皆安於貧賤之事。

〔五〕結筆味長。王云：「因漁船而思及採蓮，與《邶風》榛苓思美人、《楚詞》芷蘭思公子，同一寄託。」今按：見王翼雲《唐詩合解》卷二，原作：「綠水紅蓮，清香芳潔，我將泛舟以摘，樂其幽艷而不返矣。此與《詩經》榛苓思美人、《楚詞》楚蘭思帝子，同一寄託。」按《詩經·邶風·簡兮》：「山有榛，隰有苓，云誰之思，西方美人。彼美人兮，西方之人兮。」《楚辭·九歌·湘夫人》：「沅有芷兮澧有蘭，思公子兮未敢言。」

【今校】

按：此爲《同王十三維偶然作》十首其三。《全唐詩》卷一百三十七，「暑」，注「一作雨」。「漁」，注「一作魚」。「美」，注「一作妍」。

江上琴興

常建

江上調玉琴，一弦清一心〔一〕。泠泠七弦遍，萬木澄幽陰。能使江月白，又令江水深〔二〕。始知枯桐枝，可以徽黃金〔三〕。

【原注】

〔泠泠〕音靈。陸機《文賦》：「音泠泠而盈耳。」

〔徽〕《漢書·揚雄傳》注：「師古曰：『徽，琴徽也。所以表發撫抑之處。』」陳暘《樂書·琴暉論》：「琴之爲樂，絃合聲以作主，暉分律以配臣。自古暉十有三，其一象閏，蓋用螺蚌爲之。」近代明瑩俗傳，「暉」作徽墨之「徽」，誤矣。

【批語】

〔一〕方密之云「刻至」。今按：方以智，字密之。其《通雅》卷首云：「『杵聲不爲客』，『一弦清一心』，『禹力不到處』，『河聲流向西』，造語刻至，匪夷所思。」

〔二〕神化之言，言使無情者亦有情也。

〔三〕高在只寫琴理，故神味無窮。若專從琴聲着筆，那得有此絃外之音。

【今校】

《全唐詩》卷一百四十四，「陰」，注「一作音」。

吊王將軍墓

常　建

嫖姚北伐時，深入强千里。戰餘落日黄，軍敗鼓聲死〔一〕。嘗聞漢飛將，可奪單于壘。今與山鬼鄰，殘兵哭遼水〔二〕。

【原注】

〔嫖姚〕《史記·衛將軍傳》：「大將軍姊子霍去病，爲剽姚校尉，元狩二年，爲驃騎將軍，將萬騎出隴西，冀獲單于子。轉戰六日，過焉支山千有餘里。」《漢書·文帝紀》注：師古曰：「單于，匈奴天子之號也。單，音蟬。」

〔飛將〕《史記·李將軍傳》：「廣居右北平，匈奴聞之，號曰『漢之飛將軍』。避之數歲，不敢入右北平。」

〔遼水〕《漢書·地理志》：「遼東郡望平，大遼水出塞外，南至安市入海。玄菟郡高句驪遼山，遼水所出，西南至遼隊入大遼水。」按：遼河大小二源，自西北者曰大遼水，亦曰潢水；自東北者曰小遼水，今曰渾水。今渾河至奉天府遼陽州西，合流入於海，河左右即漢遼東、遼西所由分也。

【批語】

〔一〕警策。「死」字險而穩，從《左氏》「南風不競多死聲」出。

今按：語見《左傳·襄公十八年》。

〔二〕死而麾下猶悲哀之，真深得士心者矣。紀文達公云：「萬歲通天中，王孝傑北討契丹軍，敗没於東硤石。」此詩蓋爲孝傑作。今按：語見《删正二馮評閲才調集》。

【今校】

《全唐詩》卷一百四十四，「强」，注「一作幾」。

與高適薛據登慈恩寺浮圖

岑　參

塔勢如湧出〔一〕，孤高聳天宫。登臨出世界，磴道盤虚空〔二〕。突兀壓神州，峥嶸如鬼工。四角礙白日，七層摩蒼穹。下窺指高鳥，俯聽聞驚風〔三〕。連山若波濤，奔走爭朝東。青槐夾馳道，宫觀何玲瓏。秋色從西來，蒼然滿關中。五陵北原上，萬古青濛濛〔四〕。淨理了可悟，勝因夙所宗。誓將挂冠去，覺道資無窮〔五〕。

【原注】

〔題〕張禮《游城南記》：「東南至慈恩寺，寺本隋無漏寺。貞觀二十一年，高宗在春宫，爲文德皇后立爲慈恩寺。永徽二三年，沙門玄奘起塔。」按：在今陝西西安府咸寧縣。

〔神州〕《史記·孟子荀卿傳》：「中國名赤縣神州。」

〔馳道〕《漢書・賈山傳》：「秦爲馳道於天下，道廣五十步，三丈而樹，樹以青松。」王延壽《魯靈光殿賦》張載注：「馳道，馳馬之道。」

〔關中〕《史記・項羽紀》裴駰《集解》：「徐廣曰：東函谷，南武關，西散關，北蕭關。」《高祖紀》司馬貞《索隱》：「又《三輔舊事》云：『西以散關爲限，東以函谷爲界，二關之中，謂之關中。』」《漢書・高帝紀》注：「師古曰：自函谷關以西總名關中。」

〔五陵〕班固《西都賦》：「南望杜霸，北眺五陵。」李善注：「《漢書》曰：『宣帝葬杜陵，文帝葬霸陵，高帝葬長陵，惠帝葬安陵，景帝葬陽陵，武帝葬茂陵，昭帝葬平陵。』」

〔浄理〕《金剛般若波羅密經》：「應如是生清浄心。」釋道原《傳燈録》「二十祖闍夜多尊者」條鳩摩曰：「心本清浄，無生滅，無造作，寂寂然，靈靈然。汝若入此門，可與諸佛同矣。」

〔勝因〕《南史・郭祖深傳》：「夫農桑者今日濟育，功德者將來勝因。」

〔挂冠〕《後漢書・逸民傳》：「逢萌，北海都昌人也。時王莽殺其子宇，萌謂友人曰：『三綱絶矣！』即解冠挂東都城門，歸。」

【批語】

〔一〕句亦如湧出。

〔二〕四句登。

〔三〕以上狀塔之高。

〔四〕鍾云：「奇妙語，寫盡空遠之景。」譚云：「『萬古』字入得博大，『青濛濛』字下得幽眇。」以上言望之遠。今按：語出《唐詩歸》卷十三。「鍾云」原在「譚云」後，其評語作：「『秋色』四語，寫盡空遠。少陵以『齊魯青未了』五字盡之，詳略各妙。」

〔五〕四句因登塔而頓悟禪機也。覺道猶言覺路。高彦恢云：「雄渾凌跨百代。」

今按：高棅，字彦恢。《唐詩品彙》云「雄渾悲壯，足以凌跨百代」。

趙秋谷云：「無一聯是律者，平韻古體以此爲式。」今按：趙執信，號秋谷。引文見《聲調後譜》。

【今校】

《全唐詩》卷一百九十八，「走」作「湊」。

古風

李　白

莊周夢蝴蝶，蝴蝶爲莊周〔一〕。一體更變易〔二〕，萬事良悠悠〔三〕。乃知蓬萊水，復作清淺流〔四〕。青門種瓜人，舊日東陵侯。富貴固如此，營營何所求〔五〕。

【原注】

〔夢蝶〕《莊子·内篇·齊物論》：「昔者莊周夢爲胡蝶，栩栩然胡蝶也。自喻適志與！不知周也。俄而覺，則蘧蘧然周也。不知周之夢爲胡蝶與？胡蝶之夢爲周與？周與胡蝶，則必有分矣。此之謂物化。」

〔蓬萊清淺〕葛洪《神仙傳》：「麻姑自説云：『接待以來，已見東海三爲桑田，向到蓬萊。又水淺於往日會時略半耳，屆將復爲陸乎？』遠嘆曰：『聖人皆言海中行復揚塵也。』」

〔東陵瓜〕《史記・蕭相國世家》：「召平者，故秦東陵侯。秦破，爲布衣，貧，種瓜於長安城東，瓜美，故世俗謂之『東陵瓜』。」阮籍《詠懷》：「昔聞東陵瓜，近在青門外。」李善注：「《漢書》曰：『霸城，門間所謂青門也。』」

【批語】

〔一〕縹緲而起。

〔二〕承筆。

〔三〕推筆。

〔四〕再抉進一層，興下「青門」二句。

〔五〕結出本旨。

全詩：言一體變易，尚且不知何論，悠悠萬事，故侯種瓜富貴者，固如是也。意直而語曲，良由筆妙。

【今校】

此爲《古風》五十九首其九。《全唐詩》卷一百六十一「固」作「故」，注「一作固」。

鄭客西入關，行行未能已。白馬華山君，相逢平舒里。璧遺鎬池君，明年祖龍死。秦人相謂曰，吾屬可去矣。一往桃花源，千春隔流水。

【原注】

〔鄭客〕《漢書·五行志》：「秦始皇帝三十六年，鄭客從關東來，至華陰，望見素車白馬從華山上下，持璧與客曰：『爲我遺鎬池君』。因言『今年祖龍死』。」《史記·秦始皇紀》：「三十六年秋，使者從關東夜過華陰平舒道，有人持璧遮使者曰：『爲吾遺滈池君』。因言曰：『今年祖龍死。』使者問其故，因忽不見。」裴駰《集解》：「服虔曰：『水神也。』蘇林曰：『祖，始也。龍，人君象。謂始皇也。』」按：鄭客，《搜神記》、《水經·渭水注》並作「鄭容」。平舒城在今陜西同州府華陰縣西北。

〔桃花源〕見二卷王維詩。

【批語】

别是一種化境。高在不着議論。

【今校】

此爲《古風》五十九首其三十一。《全唐詩》卷一百六十一，「平舒」作「平原」。

子夜吴歌

李白

長安一片月，萬户擣衣聲。秋風吹不盡，總是玉關情。何日平胡虜，良人罷遠征。

【原注】

〔題〕吴兢《樂府古題要解》：「子夜，舊史云：晉有女子曰子夜，所作聲至哀。後人依四時行樂之詞，謂之《子夜四時歌》，吴聲也。」

〔長安〕班固《西都賦》：「漢之西都在於雍州，實由長安。」按：陝西西安府長安縣，周、漢、隋、唐並都此。

〔玉關〕任昉《齊竟陵文宣王行狀》：「玉關靖柝。」李善注：「《漢書》曰：『龍勒有玉門關。』」

【批語】

唐云：「此爲戍婦之詞，以譏當時之勤遠略也。結二句不言朝廷黷武而言邊境未平，立言温厚，風人之旨。」今按：唐汝詢《唐詩解》卷四。評語原作：「此爲戍婦之詞，以譏當時戰伐之苦也。……不恨朝廷之黷武，但言胡虜之未平，深得風人之旨。」

【今校】

此爲《秋歌》。另有《春歌》：「秦地羅敷女，採桑淥水邊。素手青條上，紅妝白日鮮。蠶飢妾欲去，五馬莫留連。」《夏歌》：「鏡湖三百里，菡萏發荷花。五月西施採，人看隘若耶。回舟不待月，歸去越王家。」《冬歌》：「明朝驛使發，一夜絮征袍。素手抽針冷，那堪把剪刀。裁縫寄遠道，幾日到臨洮。」「盡」，注「一作斷」。

春思

李　白

燕草如碧絲〔一〕，秦桑低綠枝〔二〕。當君懷歸日，是妾斷腸時〔三〕。春風不相識，何事入羅幃〔四〕。

【批語】

〔一〕燕地寒，故秦桑垂綠而草尚如絲。興「懷歸」句。

〔二〕興「斷腸」句。

〔三〕夾寫入情。

〔四〕吳昌祺云：「以風之來反襯夫之不歸，與梁簡文帝『祇恐多情月，旋來照妾牀』同意。」

今按：見唐汝詢著、吳昌祺刪訂《刪訂唐詩解》卷二眉批，「夫之不歸」作「夫之不來」。

長干行

李白

妾髮初覆額，折花門前劇〔一〕。郎騎竹馬來，遶牀弄青梅。同居長干里，兩小無嫌猜。十四爲君婦，羞顏未嘗開。低頭向暗壁，千喚不一回〔二〕。十五始展眉，願同塵與灰。常存抱柱信，豈上望夫臺。十六君遠行，瞿塘灩澦堆。五月不可觸，猿聲天上哀。門前送行跡，一一生緑苔〔三〕。苔深不能掃，落葉秋風早。八月蝴蝶黄，雙飛西園草。感此傷妾心，坐愁紅顏老〔四〕。早晚下三巴，預將書報家。相迎不道遠，直至長風沙〔五〕。

【原注】

〔題〕左思《吳都賦》劉逵注：「建業南五里有山岡，其間平地，吏民雜居，號『長干』。中有大長干、小長干，皆相連。韓詩曰：『考盤在干，地下而黄曰干。』」按：長干在今江蘇江寧府治南。

〔劇〕張自烈《正字通》：「劇，去逆切，音極。戲也。」

〔抱柱信〕《莊子・雜篇・盜跖》：「尾生與女子期於梁下，女子不來，水至不去，抱梁柱而死。」

〔望夫臺〕《明一統志・四川重慶府・宮室》：「望夫臺，在忠州南一十里。」

〔瞿塘灩澦〕《水經・江水》酈道元注：「峽中有瞿塘、黄龕二灘，夏水迴復，沿泝所忌。」又，「江中有孤石，爲淫澦石，冬出水二十餘丈，夏則没。」李肇《國史補》：「大抵峽路峻急，四月、五月爲尤險時，故曰『灩澦大如馬，瞿塘不可下。灩澦大如牛，瞿塘不可流。灩澦大如襆，瞿塘不可觸。』」《明史・地理志》：「夔州府奉節東出爲瞿塘峽，峽口曰灩澦堆。」

〔猿聲〕見七卷《早發白帝城》。

〔蝴蝶黄〕楊慎《升庵外集》：「蝴蝶或黑或白，或五彩具，惟黄色一種至秋乃多，蓋感金氣也。李白詩『八月蝴蝶黄』，深中物理。今本改『黄』爲『來』，何其淺也。」

〔三巴〕常璩《華陽國志・巴志》：「獻帝初平元年，征東中郎將安漢趙穎建議以墊江以上爲巴郡，以江州至臨江爲永寧郡，朐忍至魚復爲固陵郡。巴遂分矣。建安六年，劉璋乃改永寧爲巴郡，以固陵爲巴東，徙龐羲爲巴西太守，是爲三巴。」按：巴郡今重慶府，巴東今夔州府，巴西今保寧府。

〔長風沙〕按：長風沙在今安徽安慶府懷寧縣東五十里。陸游《入蜀記》：「蓋自金陵至此七百里，而室家來迎其夫，甚言其遠也。」

【批語】

〔一〕二句一韻。

〔二〕有多少情事在内，不是一味嬌癡。

〔三〕《楚詞》「王孫遊兮不歸，春草生兮萋萋」，意境正復如是。

〔四〕紀云：「興象之妙，不可言傳，此太白獨有千古處。」今按：語見《删正二馮評閲才調集》。

〔五〕聲情真摯，比興纏綿。

【今校】

《全唐詩》卷一百六十三，「未嘗」，注「一作尚不」。「豈」，注「一作恥」。「聲」，注「一作鳴」。原注：「送」一作「舊」，《全唐詩》「送」作「遲」，注「一作舊」。「緑」，注「一作蒼」。「黄」作「來」，注「一作黄」。另有《長干行》其二：「憶妾深閨裏，煙塵不曾識。嫁與長干人，沙頭候風色。五月南風興，思君下巴陵。八月西風起，想君發揚子。去來悲如何，見少離别多。湘潭幾日到，妾夢越風波。昨夜狂風度，吹折江頭樹。淼淼暗無邊，行人在何處。好乘浮雲驄，佳期蘭渚東。鴛鴦緑蒲上，翡翠錦屏中。自憐十五餘，顔色桃花紅。那作商人婦，愁水復愁風。」《全唐詩》此篇後注「此篇一作張潮。黄庭堅作李益」。

寄東魯二稚子

李　白

吴地桑葉緑，吴蠶已三眠。我家寄東魯，誰種龜陰田。春事已不及，江行復茫然。南風吹歸心，飛墮酒樓前〔一〕。樓東一株桃，枝葉拂青煙。此樹我所種，别來向三年。桃今與樓齊，我行尚未旋〔二〕。嬌女字平陽，折花倚桃邊。折花不見我，淚下如流泉。小兒名伯禽，與姊亦齊肩。雙行桃樹下，撫背復誰憐〔三〕。念此失次第，肝腸日憂煎。裂素寫遠意，因之汶陽川。

【原注】

〔題〕在金陵作。

〔三眠〕秦觀《蠶書》：「蠶生明日，桑或柘葉，風戾以食之。九日，不食，一日一夜，謂之初眠。又七日，再眠如初。又七日，三眠如再。又七日，謂之大眠。」

〔龜陰田〕《左傳·定公十年》：「齊人來，歸鄆讙龜陰之田。」按：謂田在龜山之北者，山在今山東泰安府新泰縣西南。

〔酒樓〕見二卷《憶舊遊》。

〔素〕《漢樂府·飲馬長城窟行》：「中有尺素書。」李善注：「鄭玄《禮記注》曰：『素，生帛也。』」史游《急就篇》顔師古注：「素謂絹之精白者，即所用寫書之素也。」

〔汶陽川〕《左傳·僖公元年》：「公賜季友汶陽之田。」杜預《集解》：「汶陽田，汶水北地。」《漢書·地理志》：「泰山郡萊蕪原山，《禹貢》汶水出西南入泲。」按：萊蕪縣屬泰安府，原山在縣東北。

【批語】

〔一〕「吹」字、「飛」字，字法靈活。

〔二〕果贏施宇，非身親，桃株齊樓，亦屬懸想。然彼乃代言，此則自述。瑣瑣屑屑，與《東山》詩用意同，而情景又別。

〔三〕譚云：「折花倚桃邊，雙行桃樹下，寫嬌女小兒無情無緒，的的可思。」今按：語見《唐詩歸》卷十五。「小兒」作「孤兒」。

全詩：范德機云：「天下喪亂，骨肉分享，此老杜《詠懷》『入門聞號咷』以下意也。」鍾退谷云：「田園兒女入詩，少陵愁苦得妙，妙在真；太白擺脱得妙，妙在逸。」今按：鍾惺，號退谷。引文見《唐詩歸》卷十五。「田園兒女入詩」原作「田園兒女，老杜妙於入詩」。「太白」原作「李」。

【今校】

《全唐詩》卷一百七十二，詩後注「『嬌女字平陽』下，一作『嬌女字平陽，有弟與齊肩。雙行桃樹下，折花倚桃邊。折花不見我，淚下如流泉。』」

月下獨酌

李白

花間一壺酒，獨酌無相親。舉杯邀明月，對影成三人。月既不解飲，影徒隨我身。暫伴月將影，行樂須及春〔一〕。我歌月徘徊，我舞影零亂。醒時同交歡，醉後各分散。永結無情遊，相期邈雲漢〔二〕。

【批語】

〔一〕將猶與也。

〔二〕原評：題本「獨酌」，詩偏幻出三人，反覆推勘，愈形其獨。

【今校】

《全唐詩》卷一百八十二，「間」，注「一作下，一作前」。「邈雲漢」，注「一作碧巖畔」。《月下獨酌》另有三首，其一云：「天若不愛酒，酒星不在天。地若不愛酒，地應無酒泉。天地既愛酒，愛酒不愧天。已聞清比聖，復道濁如賢。賢聖既已飲，何必求神仙。三杯通大道，一斗合自然。但得酒中趣，勿爲醒者傳。」其二云：「三月咸陽城，千花晝如錦。誰能春獨愁，對此徑須飲。窮通與修短，造化夙所稟。一樽齊死生，萬事固難審。醉後失天地，兀然就孤枕。不知有吾身，此樂最爲甚。」其三云：「窮愁千萬端，美酒三百杯。愁多酒雖少，酒傾愁不來。所以知酒聖，酒酣心自開。辭粟卧首陽，屢空飢顏回。當代不樂飲，虛名安用哉。蟹螯即金液，糟丘是蓬萊。且須飲美酒，乘月醉高臺。」

下終南山過斛斯山人宿置酒

李　白

暮從碧山下，山月隨人歸。却顧所來徑，蒼蒼橫翠微〔一〕。相攜及田家，童稚開荆扉。緑竹入幽徑，青蘿拂行衣〔二〕。歡言得所憩〔三〕，美酒聊共揮〔四〕。長歌吟松風，曲盡河星稀。我醉君復樂，陶然共忘機。

【原注】

〔題〕潘岳《關中記》：「終南山，一名中南，言在天之中，居都之南。」按：山在今陝西西安府長安縣五十里，東至藍田縣，西至鳳翔府郿縣，綿亘八百餘里。斛斯，複姓。

〔翠微〕楊慎《丹鉛總録·地理類》：「《爾雅》：『山未及上，曰翠微。』凡山遠望則翠，近之則翠漸微，故曰翠微也。」

【批語】

〔一〕四句下終南山。

〔二〕四句過山人。

〔三〕宿。

〔四〕置酒。

全詩：鍾退庵云：「起似右丞。『曲盡河星稀』，五字寂然有景。」今按：鍾惺，又號退庵。引文出《唐詩歸》卷十五。原書四句下，鍾云「似右丞」。十二句下，鍾云「寂然有景」。

【今校】

《全唐詩》卷一百七十九，「河星」，注「一作星河」。

後出塞

杜　甫

朝進東門營，暮上河陽橋。落日照大旗，馬鳴風蕭蕭〔一〕。平沙列萬幕，部伍各見招。中天懸明月，令嚴夜寂寥。悲笳數聲動，壯士慘不驕〔二〕。借問大將誰，恐是霍嫖姚〔三〕。

【原注】

〔題〕崔豹《古今注·音樂類》：「橫吹，胡樂也。張博望入西域，傳其法於西京，唯得《摩訶》、《兜勒》二曲，李延年因胡曲更造新聲二十八解。魏晉以來，二十八解不復具存世，用者《黃鵠》、《隴頭》、《出關》、《入關》、《出塞》、《入塞》、《折楊柳》、《黃覃子》、《赤之揚》、《望行人》等十曲。」

〔東門〕楊衒之《洛陽伽藍記》：「洛陽城門東面有三門，北頭第一，漢曰「上東門」。阮籍詩曰『步出上東門』是也。」

〔河陽橋〕《晉書·杜預傳》：「請建河橋於富平津。」按：在今河南懷慶府孟縣南十八里河陽故城，在縣西。

〔霍嫖姚〕見前常建《吊王將軍》。錢大昕《養新録》：「《漢書》霍去病爲票姚校尉。服虔音飄摇，此漢讀也。小顔但據荀悦《紀》作『票鷂』字，遂兩字皆當讀去聲，以服音爲不當，誤矣。」

【批語】

〔一〕用經語，加一「風」字，便是塞外氣象。今按：《詩經·小雅·車攻》：「蕭蕭馬鳴。」故説「用經語」。

〔二〕日暮招呼聲，尚囂擾，入夜則寂然。悲笳，静營之號也。吴昌祺云：「寫軍容之盛，軍令之嚴，如干、莫出匣，寒光相向。」今按：語見唐汝詢著、吴昌祺删訂《删訂唐詩解》卷三。眉批原作：「此詩如寶刀出匣，寒光逼人。」

〔三〕去病勤遠開邊，故以爲比。此爲征兵東都而作。浦二田云：「夾景夾敘，有色有聲。」今按：浦起龍，字二田。引文出《讀杜心解》卷一之一，原作「有聲有彩」。

【今校】

此爲《後出塞》五首其二。其一云：「男兒生世間，及壯當封侯。戰伐有功業，焉能守舊丘。召募赴薊門，軍動不可留。千金買馬鞭，百金裝刀頭。閭里送我行，親戚擁道周。斑白居上列，酒酣進庶羞。少年别有贈，含笑看吴鉤。」其三云：「古人重守邊，今人重高勳。豈知英雄主，出師亘長雲。六合已一家，四夷且孤軍。遂使貔虎士，奮身勇所聞。拔劍擊大荒，日收胡馬羣。誓開玄冥北，持以奉吾君。」其四云：「獻凱日繼踵，兩蕃静無虞。漁陽豪俠地，擊鼓吹笙竽。雲帆轉遼海，粳稻來東吴。越羅與楚練，照耀輿臺軀。主將位益崇，氣驕凌上都。邊人不敢議，議者死路衢。」其五云：「我本良家子，出師亦多門。將驕益愁思，身貴不足論。躍馬二十年，恐辜明主恩。坐見幽州騎，長驅河洛昏。中夜間道歸，故里但空村。惡名幸脱免，窮老無兒孫。」《全唐詩》卷二百十八，「門營」，注「一作營門」。「借問」句下注「天寶二年，禄山入朝，進驃騎大將軍」。

玉華宫

杜　甫

溪迴松風長，蒼鼠竄古瓦。不知何王殿，遺構絶壁下〔一〕。陰房鬼火青，壞道哀湍瀉。萬籟真笙竽，秋色正蕭灑〔二〕。美人爲黄土，況乃粉黛假。當時侍金輿，故物獨石馬〔三〕。憂來藉草坐，浩歌淚盈把。冉冉征途間，誰是長年者〔四〕。

【原注】

〔題〕《唐書·太宗紀》：「貞觀二十一年七月，作玉華宫。」《地理志》：「永徽二年，廢宫爲玉華寺。」按：故址在今陝西鄜州宜君縣西南。

〔籟〕徐堅《初學記·天部》：「風吹萬物，有聲曰籟。出《莊子》注。」

〔石馬〕封演《聞見記》：「秦、漢以來，帝王陵前有石麒麟、辟邪、象、馬之屬；人臣墓刻石虎羊以爲儀衛。」

【批語】

〔一〕浦云：「先朝離宮，一旦荒廢，不忍斥言，有「黍離」行邁之思。」今按：語見浦起龍《讀杜心解》卷一之一。原作：「本朝舊物，一旦荒涼，又有不忍言者也。」「《九成》、《玉華》，用意各別。一爲隋代所建，故明誌來歷，有借秦爲喻之意。一爲國初所作，故不忍斥言，有《黍離》行邁之思。」

〔二〕何義門云：「二句妙用反襯，接得不直。」今按：見《義門讀書記》卷五十一。

〔三〕趙次公云：「當時必有隨輦美人没葬宮傍者。」今按：見《九家集注杜詩》卷三。原作：「有隨輦而死葬者矣，惟公相去之近，能知之。」

邵子湘云：「『粉黛』謂殉葬木偶人。一云指塗塈丹雘言之。」四句言富貴倏忽，即起末句意。今按：見《杜詩詳注·補注》卷下引。

〔四〕既傷物化，兼慨時衰，曰誰是身世俱該。劉須溪云：「哀思苦語，起結更悽黯，讀者殆難爲懷。」今按：見《集千家注杜工部詩集》卷三。「哀思苦語」原在二句下。「起結」以下原在末句下，無「更」字。

【今校】

《全唐詩》卷二百十七，「迴」，注「一作迥」。「笙竽」，注「一作竽瑟」。「色」，注「一作氣」，一作「光」。「正」，注「一作極」。

佳人

杜　甫

絶代有佳人，幽居在空谷〔一〕。自云良家子，零落依草木。關中昔喪亂，兄弟遭殺戮。官高何足論，不得收骨肉〔二〕。世情惡衰歇，萬事隨轉燭。夫婿輕薄兒，新人美如玉〔三〕。合昏尚知時，鴛鴦不獨宿〔四〕。但見新人笑，那聞舊人哭〔五〕。在山泉水清，出山泉水濁〔六〕。侍婢賣珠回，牽蘿補茅屋。摘花不插鬢，采柏動盈掬。天寒翠袖薄，日暮倚修竹〔七〕。

【原注】

〔關中〕見前岑參《登慈恩寺浮圖》。

〔轉燭〕庾肩吾《〈被執作〉詩》：「聊持轉風燭，暫映廣陵琴。」

〔合昏〕李時珍《本草綱目·木部》：「合歡，合昏。」藏器曰：「其葉至暮即合，故云合昏。」

【批語】

〔一〕句領一篇。

〔二〕以上敘遭亂。

〔三〕四句言兄弟既喪，遂爲夫所棄。

〔四〕二句托物興感。

〔五〕以上敘見棄。

〔六〕二句謂守正清而改節濁也。語淺義深，逼真。漢魏樂府神理。

〔七〕以上美其清操，自厲克完晚節也。只以寫景作結，脱盡色相。

【今校】

《全唐詩》卷二百十八，「空」，注「一作山」。「亂」作「敗」，注「一作亂」。「美」作「己」，注「一作美」。「鬢」作「髮」，注「一作髻，一作鬢」。「掬」，注「一作握」。

羌村

杜　甫

峥嶸赤雲西，日脚下平地。柴門鳥雀噪，歸客千里至。妻孥怪我在，驚定還拭淚〔一〕。世亂遭飄蕩，生還偶然遂〔二〕。隣人滿牆頭，感歎亦歔欷〔三〕。夜闌更秉燭，相對如夢寐〔四〕。

【原注】

〔題〕《唐書·杜甫傳》：「肅宗立，欲奔行在，爲賊所得。至德二載，亡走鳳翔上謁，拜左拾遺。時所在寇奪，甫家寓鄜，彌年艱窶，因許甫自往省視。」按：羌村，鄜州洛交郡村墟也。鄜州，今隸陝西。

【批語】

〔一〕乍見而驚，驚定而泣，亂時情景摹寫入神。

〔二〕二句跌宕。

〔三〕夾入此層，是借形法。

〔四〕不再添一語，高絶。王遵巖云：「字字鏤出肺腑，而婉轉周至，又若尋常人所欲道者，真《國風》之義。」今按：《杜詩評注》引王慎中曰：「一字一句，鏤出肺腸，才人莫知措手；而婉轉周至，躍然目前，又若尋常人所欲道者。真《國風》之義，黄初之旨，而結體終始，乃杜本色耳。」王慎中，字道思，初號「南江」，更號「遵巖居士」。「巖」字原脱，今據補。

【今校】

《全唐詩》卷二百十七「歸客」，注「一作客子」。「定」，注「一作走」。此爲三首其一，其二：

「晚歲迫偷生，還家少懽趣。嬌兒不離膝，畏我復却去。憶昔好追凉，故遶池邊樹。蕭蕭北風勁，撫事煎百慮。賴知禾黍收，已覺糟牀注。如今足斟酌，且用慰遲暮。」其三：「羣雞正亂叫，客至雞鬥爭。驅雞上樹木，始聞叩柴荆。父老四五人，問我久遠行。手中各有携，傾榼濁復清。苦辭酒味薄，黍地無人耕。兵革既未息，兒童盡東征。請爲父老歌，艱難愧深情。歌罷仰天歎，四座淚縱横。」

夢李白

杜　甫

死别已吞聲，生别常惻惻〔一〕。江南瘴癘地，逐客無消息〔二〕。故人入我夢，明我長相憶〔三〕。恐非平生魂，路遠不可測。魂來楓林青，魂返關塞黑。君今在羅網，何以有羽翼〔四〕。落月滿屋梁，猶疑照顔色。水深波浪闊，無使蛟龍得〔五〕。

【原注】

〔題〕《舊唐書·文苑傳》：「禄山之亂，玄宗幸蜀在途，以永王璘爲江淮兵馬都督，揚州節度大使。白在宣州謁見，遂辟從事。永王謀亂，兵敗，坐長流夜郎。後遇赦得還。」

【批語】

〔一〕翻筆起言，死則已矣，生常惻惻也。

〔二〕四句夢前。

〔三〕謂知我相憶而入夢。

〔四〕八句正面純用疑陣，句句疑其是，句句疑其非。

〔五〕四句覺後憂其遠謫遭患，竟似握手贈言，更奇出意外。

全詩：是魂是人，是真是夢，恍恍惚惚，使讀者亦惘如夢中。

【今校】

《全唐詩》卷二百十八，「逐」，注「一作遠」。「遠」，注「一作迷」。「林」作「葉」，注「一作林」。「魂」，注「一作夢」。「以」，注「一作似」。「照」，注「一作見」。此爲二首其一，其二云：「浮雲終日行，遊子久不至。三夜頻夢君，情親見君意。告歸常局促，苦道來不易。江湖多風波，舟楫恐失墜。出門搔白首，若負平生志。冠蓋滿京華，斯人獨顦顇。孰云網恢恢，將老身反累。千秋萬歲名，寂寞身後事。」

青陽峽

杜　甫

塞外苦厭山，南行道彌惡。岡巒相經亘，雲水氣參錯〔一〕。林迴硤角來，天窄壁面削。磎西五里石，奮怒向我落。仰看日車側，俯恐坤軸弱。魑魅嘯有風，霜霰浩漠漢〔二〕。昨憶踰隴坂，高秋視吳嶽。東笑蓮華卑，北知崆峒薄。超然侔壯觀，已謂殷寥廓〔三〕。突兀猶趁人〔四〕，及茲歎冥寞〔五〕。

【原注】

〔青陽峽〕浦起龍云：「峽無考。」

〔日車〕李尤《九曲歌》：「年歲晚暮時已斜，安得力士翻日車。」

〔坤軸〕《河圖·地括象》：「地下有八柱，柱廣十萬里，有三千六百軸，互相牽制。」

〔隴坂〕《漢書·地理志》「隴西郡」注：「應劭曰：『有隴坻，在其西也。』師古曰：『隴坻謂隴阪，即今之龍山也。』」按：在陝西鳳翔府隴州西北。

〔吳嶽〕《周禮·夏官·職方氏》：「正西曰雍州，其山鎮曰嶽山。」鄭玄注：「嶽，吳嶽也。」按：在隴州南。

〔蓮華〕徐堅《初學記·記地部》：「《華山記》云：『山頂有池，生千葉蓮花，服之羽化，因曰華山。』」按：在今陝西同州府華陰縣南。

〔崆峒〕《史記·五帝紀》：「西至於空桐。」裴駰《集解》：「應劭曰：『山名。』韋昭曰：『在隴右。』」按：在今甘肅平涼府平涼縣西，一云在肅州高臺縣西南。

〔殷〕《史記·天官書》：「衡殷南斗。」司馬貞《索隱》：「宋均云：『殷，當也。』」按：詩意猶云其高極天。

【批語】

〔一〕四句題前。

〔二〕入正面陡起，寫危石插天，陰巖蔽日，森然凜然。

〔三〕借他山以形容吴嶽之突兀。

〔四〕足上即以起下。

〔五〕一句兜題，謂爽然自失也。

全詩：江進之云：「蜀中山川，自是挺特奇崛，詩獨能象景傳神，突兀宏肆。」

【今校】

《全唐詩》卷二百十八，「行道」，注「一作登路」。「窄」，注「一作穿」。「嘯有」，注「一作有狂」。「昨憶」，注「一作憶昨」。「吴岳」下注：「肅宗在鳳翔，改汧陽縣吴山爲西岳。」「殷」，注「一作隱」。「歎」，注「一作谷」，「寞」作「莫」，注「一作漠」。

送丘爲赴上都

劉長卿

帝鄉何處是，岐路空垂泣。楚思愁暮多〔一〕，川程帶潮急。潮歸人不歸，獨向寒塘立〔二〕。

【原注】

〔題〕《唐書·地理志》：「關内道。蓋古雍州之域。上都初曰京城，天寶元年曰西京，至德二載曰中京，上元二年復爲西京，肅宗元年曰上都。」

【批語】

〔一〕一作「楚客暮愁多」。丘爲嘉興人，戰國時地屬楚，故云。

〔二〕古詩用長易，用短難，含蘊無窮，則短而不促。此可謂工於用短。

【今校】

《全唐詩》卷一百四十八，「思」，注「一作客」。「程」，注「一作長」。「寒」作「空」，注「一作迴」。

聽嘉陵江水聲寄深上人

韋應物

鑿崖泄奔湍，稱古神禹跡。夜喧山門店，獨宿不安席。水性自云静，石中本無聲。如何兩相激，雷轉空山驚。貽之道門舊，了此物我情〔一〕。

【原注】

〔題〕《水經·漾水》酈道元注：「漢水又南入嘉陵道，而爲嘉陵水。」按：嘉陵江，源出陝西漢中府鳳縣東北，嘉陵谷是爲西，漢水至四川重慶府北，東流入於大江。

【批語】

〔一〕無欲故静，不平則鳴，物理人情，會心處，正不在遠。然風動旛動，亦賢者心自動耳。了此乃得大解脱，得大自在。

【今校】

《全唐詩》卷一百八十七，「云」，注「一作爲」。「舊」，注「一作友」。

同德寺雨後寄元侍御李博士

韋應物

川上風雨來，須臾滿城闕。岧嶤青蓮界，蕭條孤興發〔一〕。前山遽已淨，陰靄夜來歇。喬木生夏涼，流雲吐華月〔二〕。嚴城自有限，一水非難越。相望曙河遠，高齋坐超忽〔三〕。

【原注】

〔青蓮界〕《維摩詰所説經》：「釋肇注：『天竺有青蓮花，其葉修而廣，青白分明。』」《大方廣佛化嚴經》：「佛土生五色蓮，一花一世界，一葉一如來。」

〔曙河〕謝朓《暫使下都夜發新林至京邑贈西府同僚》詩：「秋河曙耿耿。」

〔超忽〕王中《頭陀寺碑》：「東望平皋，千里超忽。」吕向注：「超忽，遠貌。」

【批語】

〔一〕四句題前。

〔二〕四句雨後。「流雲」五字，興象天然，人工不與。與「夕陽明滅亂流中」句同爲畫筆所不能到者。

〔三〕四句寄。

【今校】

《全唐詩》卷一百八十七，「界」，注「一作宇」。「河」，注「一作何」。

寄全椒山中道士

韋應物

今朝郡齋冷，忽念山中客。澗底束荆薪，歸來煮白石〔一〕。欲持一瓢酒，遠慰風雨夕。落葉滿空山，何處尋行跡〔二〕。

【原注】

〔題〕《明一統志·南京·滁州·古蹟》：「三隱在全椒桑根山下。《舊志》：南隱、中隱、北隱，三隱相去各十餘里，皆古隱者所居，有泉池石室，其名氏、時世莫考。」

〔煮白石〕葛洪《神仙傳》：「白石先生者，中黄丈人弟子也。常煮白石爲糧，時人故號曰『白石先生』。」

【批語】

〔一〕山中道士。

〔二〕訪恐不遇，是以寄也。洪容齋云：「化工之筆，妙處不關語言意思。」今按：洪邁，號容齋。引文出《容齋隨筆》卷十四「絶唱不可和」條，原作：「高妙超詣，不容誇説。而結尾兩句，非復語言思索可到。」

【今校】

《全唐詩》卷一百八十八，「東」，注「一作采」。「慰」，注「一作寄」。「滿」，注「一作遍」。

長干行

李　益

憶妾深閨裏，煙塵不曾識。嫁與長干人，沙頭候風色〔一〕。五月南風興，思君下巴陵〔二〕。八月西風起，想君發揚子〔三〕。去來悲如何，見少離別多。湘潭幾日到，妾夢越風波〔四〕。昨夜狂風度，吹折江頭樹。渺渺暗無邊，行人在何處〔五〕。好乘浮雲驄，佳期蘭渚東。鴛鴦緑蒲上，翡翠錦屏中〔六〕。自憐十五餘，顔色桃花紅。那作商人婦，愁水復愁風〔七〕。

【原注】

〔題〕注見前李白詩。

〔巴陵〕見七卷賈至《泛洞庭湖》。

〔揚子〕見七卷鄭谷《淮上與友人别》。

〔湘潭〕《唐書·地理志》：「江南道潭州長沙郡湘潭。」

〔淼〕左思《吴都賦》李善注：「淼，水貌，音渺。」

〔浮雲驄〕《漢樂府·天馬歌》：「籋浮雲。」葛洪《西京雜記》：「文帝自代還，有良馬九匹，一名浮雲。」

【批語】

〔一〕三字伏一篇之根。

〔二〕來。

〔三〕去。鍾云：「屈指光景，如目見之。」今按：《唐詩歸》卷十五將此詩列爲李白《長干行二首》之二。

〔四〕一「越」字説盡夢遠之境。

〔五〕四語波致，節奏天然。

〔六〕二句比。

〔七〕以自憐自恨結。沈云：「設色綴詞，宛然太白。」今按：語見《唐詩別裁集》卷四。此首亦見《青蓮集》，黄山谷定爲君虞作，今從之。

調張籍

韓　愈

李杜文章在，光燄萬丈長。不知羣兒愚，那用故謗傷。蚍蜉撼大樹，可笑不自量〔一〕。伊我生其後，舉頸遥相望。夜夢多見之，晝思反微茫。徒觀斧鑿痕，不矚治水航〔二〕。想當施手時，巨刃磨天揚。垠崖劃崩豁，乾坤擺雷硠〔三〕。惟此兩夫子，家居率荒涼。帝欲長吟哦，故遣起且僵。剪翎送籠中，使看百鳥翔〔四〕。平生千萬篇，金薤垂琳琅。仙官勅六丁，雷電下取將。流落人間者，泰山一毫芒。我願生兩翅，捕逐出八荒。精誠忽交通，百怪入我腸。刺手拔鯨牙，舉瓢酌天漿。騰身跨汗漫，不著織女襄〔五〕。顧語地上友，經營無太忙。乞君飛霞佩，與我高頡頏〔六〕。

【原注】

〔蚍蜉〕《爾雅·釋蟲》：「蚍蜉，大螘。」陸德明《釋文》：「蚍，音毗。蜉，音浮。」

〔垠崖〕許慎《説文解字》：「垠，岸也。」張揖《廣雅・釋丘》：「垠，厓也。」按：垠，音銀。

〔雷硠〕左思《吴都賦》：「菈擸雷硠。」李善注：「崩駞之聲。硠，音郎。」

〔金薤琳琅〕朱子《韓文考異》：「韓曰金薤，書也。古有薤葉書、琳琅石也。李杜文章播於金石云爾。」

〔六丁〕柳宗元《龍城録》：「上元中，台州一道士王遠知善《易》，知人死生禍福，作《易總》十五卷。一日，因曝書，雷雨忽至，暝霧中一老人下，怒曰：『所泄者，書何在？上帝命吾攝六丁雷電追取。』遠知方惶懼，據地起。旁有六人青衣，已捧書立矣。」朱子《韓文考異》：「道書陽官六甲，陰官六丁。六丁者，六甲中丁神也。」

〔八荒〕賈誼《過秦論》注：師古曰：「八荒，八方荒忽，極遠之地也。」

〔汗漫〕《淮南子・俶真訓》：「而徙倚於汗漫之宇。」朱子《韓文考異》：「汗漫，猶茫洋也。」

〔織女襄〕《詩・小雅・大東篇》鄭玄箋：「襄，駕也。」

【批語】

〔一〕舉二公以示詩學之正宗，見勿因人言而歧趨也。「不廢江河萬古流」、「輕薄爲文哂未休」，少陵固早言之矣。

〔二〕言未見其源。

〔三〕奇警。韓仲韶云：「郭璞《江賦》：『巴東之峽，夏禹疏鑿，絶岸萬丈，壁立赮駮。』又云：『徽如地裂，豁若天開，觸曲厓以縈繞，駭崩浪而相礧。』詩意謂李、杜文章如禹疏鑿江峽，雖有跡可尋，而當時運量之巧，則今不可得而覩矣。」今按：見魏仲舉《五百家注昌黎文集》卷五引。

〔四〕數語即《送東野序》「天將和其聲使自鳴」一段意見，在下奚悲也。「百鳥翔」指在上者言。

〔五〕思人淼茫，筆吐光怪。東坡所云「追逐李杜參翺翔」者，於此見之。今按：見蘇軾《潮州韓文公廟碑》。

魏道輔云：「幽至於拔鯨牙，高至於酌天漿，其思賾深遠如此，詎止於上薄曹、劉，下該沈、宋耶？」今按：見魏仲舉《五百家注昌黎文集》卷五引。「幽至於」「高至於」二句，原倒。末句原作「詎至於曹、劉、沈、宋之間耶？」

〔六〕以物與人日乞，音氣言籍，有志於古，當相與上下追逐之。

【今校】

《全唐詩》卷三百四十，「磨」注「一作摩」。

溪居

柳宗元

久爲簪組累，幸此南夷謫。閒依農圃鄰，偶似山林客。曉耕翻露草，夜榜響溪石。來往不逢人，長歌楚天碧。

【原注】

〔題〕《唐書·柳宗元傳》：「貞元十九年，爲監察御史裏行。善王叔文、韋執誼，擢禮部員外郎。俄而叔文敗，貶永州司馬。元和十年，徙柳州刺史。」按：永州屬湖南，柳州屬廣西。

【批語】

於羈憂中作曠夷語，不涉怨尤而怨尤獨深。

【今校】

《全唐詩》卷三百五十二，「榜」注「一作塝，孔孟切」。

南磵中題

柳宗元

秋氣集南磵，獨遊亭午時。迴風一蕭瑟，林影久參差〔一〕。始至若有得。稍深遂忘疲〔二〕。羈禽響幽谷，寒藻舞淪漪〔三〕。去國魂已遠，懷人淚空垂。孤生易爲感，失路少所宜〔四〕。索寞竟何事，徘徊祇自知。誰爲後來者，當與此心期〔五〕。

【原注】

〔題〕按：磵在今湖南永州府零陵縣西，柳州集有《石澗記》，即此詩所題者。

〔亭午〕徐堅《初學記·天部》：「日初出曰旭，在午曰亭午。」

〔孤生〕《後漢書·張霸傳》：「太守起自孤生。」

【批語】

〔一〕翛然意遠。

〔二〕十字閱歷語。

〔三〕二句興中之比。

〔四〕王云：孤生，猶孤立意。

〔五〕此因遊南磵，而寫遷謫意。東坡云：「憂中有樂，樂中有憂，妙絕今古。」今按：《詩話總龜·後集》卷二十一、《苕溪漁隱叢話·前集》卷十九、《詩人玉屑》卷十五、蔡正孫《詩林廣記》卷五、朱熹《跋陸務觀》（《晦庵集·續集》卷四）引，均作東坡語。《柳河東集》卷四十三注作蘇舜欽語，蓋誤。

歸愚云：「語語是獨遊。」今按：《唐詩別裁集》卷四。

【今校】

《全唐詩》卷三百五十二，「遠」注「一作遊」。

客有爲余話登天壇遇雨之狀因以賦之

劉禹錫

清晨登天壇，半路逢陰晦。疾行穿雨過，卻立視雲背〔一〕。白日照其上，風雷走於內。滉瀁雪海翻，槎牙玉山碎。蛟龍露鬐鬣，神鬼含變態。萬狀互生滅，百音以繁會。俯觀羣動靜，始覺天宇大〔二〕。山頂自晶明，人間已霶霈。豁然重昏斂，涣若春冰潰〔三〕。反照入松門，瀑流飛縞帶。遥光泛物色，餘韻吟天籟。洞府撞仙鐘，村墟起夕靄。卻見山下侶，已如迷世代。問我何處來，我來雲雨外〔四〕。

【原注】

〔題〕《明一統志·河南·河南府·山川》：「天壇山，在永寧縣西四十五里。宋子由《紀異》云：旦暮有影，其色深碧。旦則在西，直插天際，日高則卧與海接。暮影在東，先卧後立，他山所無也。」

【批語】

〔一〕奇警。

〔二〕着此二語，上文奇幻處倍見譎詭生動。

〔三〕二句上下轉軸。

〔四〕回繳疾行二句，章法前後一片。窈冥之內，光怪迸發，刻畫之中，元氣渾淪，奇情異采，何減少陵自秦州入蜀詩。鍾云：「『上』字、『内』字、『外』字，皆以極確字面，形出極幻之境，作記妙手。」今按：見《唐詩歸》卷二十八。

【今校】

《全唐詩》卷三百五十五，「晶」注「一作澄」。

遊子吟

孟郊

慈母手中線，遊子身上衣。臨行密密縫，意恐遲遲歸。誰言寸草心，報得三春暉。

【批語】

即昊天罔極意。退谷云：「仁孝之言，自然風雅。」今按：退谷，即鍾惺。見《唐詩歸》卷三十一。

聞砧

孟郊

杜鵑聲不哀，斷猿啼不切〔一〕。月下誰家砧，一聲腸一絶〔二〕。杵聲不爲客，客聞髪自白。杵聲不爲衣，欲令遊子歸〔三〕。

【批語】

〔一〕翻襯起。

〔二〕拍題。

〔三〕峭折劖削，古意古音。

【今校】

《全唐詩》卷三百七十四，「自」注「一作盡」。

送豆盧策歸別墅

孟郊

短松鶴不巢，高石雲始棲〔一〕。君今瀟湘去，意與雲鶴齊。力買奇險地，手開清淺溪。身披薜荔衣，山陟莓苔梯。一卷冰雪文，避俗常自携。

【原注】

〔瀟湘〕見四卷盧綸《晚次鄂州》。

【批語】

〔一〕發端聳峭。

全詩：起四句與太白《陶令辭彭澤梁鴻入會稽》「我尋高士傳，君與古人齊」同一格意，而故作一翻一折，便覺超拔不群。

【今校】

《全唐詩》卷三百七十八，「始」作「不」，注「一作始」。「意」注「一作性」。「荔衣」注「一作蘿襟」。

寄遠

賈島

別腸多鬱紆〔一〕，豈能肥肌膚。始知相結密，不若相結疏。疏別恨應少，密別恨難祛〔二〕。門前南流水，中有北飛魚〔三〕。魚飛向北海，可以寄遠書。不惜寄遠書，故人今在無〔四〕。華山岧嶢形，遥望齊平蕪〔五〕。況此數尺身，阻彼萬里途。自非日月光，難以知子軀〔六〕。

【原注】

〔平蕪〕楊慎《升庵詩話》：「謝朓詩『寒城一以眺，平楚正蒼然。』楚，叢木也。登高望遠，見木杪如平地，故云『平楚』。猶《詩》所謂『平林』也。唐詩『燕掠平蕪去』，又『遊絲蕩平緑』，因謝詩而衍之也。」

【批語】

〔一〕「多」一作「長」。

〔二〕語語剥入一層，曲折沉摯。

〔三〕轉出一層，興起「寄」字。

〔四〕頓挫。

〔五〕再轉入一層，託足「遠」字。

〔六〕紀云：音節純是古詩，而幽折劖刻，自存浪仙本色。今按：語出《删正評點二馮評閲才調集》。

【今校】

《全唐詩》卷五百七十一，「若」作「及」，注「一作若」。「别」作「離」，注「一作别」。「流」，注「一作去」。「可以寄遠書」下注：「一本無此名。多『此情復何如。欲剪衣上襟，裁作寄遠書』三句。」「不惜」二句下無「華山岧嶤形，遥望齊平蕪」二句，注「一作『華山岧嶤形，遥望齊平蕪』」。

俠客行

温庭筠

欲出鴻都門，陰雲蔽城闕。寶劍黯如水，微紅濕餘血。白馬夜頻驚，三更灞陵雪〔一〕。

【原注】

〔題〕《漢書・遊俠傳》：周室既微，列國公子皆藉王公之勢，競爲遊俠。雞鳴狗盜，無不賓禮。於是背公死黨之議成，及至漢興，劇孟、郭解之徒，馳騖於閭閻，權行州域，力折公侯。衆庶榮其名迹，覬而慕之。雖其陷於刑辟，死而不悔也。

〔鴻都門〕《後漢書・靈帝紀》：「光和元年，始置鴻都門學生。」按：詩中鴻都門，疑指鴻門坂言，若屬之漢東都，無緣三晚即至灞陵也。

〔灞陵〕《漢書・地理志》：「京兆尹霸陵。」按：故城在今陝西西安府咸寧縣東。

【批語】

〔一〕馮定遠云：字字生動。今按：見《二馮評點才調集》。馮定遠，即馮班。

【今校】

《全唐詩》卷五百七十七，「驚」注「一作嘶」。

西洲曲

温庭筠

悠悠復悠悠，昨日下西洲。西洲風色好，遥見武昌樓〔一〕。武昌何鬱鬱，儂家定無匹。小婦被流黄，登樓撫瑶瑟。朱弦繁復輕，素手直淒清。一彈三四解，掩抑似含情〔二〕。南樓登且望，西江廣復平。艇子摇兩槳，催過石頭城〔三〕。門前烏臼樹，慘澹天將曙。鸂鶒飛復還，郎隨早帆去〔四〕。回頭語同伴，定復負情儂〔五〕。去帆不安幅，作抵使西風。他日相尋索，莫作西洲客。西洲人不歸，春草年年碧〔六〕。

【原注】

〔武昌樓〕方以智《通雅・地輿》：「晉以武昌名郡。《通典》所謂鄂州也。庾亮南樓正在此，而伯厚以爲在武昌縣，則沿舊説也。」按：武昌府今屬湖北。

〔儂〕司馬光《集韻》：「儂，我也，吴語。」

〔流黄瑶瑟〕漢《清調曲・相逢行》：「大婦織綺羅，中婦織流黄，小婦無所爲，挾瑟上高堂。」江淹《别賦》李善注：《環濟要略》曰：「間色有五，紺、紅、縹、紫、流黄也。」

〔解〕郭茂倩《樂府詩集》：《古今樂録》曰：「傖歌以一句爲一解，中國以一章爲一解。」王僧虔啓云：「古曰章，今曰解，解有多少。當時先詩而後聲，詩敘事，聲成文，必使志盡於詩，音盡於曲。是以作詩有豐約，制解有多少。」

〔南樓〕范成大《吴船録》：「八月辛巳，晨出大江，午至鄂渚。南樓在州治前黄鶴山上。輪奂高寒，甲於湖外。下臨南市，邑屋鱗差。岷江自西南斜抱郡城東下。」

〔石頭城〕吴兢《樂府古題要解》：「石城有女子，名莫愁，善歌謡，故石城樂和，中復有莫愁聲。其詞曰：莫愁在何處？莫愁石城西。艇子打兩槳，催送莫愁來。」按：石城，今湖北安陸府治。誤指爲江寧石頭城。容齋曾糾周美成（周邦彦）之失，然飛卿（温庭筠）已先之矣。

〔烏臼樹〕晉無名氏《西洲曲》：「西洲在何處？兩槳橋頭渡。日暮伯勞飛，風吹烏臼樹。」李時珍《本草綱目·木部》：「烏臼：烏喜食其子，因以名之。陸龜蒙詩云『行歇每依鴉臼影』是矣。」

〔鸂鶒〕李時珍《本草綱目·禽部》：「鸂鶒，音溪敕。其游於溪也，左雄右雌，群伍不亂，其形大如鴛鴦，而色多紫，亦好並游，故謂之紫鴛鴦也。」

〔扺〕許慎《説文解字》：「扺，側擊也。」按：帆之使風，風順則帆正，風横則帆側，今欲去之速，故使横風而帆，作側擊之勢，所謂去帆不安幅，以此知其必負儂也。扺，音紙，舊説云。

【批語】

〔一〕四句敘將客於西洲而寄興青樓。

〔二〕八句樓中之情。

〔三〕四句樓外之景。

〔四〕四句景中有情，烏飛復還，反起郎之一去不歸。

〔五〕指負情者以爲戒也。

〔六〕以楚詞「王孫遊兮不歸，春草生兮萋萋」語意作結。
全詩：婀娜其姿，無窮摇曳。

【今校】

《全唐詩》卷五百七十七，題作《西洲詞》，注曰：「吴聲。」「瀏鵜」注「一作鸊鵜」。

汾上宴别

趙　嘏

雲物如故鄉，山川知異路〔一〕。年來未歸客，馬上春色暮。一樽花下酒，殘日水西樹〔二〕。不待管弦終，摇鞭背花去〔三〕。

【原注】

〔題〕《山海經·北山經》：「管涔之山，汾水出焉，而西流注於河。」按：管涔山，在今山西忻州静樂縣北。

【批語】

〔一〕汾上。
〔二〕宴。
〔三〕别。退谷云：「洒然悽然，俱在結句五字。」今按：語見《唐詩歸》卷三十三，原無「結句」二字。

【今校】

《全唐詩》卷五百四十九，詩題下注「汾一作江，一作許渾詩」。「異路」，注「一作異岐路」。「色」，注「一作欲」。

棄婦

劉　駕

回車在門前，欲上心更悲。路傍見花發，似妾初嫁時。養蠶已成繭，織素猶在機。新人應笑此，何如畫蛾眉？

【原注】

〔織素〕漢無名氏《古詩》：「新人從門入，故人從閤去。新人工織縑，故人工織素。織縑日一匹，織素五丈餘。將縑來比素，新人不如故。」

【批語】

怨而不怒，得《谷風》詩意。今按：《谷風》，出《詩經・邶風》，毛傳：「《谷風》，刺夫婦失道也。衛人化其上，淫於新昏，而棄其舊室。夫婦離絶，國俗傷敗焉。」

唐詩中聲集卷二

七言古詩

春江花月夜

張若虚

春江潮水連海平，海上明月共潮生。灩灩隨波千萬里，何處春江無月明。江流宛轉遶芳甸，月照花林皆似霰。空裏流霜不覺飛，汀上白沙看不見〔一〕。江天一色無纖塵，皎皎空中孤月輪。江畔何人初見月，江月何年初照人〔二〕。人生代代無窮已，江月年年祇相似。不知江月待何人，但見長江送流水〔三〕。白雲一片去悠悠〔四〕，青楓浦上不勝愁。誰家今夜扁舟子〔五〕，何處相思明月樓〔六〕。可憐樓上月徘徊，應照離人妝鏡臺。玉户簾中捲不去，擣衣砧上拂還來。此時相望不相聞，願逐月華流照君。

鴻雁長飛光不度，魚龍潛躍水成文〔七〕。昨夜閒潭夢落花〔八〕，可憐春半不還家。江水流春去欲盡，江潭落月復西斜。斜月沉沉藏海霧，碣石瀟湘無限路。不知乘月幾人歸，落月摇情滿江樹〔九〕。

【原注】

〔題〕郭茂倩《樂府詩集》：「《晉書·樂志》曰：《春江花月夜》、《玉樹後庭花》、《堂堂》並陳後主所作，後主常與宫中女學士及朝臣相和爲詩，太常令何胥又善於文詠，採其尤艷麗者以爲此曲。」

〔青楓浦〕見四卷高適《送王少府貶長沙》。

〔碣石〕《漢書·武帝紀》：「自泰山復東，巡海上至碣石。」注：文穎曰：「此石著海旁。」按：在今直隸永平府昌黎縣西南。

〔瀟湘〕見四卷盧綸《晚次鄂州》。

【批語】

〔一〕八句點題。

〔二〕鍾云：「問得幻。」今按：見《唐詩歸》卷六，列之盛唐。後有「想得見」三字。

〔三〕八句言月無今古，人有變更，江月不知待誰，惟江流與之同無盡耳。暗含結句「情」字，呼起下文。

〔四〕接筆神妙，即浮雲遊子意。

〔五〕乘月者。

〔六〕望月者。

〔七〕雁飛不帶月去，魚躍只成波紋。然則逐華流照，安可得哉？十二句因月而憶，思婦悵望之情也。始點「夜」字。

〔八〕自「月照花林」後，絶不再及，至此入「花」字，更下一「夢」字，奇幻。

〔九〕八句全題，逐字收清。言春已去、花已落、月已斜、客路無限，乘時而歸者，有幾人也？能無因落月，而情傷江樹乎？鍾退谷云：「落月摇情，情滿江樹，『摇』字、『滿』字幻而動，讀之目不能瞬。」今按：語見《唐詩歸》卷六。

徐而菴云：「聞潭之夢，至此醒矣。」今按：徐增，生於明萬曆四十年（1612），字子能，號而菴，梅鶴詩人。江南長洲（今蘇州）人。明崇禎間諸生。此句當出其《而菴説唐詩》卷四（康熙九年九誥堂本）。

全詩：數字題耳，交錯迴環，幾於五色迷目。「情」字篇末點睛，遂令題中字字化爲煙雲。

【今校】

《全唐詩》卷一百十七，「里」注「一作頃」。「妝」注「一作玉」。「玉」注「一作遮」。

桃源行

王　維

漁舟逐水愛山春，兩岸桃花夾古津〔一〕。坐看紅樹不知遠，行盡清溪不見人〔二〕。山口潛行始隈隩，山開曠望旋平陸。遙看一處攢雲樹，近入千家散花竹。樵客初傳漢姓名，居人未改秦衣服〔三〕。居人共住武陵源，還從物外起田園。月明松下房櫳靜，日出雲中雞犬喧。驚聞俗客爭來集，競引還家問都邑。平明閭巷掃花開，薄暮漁樵乘水入。初因避地去人間，及至成仙遂不還。峽裏誰知有人事，世中遙望空雲山〔四〕。不疑靈境難聞見，塵心未盡思鄉縣。出洞無論隔山水，辭家終擬長游衍〔五〕。自謂經過舊不迷〔六〕，安知峰壑今來變〔七〕。當時只記入山深，清溪幾曲到雲林。春來遍是桃花水，不辨仙源何處尋〔八〕。

【原注】

〔題〕陶潛《桃花源記》：「晉太元中，武陵人捕魚爲業。緣溪行，忽逢桃花林，夾岸數百步，落英繽紛。漁人甚異之，欲窮其林。林盡水源，便得一山，山有小口，從口入。初極狹，復行數十步，豁然開朗。土地平曠，屋舍儼然，有良田、美池、桑竹之屬。阡陌交通，鷄犬相聞。其中往來種作，男女衣着，悉如外人。自雲先世避秦時亂，率妻子邑人來此絶境，遂與外人間隔。問今是何世，乃不知有漢，無論魏晉。此人一一爲具言所聞。停數日，辭去。既出，詣太守，説如此，太守即遣人隨其往，遂迷，不復得路。」按：湖南常德府桃源縣北有桃花溪，南有桃花洞，相傳即陶公所記桃花源也。

【批語】

〔一〕一作「去津」。

〔二〕寫景幻甚。

〔三〕簡浄。

〔四〕畫出仙境。

〔五〕反筆呼起。

〔六〕再足一筆。

〔七〕轉下。

〔八〕就「桃花水」上加「遍是」二字，便覺又是一世界，一光景，令人味之不盡。

【今校】

《全唐詩》卷一百二十五，「古」作「去」，注「一作古」。「静」注「一作浄」。「驚」一作「忽」。「都」注「一作鄉」。「及至」注「一作更聞」。「遂」注「一作去」。「峰」，注「一作岑」。「曲」注「一作度」。

夜歸鹿門山歌

孟浩然

山寺鳴鐘晝已昏，魚梁渡頭争渡喧。人隨沙岸向江村，余亦乘舟歸鹿門〔一〕。鹿門月照開煙樹，忽到龐公棲隱處。巖扉松徑長寂寥，惟有幽人自來去〔二〕。

【原注】

〔題〕《唐書·文藝傳》：「孟浩然，襄陽人，隱鹿門山，年四十，乃遊京師。」按：鹿門山，舊名蘇嶺，在今湖北襄陽縣東南。

〔魚梁〕《水經·沔水》酈道元注：「沔水，中有魚梁洲，龐德公所居。」

〔龐公〕《後漢書·逸民傳》：「龐公者，南郡襄陽人也。居峴山之南，未嘗入城府，荆州刺史劉表數延請不能屈，後携其妻子登鹿門山，因采藥不返。」

【批語】

〔一〕以人歸，引起己歸。鍾云：「幽細之調，得此一轉有力。」今按：見《唐詩歸》卷十。

〔二〕翛然絶塵，一幅淡墨畫圖。

【今校】

《全唐詩》卷一百五十九，「梁」注「一作陽」。「岸」作「路」，注「一作岸」。「開煙」注「一作煙中」。「到」注「一作辨」。「松」注「一作草」，「巖扉松徑」注「一作樵徑非遥」。「寥」注「一作寞」。「自」，作「夜」。

送劉昱

李頎

八月寒葦花，秋江浪頭白〔一〕。北風吹五兩，誰是潯陽客〔二〕。鸕鷀山頭片雨晴，揚州郭裏暮潮生〔三〕。行人夜宿金陵渚，試聽沙邊有雁聲〔四〕。

【原注】

〔五兩〕郭璞《江賦》：「覘五兩之動静。」李善注：《兵書》曰：「凡候風法，以雞羽重八兩，建五丈旗取羽繫其巔。」許慎《淮南子注》曰：「綄候風者，楚人謂之五兩也。」

〔潯陽〕見後白居易《琵琶引》。

〔鸕鷀山〕未詳所在。

〔揚州〕《唐書·地理志》：「淮南道揚州廣陵郡。」按：今屬江蘇。

〔金陵〕見三卷劉禹錫詩。

【批語】

〔一〕葦花點浪而白。

〔二〕謂劉。

〔三〕二句所經歷處。

〔四〕雁集必有儔侶，冀劉聞而相思也。

【今校】

《全唐詩》卷一百三十三，「片」作「微」，「有」注「一作南」。

琴歌送別

李頎

主人有酒歡今夕，請奏鳴琴廣陵客。月照城頭烏半飛，霜淒萬樹風入衣〔一〕。銅鑪華燭燭增輝，初彈《淥水》後楚妃。一聲已動物皆靜，四座無言星欲稀〔二〕。清淮奉使千餘里，敢告雲山從此始。

【原注】

〔廣陵〕《晉書・嵇康傳》：「初，康嘗遊洛西，暮宿華陽亭，引琴而彈。夜分，忽有客詣之，與康共談音律，因索琴彈之，而爲《廣陵散》。聲調絶倫，遂以授康。」

〔淥水〕《淮南子・俶真訓》：「足蹀《陽阿》之舞，而手會《淥水》之趨。」高誘注：「淥水，舞曲也。一曰古詩也。趨，投節也。」嵇康《琴賦》：「初涉《淥水》，中奏清徵。」

〔楚妃〕徐堅《初學記・樂部》：「《琴歷》曰：琴曲有《廣陵散》、《楚妃歎》、《風入松》、《烏夜啼》。」

〔清淮〕何遜《與胡興安夜別詩》：「月映清淮流。」

【批語】

〔一〕鍾云：「字字與琴相關。」

〔二〕譚云：「穆然深思之言。」今按：鍾、譚二語俱見《唐詩歸》卷十四。鍾云原作：「一字不說琴字，卻字字與琴相關。」

沈云：「比『高堂如空山』、『能使江月白』等語更微更遠。」今按：語見《唐詩別裁集》卷五。

全詩：結送別，又妙在一字不粘着琴，此之謂遠。

燕歌行

高適

漢家煙塵在東北，漢將辭家破殘賊。男兒本自重横行，天子非常賜顏色〔一〕。摐金伐鼓下榆關，旌旆逶迤碣石間。校尉羽書飛瀚海，單于獵火照狼山〔二〕。山川蕭條極邊土〔三〕，胡騎憑陵雜風雨〔四〕。戰士軍前半死生，美人帳下猶歌舞〔五〕。大落窮秋塞草腓〔六〕，孤城落日鬭兵稀〔七〕。身當恩遇常輕敵〔八〕，力盡關山未解圍〔九〕。鐵衣遠戍辛勤久，玉筯應啼離別後。少婦城南欲斷腸，征人薊北空回首〔十〕。邊風飄飄那可度，絶域蒼茫何所有。殺氣三時作陣雲，寒聲一夜傳刁斗〔十一〕。相看白刃血紛紛，死節從來豈顧勳。君不見沙場征戰苦，至今猶憶李將軍〔十二〕。

【原注】

〔題〕開元二十六年，客有從御史大夫張公出塞而還者，作《燕歌行》以示。適感征戍之事，因而和焉。

吴兢《樂府古題要解》：「《燕歌行》，晉樂，奏魏文帝『秋風蕭瑟天氣涼』『别日何易會日難』二篇，言時序遷换而行役不歸，佳人怨曠無所訴也。」《周書·王褒傳》：「褒曾作《燕歌行》，妙盡關塞寒苦之狀。」

〔横行〕《史記·季布傳》：「上將軍樊噲曰：臣願得十萬衆，横行匈奴中。」

〔摐金〕司馬相如《子虚賦》：「摐金鼓。」郭璞注：韋昭曰：「摐，擊也。音窗。」

〔榆關〕閻若璩《潛邱劄記》：「燕，今京師，『榆』當作『渝』，音喻，水名。又曰：臨渝關，在永平府撫寧縣東，今山海關即其移而更名者。」

〔碣石〕見前張若虚《春江花月夜》。

〔校尉〕見一卷常建《弔王將軍》。《漢書·百官公卿表》：「自司隸至虎賁校尉，秩皆二千石。」

〔瀚海〕《史記・衛將軍驃傳》：「元狩四年，上令大將軍青、驃騎將軍去病將各五萬騎，咸擊匈奴單于，出代、右北平千餘里，絶大幕，封狼居胥山，禪於姑衍，登臨翰海，執鹵獲醜七萬有四百四十三級。」程大昌《北邊備對》：「幕者，漠也。言沙積廣莫，望之漠漠然也。漢以後，史家變稱爲磧。磧者，沙積也，其義一也。」按：狼居胥山、姑衍並在漠北，今喀爾喀地。瀚海，今蘇尼特之北，喀爾喀之南。

〔狼山〕《漢書・地理志》：「右北平郡白狼。」注：師古曰：「有白狼山，故以名縣。」按：山在今直隸承德府建昌縣境。

〔大漠〕見上。揚子《法言・孝至篇》：「龍堆以西，大漠以北。」

〔腓〕《詩・小雅・四月篇》：「百卉具腓。」毛亨傳：「腓，病也。」陸德明《釋文》：「韓詩云：變也。」

〔玉筯〕白居易《六帖・泣部》：「甄后面白，淚雙垂，如玉筯。」

〔薊北〕《禮樂記》：「封黃帝之後於薊。」《漢書・地理志》：「廣陽國薊，故燕國召公所封。」按：今順天府大興縣。

〔刁斗〕《史記・李將軍傳》裴駰《集解》：「孟康曰：以銅作鐎器，受一斗，晝炊飯食，夜擊持行，名曰刁斗。」

〔李將軍〕《史記・李將軍傳》：「廣廉，得賞賜輒分其麾下，飲食與士共之。乏絶之處，見水，士卒不盡飲，廣不近水，士卒不盡食，廣不嘗食。士以此愛樂爲用。及死之日，天下知與不知，皆爲盡哀。」

【批語】

〔一〕賜顏色於横行之輩，邊釁所以開也。諷刺語，卻矯健之甚。

〔二〕匈奴逆戰。

〔三〕路遠。

〔四〕敵强。

〔五〕沈痛刺骨。

〔六〕天寒。

〔七〕兵少。

〔八〕希邀天幸。

〔九〕不克成功。

〔十〕回憶室家之情。

〔十一〕重敘邊防之苦。

〔十二〕使得恤下如李將軍，則雖無功而死於白刃間，亦所不顧，無如非其人也。

全詩：紀云：此刺邊將佚樂不恤士卒，通首敘關塞之苦，只以「戰士」二句、「君不見」二句點睛運意，運意絶高。今按：語見《删正二馮評閲才調集》。

《説詩晬語》云：「王、李、高、岑四家，每段頓挫處，略作對偶，於局勢散漫中求整飭也。李、杜風雨分飛，魚龍百變，讀者又爽然自失矣。」今按：《説詩晬語》，沈德潛著。引文見卷上第八六條。王、李、高、岑，原作「高、岑、王、李（頎）」，句末「矣」字原無（據人民文學出版社 1986 年校點本）。

【今校】

《全唐詩》卷二百十三，「賜」注「一作借」。「腓」注「一作哀」。「風」作「庭」，注「一作風」。「度」注「一作越」。「茫」注「一作黄」。「何所」作「更何」，注「一作何所」。「時」注「一作日」。「聲」注「一作風」。「血」注「一作雪」，「一作徒」。

走馬川行奉送封大夫出師西征

岑參

君不見走馬川行雪海邊，平沙莽莽黄入天。輪臺九月風夜吼，一川碎石大如斗，隨風滿地石亂走〔一〕。匈奴草黄馬正肥，金山西見煙塵飛，漢家大將西出師。將軍金甲夜不脱，半夜軍行戈相撥，風頭如刀面如割〔二〕。馬毛帶雪汗氣蒸，五花連錢旋作冰，幕中草檄硯水凝。虜騎聞之應膽懾，料知短兵不敢接，車師西門佇獻捷〔三〕。

【原注】

〔題〕《唐書·封常清傳》：「擢安西副大都護、安西四鎮節度副大使，知節度事。未幾，改北庭都護，持節伊西節度使。」按：走馬川，未詳所在。今陝西延安府定縣東北有走馬水，或即是此。

〔雪海〕《唐書·西域傳》：「出安西，西南直葱嶺贏二千里。度雪海，春夏常雨雪。」

〔黄沙〕《魏書·吐谷渾傳》：「沙州刺史。部内有黄沙，周迴數百里，不生草木，因號『沙州』。」

〔輪臺〕《漢書·李廣利傳》：「烏孫、輪臺易苦漢使。」注：「師古曰：『輪臺，亦國名。』」《唐書·地理志》：「隴右道北庭大都護府，縣四，金滿、輪臺、後庭、西海。」

〔匈奴〕《史記·匈奴傳》：「匈奴，其先祖夏后氏之苗裔也，曰淳維。唐、虞以上有山戎、獫狁、葷粥，居於北蠻，隨畜牧而轉移。無城郭常處耕田之業。」

〔金山〕《隋書·突厥傳》：「突厥之先，平涼雜胡也，姓阿史那氏。世居金山。」按：山在今甘肅安西州玉門縣東南，一云即今阿爾泰山，在巴里坤西北路。

〔五花〕李白《將進酒》王琦注：「五花馬，謂馬之毛色作五花文者。讀杜甫《高都護驄馬行》云『五花散作雲滿身』，厥壯可觀矣。」

〔連錢〕《爾雅·釋畜》：「青驪驎驒。」郭璞注：「色有深淺，斑駁隱鄰。今之連錢驄。」

〔車師〕《漢書·西域傳》：「車師前王國，治交河城，去長安八千一百五十里。車師後王國，治務塗谷，去長安八千九百五十里。」

【批語】

〔一〕奇景以奇語出。

〔二〕險絶，駭絶。

〔三〕謂於車師之西門受降也。一作「軍師」。

全詩：逐句用韻，三句一轉，危絃促節，駭目驚心。

【今校】

《全唐詩》卷一百九十九，首句注「一作君不見走馬滄海邊」。

白雪歌送武判官歸京

岑參

北風捲地白草折，胡天八月即飛雪。忽如一夜春風來，千樹萬樹梨花開〔一〕。散入珠簾濕羅幕，狐裘不煖錦衾薄。將軍角弓不得控，都護鐵衣冷難著。瀚海闌干百丈冰，愁雲慘澹萬里凝〔二〕。中軍置酒飲歸客，胡琴琵琶與羌笛。紛紛暮雪下轅門，風掣紅旗凍不翻。輪臺東門送君去，去時雪滿天山路。山迴路轉不見君，雪上空留馬行處〔三〕。

【原注】

〔白草〕《漢書・西域傳》：「鄯善國，本名樓蘭國，出玉，多葭葦、檉柳、胡桐、白草。」注：「孟康曰：白草，似莠而細，無芒。」

〔都護〕《漢書・百官公卿表》：「西域都護，宣帝地節二年初置。」

〔瀚海〕《史記・匈奴傳》裴駰《集解》：「如淳曰：瀚海，北海名。」

〔闌干〕左思《吳都賦》劉逵注：「闌干，猶縱横也。」

〔輪臺〕見上首。

〔天山〕《漢書・武帝紀》：「貳師將軍三萬騎出酒泉，與右賢王戰於天山。」注：「師古曰：即祁連山也。匈奴謂天爲祁連，今鮮卑語尚然。」按：山在甘肅肅州嘉峪關外，其勢蜿蜒，高聳雲外，冬夏積雪不消，綿亘東西九千里有奇。

【批語】

〔一〕入手飄逸，「梨花」句形容雪景盡致。

〔二〕以下送歸。

〔三〕深情無限，妙在到底不脱雪。

【今校】

《全唐詩》卷一百九十九，「角」注「一作雕」。「百丈」注「一作千尺」。

餘杭醉歌贈吴山人

丁仙芝

曉幕紅襟燕，春城白項烏。只來梁上語，不向府中趨〔一〕。城頭坎坎鼓聲曙，滿庭新種櫻桃樹。桃花昨夜撩亂開，當軒發色映樓臺。十千兑得餘杭酒，二月春城長命杯。酒後留君待明月，還將明月送君回〔二〕。

【原注】

〔題〕《漢書·地理志》：「會稽郡餘杭。」按：今屬浙江杭州府。

〔坎坎〕《詩·小雅·伐木篇》鄭玄箋：「爲我擊鼓，坎坎然。」

〔餘杭酒〕葛洪《神仙傳》：「王遠過吴，住胥門蔡經家，酒盡，遠遣左右以千錢與餘杭姥乞酤酒。」

〔長命杯〕庾信《正旦蒙趙王賚酒》詩：「新年長命杯。」

【批語】

〔一〕四句比山人之高，見非公不至，得漢魏樂府神理。

〔二〕自朝至暮，作竟日歎，深情遠韻，味之無極。

蜀道難

李　白

噫吁戲，危乎高哉！蜀道之難難於上青天〔一〕。蠶叢及魚鳧，開國何茫然。爾來四萬八千歲，不與秦塞通人煙。西當太白有鳥道，可以横絶峨眉巔。地崩山摧壯士死，然後天梯石棧相鉤連〔二〕。上有六龍迴日之高標，下有衝波逆折之洄川。黄鶴之飛尚不得過，猿猱欲度愁攀緣。青泥何盤盤，百步九折縈巖巒。捫參歷井仰脅息，以手撫膺坐長歎〔三〕。問君西遊何時還，畏途巉巖不可攀。但見悲鳥號古木，雄飛雌從繞林間。又聞子規啼夜月，愁空山。蜀道之難難於上青天，使人聽此凋朱顔〔四〕。連峯去天不盈尺，枯松倒挂倚絶壁。飛湍瀑流争喧豗，砯崖轉石萬壑雷。其險也若此，嗟爾遠道之人胡爲乎來哉〔五〕。劍閣峥嶸而崔嵬，一夫當關，萬夫莫開。所守或匪親，化爲狼與豺。朝避猛虎，夕避長蛇。磨牙吮血，殺人如麻。錦城雖云樂，不如早還家〔六〕。蜀道之難難於上青天，側身西望長咨嗟〔七〕。

【原注】

〔題〕吴兢《樂府古題要解》：「《蜀道難》，備言銅梁玉壘之險。」按：今四川成都府古蜀國。

〔蠶叢魚鳧〕左思《蜀都賦》劉逵注：「揚雄《蜀王本紀》曰：蜀王之先名蠶叢、柏濩、魚鳧、蒲澤、開明。是時人萌，椎髻左衽，不曉文字，未有禮樂。從開明上到蠶叢，積三萬四千歲。」按：「柏濩」，《華陽志》作「柏灌」，「蒲澤」即「杜宇」，《志》作「蒲卑」。

〔太白〕《水經·渭水》酈道元注：「太白山在武功縣南，不知其高幾何？俗云：武功太白去天三百。」按：在今陝西鳳翔府郿縣東南。

〔鳥道〕謝靈運《山居賦》自注：「前嶺鳥道，正當五十里高。」按：謂其險絶無蹊，僅有飛鳥之道耳。

〔峨眉〕《太平御覽·地部》：「《益州記》曰：蛾眉山，在南安縣界，兩山首相望如蛾眉。」按：山在四川嘉定府峨眉縣西南，字當從虫。今分大峨、中峨、小峨三山。

〔壯士死〕常璩《華陽國志·蜀志》：「蜀有五丁力士，能移山，惠王知蜀王好色，許嫁五女於蜀，蜀遣五丁迎之，還到梓潼，見一大蛇入穴中，一人攬其尾，掣之不禁，至五人相助，大呼拽蛇，山崩，時壓殺五人及秦五女，而山分爲五。」

〔六龍〕徐堅《初學記·天部》：《淮南子》云：「頓於連石，是謂下春。爰止羲和，爰息六螭，是謂縣車。」注：「日乘車駕以六龍，羲和馭之，日至此而薄於虞泉，羲和至此而迴六螭。」

〔高標〕左思《蜀都賦》：「羲和假道於峻坂，陽烏迴翼乎高標。」按：王琢崖云：「高標，指蜀山之最高，而爲一方之標識者言也。」

〔青泥〕李吉甫《元和郡縣志》：「青泥嶺懸崖萬仞，上多雲雨行者，屢逢泥淖，故號爲青泥嶺。」按：嶺在今陝西漢中府略陽縣西北，甘肅秦州徽縣西爲入蜀之路。

〔捫參歷井〕王琢崖云：「捫參歷井謂仰視天星，去人不遠，若可以手捫及之。」

〔脅息〕《漢書·嚴延年傳》注：「師古曰：脅，歛也。屏氣而息。」

〔豗〕木華《海賦》李善注：「豗，呼迴反。相豗，相擊也。」黄公紹《古今韻會》：「豗，喧聲。」

〔砯〕郭璞《江賦》李善注：「砯，水激巖之聲也。普冰反。」

〔劍閣〕《水經·漾水》酈道元注：「又東南徑小劍戍北，西去大劍三十里，連山絶險，飛閣通衢，故謂之劍閣也。」張載《銘》曰：「一人守險，萬夫趦趄，信然。」按：劍閣在四川保寧府劍州東北，其上有大小劍門關。

〔錦城〕李吉甫《元和郡縣志》：「錦城在成都縣南十里，故錦官城也。」按：又見三卷杜甫《春夜喜雨》。

【批語】

〔一〕二句通篇節奏。

〔二〕造語奇險。

〔三〕以上言嶺峻路絶，僅有鳥道，至五丁開山後，梯棧相連，始通秦塞，然其險則上際天，下極地，雖鳥獸猶憚之，而人可知矣。備敘蜀道之難，以還題意。

〔四〕正敘幸蜀事，「君」字指明皇，烏號鵑啼，見人跡稀少也。

〔五〕重寫「難」字，總束三語，筆力千鈞，遠道之人指從者。

〔六〕以上言不憚其難者，蓋欲憑劍閣之險以自守耳。不知險不足恃，苟任非其人，則變生肘腋矣。故望其避難，而早還帝都也。高文險語，動魄驚心。「錦城」二句，通篇結穴。

〔七〕蕭粹齋云：「此爲禄山亂華，天子幸蜀而作。」今按：蕭士贇，字粹可，號粹齋。引文見王琦《李太白集注》卷三。

歸愚云：「筆陣縱横，如虬飛蠖動，起雷霆於指顧間，任華、盧仝輩仿之，適得其怪耳。太白所以爲仙才也。」今按：語見《唐詩别裁集》卷六。「指顧」下原有「之」字。

【今校】

《全唐詩》卷一百六十二，「相」注「一作方」。「六龍回日之高標」，注「一作横河斷海之浮雲」。「緣」作「援」，注「一作緣」。「問君」注「一作征人」。「時」注「一作當」。「古」注「一作枯」。「雎從」注「一作呼雎，一作從雎」。「去天不盈尺」注「一作入煙幾千尺」。「若」作「如」，注「一作若」。「夫」注「一作人」。「親」注「一作人」。「長咨」注「一作令人」。

遠別離

李　白

遠別離，古有皇英之二女，乃在洞庭之南，瀟湘之浦。海水直下萬里深，誰人不言此離苦。日慘慘兮雲冥冥，猩猩啼煙兮鬼嘯雨〔一〕。我縱言之將何補，皇穹竊恐不照余之忠誠。雷憑憑兮欲吼怒〔二〕，堯舜當之亦禪禹。君失臣兮龍爲魚，權歸臣兮鼠變虎〔三〕。或云堯幽囚，舜野死，九疑連綿皆相似，重瞳孤墳竟何是〔四〕。帝子泣兮綠雲間，隨風波兮去無還。慟哭兮遠望，見蒼梧之深山。蒼梧山崩湘水絶，竹上之淚乃可滅〔五〕。

【原注】

〔題〕郭茂倩《樂府詩集》：「《楚詞》曰：『悲莫悲兮生别離。』《古詩》曰：『行行重行行，與君生別離。』故後人擬之爲《古別離》。梁簡文帝又爲《生別離》。宋吴邁遠有《長別離》，唐李白有《遠別離》，亦皆類也。」

〔皇英〕劉向《列女傳・母儀》：「有虞二妃者，帝堯之二女也。長娥皇，次女英。」

〔洞庭瀟湘〕《水經・湘水》酈道元注：「大舜之陟方也。二妃從征，溺於湘江，神遊洞庭之淵，出入瀟、湘之浦。瀟者，水清深也。」

〔猩猩〕《爾雅·釋獸》:「猩猩,小而好啼。」

〔憑怒〕《左傳·昭公五年》:「震電馮怒。」杜預《集解》:「馮,盛也。」班固《東都賦》:「憑怒雷震。」

〔龍魚〕劉向《説苑·正諫篇》:「吴王欲從民飲酒,伍子胥諫曰:『昔白龍下清泠之淵,化爲魚,漁者豫且射中其目,白龍上訴天帝,天帝曰:「魚固人之所射也,豫且何罪?」夫白龍不化,豫且不射。今棄萬乘之位,而從布衣之士飲酒,臣恐其有豫且之患矣。』王乃止。」

〔鼠虎〕東方朔《答客難》:「用之則爲虎,不用則爲鼠。」

〔堯幽囚〕《史記·五帝紀》張守節正義:「《竹書》云:昔堯德衰,爲舜所囚也。」

〔舜野死〕《禮祭法》:「舜勤衆事而野死。」

〔九疑〕《史記·五帝紀》:「舜南巡狩,崩于蒼梧之野,葬于江南九疑,是爲零陵。」《山海經·海内經》:「南方蒼梧之丘,蒼梧之淵,其中有九嶷山,舜之所葬。」郭璞注:「其山九谿皆相似,故云九疑。古者總名其地爲蒼梧也。」按:在今湖南永州府寧遠縣南六十里。

〔重瞳〕《史記·項羽紀贊》:「舜目蓋重瞳子。」

〔帝子〕《楚詞·九歌·湘夫人》:「帝子降兮北渚。」王逸《章句》:「帝子謂堯女也。」

〔緑雲〕謂竹也。

〔竹上淚〕張華《博物志·史補》:「舜崩,二妃啼,以涕揮竹,竹盡班。」

【批語】

〔一〕日者，君象，雲盛則蔽其明，啼烟嘯雨，極形陰晦之甚。

〔二〕言之不察，徒觸邪臣之怒，謂楊、李用事，釀成禄山之亂也。

〔三〕玄宗傳位而稱上皇，是龍化爲魚；肅宗失權而委輔國，是鼠反爲虎。

〔四〕四句傷上皇幽於西内而崩，且虞園陵失守也。

〔五〕明皇因禄山之亂，傳位肅宗，宦者李輔國以上皇居興慶宫，日與外人交通，矯詔徙於西内。上皇怏怏，不懌而崩。太白自謂先帝舊臣，不勝感憤，乃以皇英自比，託古抒忱，若曰堯舜不聽二妃之言，棄之湘江，身遂幽囚野死，二妃思之不已焉。唐仲言云：「按：上皇崩，白自夜郎放還，與賈至同泛洞庭，此詩豈因其地而託興歟？曰我曰余，皆設爲妃言，非白自謂也。」

今按：見《唐詩解》卷十二。「上皇崩」下原有「於上元元年」五字。「此詩」上原有「故」字，下有「爲二妃思舜之詞」。

胡孝轅云：「體源於楚騷，韻調於漢鐃歌諸曲，屈折反覆，動盪自然。」今按：胡震亨，字孝轅。引文出《唐音統籤·丙籤》卷一百五十四。原作：「蓋體幹于《楚騷》，而韻調于漢鐃歌諸曲，以成爲一家語，參觀之，當得其源流所自。」劉辰翁云：「參差屈曲，幽人鬼語，而動蕩自然，無長吉之苦。」

【今校】
《全唐詩》卷一百六十二，「雷」作「雲」，注「一作雷」。「云」作「言」，注「一作云」。「何」注「一作誰」。

烏棲曲

李白

姑蘇臺上烏棲時，吳王宮裏醉西施。吳歌楚舞歡未畢，青山欲銜半邊日。銀箭金壺漏水多，起看秋月墜江波。東方漸高奈樂何。

【原注】
〔題〕注見下首。
〔姑蘇臺〕任昉《述異記》：「吳王夫差築姑蘇之臺，三年乃成，周旋詰屈，橫亘五里，宮妓數千人，爲長夜之飲。作天池，池中造青龍舟，舟中盛陳伎樂，日與西施爲水嬉。」按：臺在今江蘇蘇州府吳縣西南三十五里。
〔漏〕《周禮·夏官·挈壺氏》鄭玄注：「鄭司農云：懸壺以爲漏，漏之箭，晝夜共百刻，冬夏之間有長短焉。」

【批語】

此詩蓋爲明皇太真而作。末語見爲樂難久也。綴一單句，有不盡之妙。

【今校】

《全唐詩》卷一百六十二，「欲」注「一作猶」。「銀箭金壺」注「一作金壺丁丁」。「樂」注「一作爾」。

烏夜啼

李　白

黄雲城邊烏欲棲，歸飛啞啞枝上啼〔一〕。機中織錦秦川女，碧紗如煙隔窗語〔二〕。停梭悵然憶遠人，獨宿空房淚如雨〔三〕。

【原注】

〔題〕吴兢《樂府古題要解》：「《烏夜啼》，宋臨川王義慶造也。宋元嘉中，徙彭城王義康於豫章郡，義慶時爲江州，相見而哭。文帝聞而怪之，徵還宅，義慶大懼，妓妾聞烏夜啼，叩齋閣云：『明日應有赦。』及旦，改南兖州刺史，因作此歌。故其和云：『籠窗窗不開，夜夜望郎來。』亦有《烏栖曲》，不知與此同否？」

〔織錦〕《晉書・列女傳》：「竇滔妻蘇氏，名蕙，字若蘭，善屬文。滔，苻堅時爲秦州刺史，被徙流沙，蘇氏思之，織錦爲迴文旋圖詩以贈滔。宛轉循環以讀之，詞甚悽婉，凡八百四十字。」庾信《烏夜啼》：「彈琴蜀郡卓家女，織錦秦川竇氏妻。」

【批語】

〔一〕張華《禽經》注：「烏失雄雌則夜啼。」

〔二〕仙句，言聽烏啼如對語也。

〔三〕宋慤庭云：「結句一語嗚咽，不言神傷。」今按：見宋宗元《網師園唐詩箋注》卷五（尚絅堂版）。宋宗元，字慤庭，江蘇長洲人。

馮默庵云：「語淺味深，自然入妙，此太白本色也。後人以豪放學太白，失之遠矣。」今按：馮舒，號默菴。語出《二馮評點才調集》。

【今校】

《全唐詩》卷一百六十二，「機中織錦」注「一作閨中織婦」。「川」一作「家」。「悵然憶遠人」注「一作向人問故夫」。「空」作「孤」，注「一作空」。「獨宿空房」注「一作欲説遼西」。

久別離

李白

別來幾春未還家，玉窗五見櫻桃花。況有錦字書，開緘使人嗟。至此腸斷彼心絶，雲鬟綠鬢罷梳結，愁如迴飈亂白雪。去年寄書報陽臺，今年寄書重相催。東風兮東風，爲我吹行雲使西來。待來竟不來，落花寂寂委青苔。

【原注】

〔題〕注見下首。

〔陽臺〕宋玉《高唐賦·序》：「楚襄王與宋玉遊於雲夢之臺，望高唐之觀，其上獨有雲氣，王問玉曰：『此何氣也？』玉對曰：『所謂朝雲者也。昔者先王嘗遊高唐，怠而晝寢，夢見一婦人曰：「妾，巫山之女也，爲高唐之客，聞君遊高唐，願薦枕席。」王因幸之，去而辭曰：「妾在巫山之陽，高丘之岨，旦爲朝雲，暮爲行雨，朝朝暮暮，陽臺之下。」旦朝視之如言。故爲立廟，號曰朝雲。』」按：陽臺：在今四川夔州府巫山縣西。

【批語】

言盛年不再也。語特藴藉纏綿。

【今校】

《全唐詩》卷一百六十三，「梳」注「一作攬」。

長相思

李　白

日色已盡花含煙，月明如素愁不眠〔一〕。趙瑟初停鳳凰柱，蜀琴欲奏鴛鴦弦。此曲有意無人傳〔二〕，願隨春風寄燕然，憶君迢迢隔青天。昔日横波目，今成流淚泉。不信妾腸斷，歸來看取明鏡前〔三〕。

【原注】

〔題〕郭茂倩《樂府詩集》古詩曰：「客從遠方來，遺我一書札。上言長相思，下言久離別。」長者，久遠之詞。言行人久戍，寄書以遺所思也。

〔趙瑟〕《史記·藺相如傳》：「秦王飲酒酣曰：寡人竊聞趙王好音，請奏瑟。趙王鼓瑟。」楊惲《報孫會宗書》：「婦，趙女也，雅善鼓瑟。」

〔蜀琴〕《史記·司馬相如傳》：「蜀郡成都人也，字長卿，素與臨邛令王吉相善，臨邛中多富人，而卓王孫家僮八百人，程鄭亦數百人。二人乃相謂曰：『令有貴客，爲具召之。』並召令酒酣，臨邛令前奏琴曰：『竊聞長卿好之，願以自娛。』是時卓王孫有女文君新寡，好音，故相如繆與令相重，而以琴心挑之。文君夜亡奔相如。」庾信《烏夜啼》：「彈琴蜀郡卓家女。」

〔燕然〕《漢書·匈奴傳》：「貳師聞之，引兵還至速邪烏燕然山。」注：「師古曰：速邪，烏地名也。燕然山在其中。」按：山在今甘肅寧夏府北二千餘里。

【批語】

〔一〕曉嵐云：「二句開口有神。」今按：語見《刪正二馮評閲才調集》。

〔二〕節奏天成，不容湊泊。

〔三〕此戍婦詞也。意隨筆轉，調逸情遥。

【今校】

《全唐詩》卷一百六十五，「日」注「一作時」。

憶舊遊寄譙郡元參軍

李　白

憶昔洛陽董糟丘，爲余天津橋南造酒樓。黄金白璧買歌笑，一醉累月輕王侯〔一〕。海内賢豪青雲客，就中與君心莫逆。迴山轉海不作難，傾情倒意無所惜〔二〕。我向淮南攀桂枝，君留洛北愁夢思。不忍别，還相隨。相隨迢迢訪仙城，三十六曲水迴縈。一溪初入千花明，萬壑度盡松風聲〔三〕。銀鞍金絡到平地，漢東太守來相迎〔四〕。紫陽之真人，邀我吹玉笙。餐霞樓上動仙樂，嘈然宛似鸞鳳鳴。袖長管催欲輕舉，漢東太守醉起舞。手持錦袍覆我身，我醉横眠枕其股〔五〕。當筵意氣凌九霄，星離雨散不終朝，分飛楚關山水遥。余既還山尋故巢，君亦歸家渡渭橋〔六〕。君家嚴君勇貔虎，作尹并州遏戎虜。五月相呼度太行，摧輪不道羊腸苦。行來北涼歲月深，感君重義輕黄金。瓊杯綺食青玉案，使我醉飽無歸心。時時出向城西曲，晉祠流水如碧玉。浮舟弄水簫鼓鳴，微波龍鱗莎草緑。興來攜妓恣經過，其若楊花似雪何。紅粧欲醉宜斜日，百尺清潭寫翠娥。翠娥嬋娟初月輝，美人更唱舞羅衣。清風吹歌入空去，歌曲自繞行雲飛〔七〕。此時行樂難再遇，西遊因獻《長楊賦》。北闕青雲不可期，東山白首還歸去〔八〕。渭橋南頭一遇君，酇臺之北又離羣〔九〕。問余别恨知多少，落花春暮争紛紛〔十〕。

【原注】

〔題〕《唐書・地理志》：「河南道亳州譙郡。」按：今安徽潁州府亳州。

〔洛陽〕《漢書・地理志》：「河南郡洛陽。」按：洛邑，周之東都，以地居洛水之北曰洛陽。

〔天津橋〕劉楚《登太白酒樓記》：「太白酒樓在故濟州，今濟寧府南城門上，壯麗雄偉，四望夷曠，其在洛陽天津橋南，董糟丘所造者，其事尤奇偉卓絶。」按：橋在洛陽縣西南。

〔淮南〕《漢書・地理志》：「九江郡，高帝四年更名爲淮南國，屬揚州。」《楚詞》淮南王《招隱士》：「攀援桂枝兮聊淹留。」

〔漢東〕《唐書・地理志》：「山南道，隨州漢東郡。」按：今湖北德安府隨州。

〔紫陽真人〕李白《漢東紫陽先生碑》：「先生姓胡氏，始八歲，經仙城山，有清都紫微之遐想。九歲出家，所居苦竹院，置餐霞之樓，手植雙桂，棲遲其下。」

〔渭橋〕《史記・張釋之傳》司馬貞《索隱》：「案：今渭橋有三所，一所在城西北咸陽路，曰西渭橋；一所在東北高陵路，曰東渭橋；其中渭橋在古城之北也。」

〔并州〕《唐書・地理志》：「河東道太原郡，本并州。開元十一年爲府。」按：太原府屬山西。

〔太行〕《漢書・地理志》：「河内郡山陽太行山，在西北。」按：太行，延袤千餘里，起河南懷慶府濟源縣，迆而東北，跨山西直隸界。

〔羊腸〕《水經・汾水》酈道元注：「羊腸阪在晉陽西北，石磴縈紆若羊腸焉。」魏武帝《苦寒行》：「北上太行山，艱哉何巍巍。羊腸坂詰屈，車輪爲之摧。」

〔北京〕《唐書・地理志》：「河南道北都，天授元年置，天寶元年曰北京。」按：今山西太原府。

〔晉祠〕《水經・晉水》酈道元注：「《山海經》曰：懸甕之山，晉水出焉。昔智伯之遏晉水以灌晉陽，其川上溯。後人踵其遺跡，蓄以爲沼，沼西際山枕水，有唐叔虞祠。水側有涼堂，結飛梁於水上，左右雜樹交蔭，希見曦景。至有淫朋密友，羈遊宦子，莫不尋梁契集，用相娛慰，於晉川之中，最爲勝處。」按：祠在太原縣西南。

〔長楊賦〕揚雄《長楊賦・序》：「上將大誇胡人以多禽獸，命右扶風發民入南山，張羅網罝罘，捕熊、羆、虎、豹、狐、兔、麋、鹿，載以檻車，輸長楊射熊館，上親臨觀焉。雄從至射熊館，還，上《長楊賦》。」

〔東山〕劉義慶《世説新語・排調門》：「謝公在東山，朝命屢降而不動。」楊慎《升庵詩話》：「杜子美詩『近來海内爲長句，汝與東山李白好』，流俗本妄改作『山東李白』。按樂史序《李白集》云：『白客遊天下，以聲妓自隨，效謝安石風流，自號東山子。』子美詩句，正因其自號而稱之耳。」

〔酇臺〕《漢書・地理志》：「沛郡酇，莽曰贊治。」注：「應劭曰：音嵯。」師古曰：「此縣本爲鄘，應音是也。而莽呼爲贊治，則此縣亦有贊音。」按：縣故城在河南歸德府永城縣西南。

【批語】

〔一〕四句作引，引入元參軍。

〔二〕四句與參軍始合。

〔三〕以上言欲離仍合。

〔四〕此是賓。

〔五〕以上言元隨已客於太守。

〔六〕此言離。

〔七〕以上言再合。

〔八〕此言再離。

〔九〕此又一合一離，只以二語括之，敘法詳略錯綜。

〔十〕歷敘舊遊，以離合之情事爲文章之轉折，結構分明，才情動盪。唐云：「敘事四轉，語若貫珠，絶非初唐牽合之比。長篇當以此爲法。」原本結尾尚有四句，删去，轉覺味長。今按：見《唐詩解》卷十九。「絶非」原作「又非」。

【今校】

原注：「到」一作「倒」。《全唐詩》卷一百七十二，「重」作「貴」，注「一作重」。「行」注「一作歡」。末尾删去四句爲：「言亦不可盡，情亦不可極。呼兒長跪緘此辭，寄君千里遥相憶。」

夢遊天姥吟留別

李　白

海客談瀛洲，煙波微茫信難求〔一〕。越人語天姥，雲霓明滅或可覩。天姥連天向天横，勢拔五岳掩赤城。天台四萬八千丈，對此欲倒東南傾〔二〕。我欲因之夢吴越，一夜飛度鏡湖月〔三〕。湖月照我影，送我至剡溪。謝公宿處今尚在，緑水蕩漾清猿啼。脚著謝公屐，身登青雲梯。半壁見海日，空中聞天雞。千巖萬轉路不定，迷花倚石忽已暝。熊咆龍吟殷巖泉，慄深林兮驚層巔。雲青青兮欲雨，水澹澹兮生煙。列缺霹靂，丘巒崩摧。洞天石扇，訇然中開。青冥浩蕩不見底，日月照耀金銀臺。霓爲衣兮風爲馬，雲中君兮紛紛而來下。虎鼓瑟兮鸞迴車，仙之人兮列如麻〔四〕。忽魂悸以魄動，怳驚起而長嗟。惟覺時之枕席，失向來之煙霞〔五〕。世間行樂亦如此，古來萬事東流水〔六〕。别君去時何時還，且放白鹿青崖間，須行即騎訪名山。安能摧眉折腰事權貴，使我不得開心顔〔七〕。

【原注】

〔題〕《明一統志·浙江·紹興府·山川》：「天姥山，在新昌縣東南五十里，東接天台。《寰宇記》：『登此山者，或聞天姥歌謡之聲。』道書以爲第十六福地。」

〔瀛洲〕《列子·湯問篇》：「渤海之東有大壑焉，名曰歸墟。其中有五山焉，四曰瀛洲。」

〔五岳〕《爾雅·釋山》：「河南華，河西嶽，河東岱，河北恒，江南衡。」

〔赤城天台〕孫綽《遊天台山賦》：「赤城霞起而建標。」李善注：「支遁《天台山銘·序》曰：『剡縣東南有天台山孔靈符。』《會稽記》曰：『赤城山，石色皆赤，狀似雲霞。』」按：天台赤城，在今浙江台州府天台縣西北。

〔鏡湖〕徐堅《初學記·州郡部》：「《輿地志》曰：『山陰南湖，縈帶郊郭，白水翠巖，互相映發，若鏡若圖。』故王逸少云：『山陰路上行，如在鏡中遊。』」按：鏡湖，一名鑑湖，在浙江紹興府山陰縣南。

〔剡溪〕樂史《太平寰宇記》：「剡溪，在越州剡縣南一百五十步，即王子猷雪夜訪戴逵之所也。一名戴溪。」按：剡，音閃。今爲嵊縣，屬紹興府。

〔謝公宿處〕謝靈運《登臨海嶠初發彊中作》：「暝投剡中宿，明登天姥岑。高高入雲霓，還期那可尋。」

〔屐〕《宋書·謝靈運傳》：「尋山陟嶺，必造幽峻，常著木屐，上山則去前齒，下山去其後齒。」

〔殷〕《詩·召南·殷其靁篇》陸德明《釋文》：「殷，音隱，雷聲也。」

〔列缺霹靂〕揚雄《羽獵賦》：「霹靂列缺，吐火施鞭。」注：「應劭曰：霹靂，雷也。列缺，天隙電照也。」

〔訇〕音薨，大聲。

〔霓衣〕《楚詞·九歌》：「青雲衣兮白霓裳。」

〔風馬〕漢樂府《練時日》：「靈之下若風馬。」傅玄《吴楚歌》：「雲爲車兮風爲馬。」

〔雲中君〕《楚詞·九歌·雲中君》：「靈皇皇兮既降。」王逸《章句》：「靈，謂雲神也。」

〔虎鼓瑟〕張衡《西京賦》：「白虎鼓瑟，蒼龍吹篪。」

〔鸞車〕《太平御覽·車部》：「《尺素訣》曰：『太微天帝，登白鸞之車。』」

〔白鹿〕《楚詞·哀時命》：「騎白鹿而容與。」

【批語】

〔一〕引起。

〔二〕襯筆。

〔三〕皆言夢中所歷。

〔四〕以奇筆寫夢境，縱横變滅，光怪迷離。

〔五〕夢悟。

〔六〕因夢遊推開，見世事皆成虚幻也。

〔七〕留别意只末路一點。沈云：「託言夢遊，窮形盡相，以極洞天之奇幻，至醒後頓失烟霞矣。知世間行樂亦同一夢，安能於夢中屈身權貴乎？吾當别去，遍遊名山以終天年也。詩境雖奇，脈理極細。」今按：語見《唐詩别裁集》卷六。

兵車行

杜　甫

車轔轔，馬蕭蕭，行人弓箭各在腰。耶孃妻子走相送，塵埃不見咸陽橋。牽衣頓足攔道哭，哭聲直上干雲霄〔一〕。道傍過者問行人，行人但云點行頻。或從十五北防河，便至四十西營田。去時里正與裹頭，歸來頭白還戍邊。邊庭流血成海水，武皇開邊意未已〔二〕。君〔三〕不聞漢家山東二百州，千村萬落生荆杞。縱有健婦把鋤犂，禾生隴畝無東西。況復秦兵耐苦戰，被驅不異犬與雞〔四〕。長者雖有問，役夫敢申恨〔五〕。且如今年冬，未休關西卒。縣官急索租，租税從何出〔六〕。信知生男惡，反是生女好。生女猶得嫁比隣，生男埋没隨百草〔七〕。君〔八〕不見青海頭，古來白骨無人收。新鬼煩冤舊鬼哭，天陰雨濕聲啾啾〔九〕。

【原注】

〔咸陽橋〕見前李白《憶舊遊》。

〔防河〕錢牧齋云：《舊唐書》：「開元十五年，以吐蕃侵擾河右，徵關中兵數萬，集臨洮防秋。」

〔營田〕《唐書·食貨志》：「唐開軍府以扞要衝，因隙地，置營田，有警則以兵若夫千人助收。」

〔山東〕顧炎武《日知録》：「古所謂山東者，華山以東。《管子》言：『楚者，山東之强國也。』唐人則以太行山之東爲山東。」

〔關西〕朱長孺云：「關西即隴外。」《唐書·地理志》：「隴右道，蓋古雍、梁二州之境，自禄山之亂，河右暨西平、武都、合川、懷道等郡，皆没於吐蕃。」

〔縣官〕《史記・絳侯世家》司馬貞《索隱》：「縣官謂天子也。所以謂國家爲縣官者，《夏官》王畿内縣即國都也，王者官天下，故曰縣官也。」

〔青海〕《隋書・西域傳》：「青海，周迴千餘里，中有小山。」按：青海即西海，在今甘肅西寧府西五百餘里，隋時屬吐谷渾，唐高宗時爲吐蕃所據，儀鳳中李敬元，開元中王君㚟、崔希逸、皇甫惟明、王忠嗣，先後與吐蕃攻戰，皆近其地。

【批語】

〔一〕此段敘送別之狀，瞥然而起，風雨颯至。

〔二〕託諷。

〔三〕指過者。

〔四〕此段敘從前之苦，逗出「點行頻」三字，爲詩眼。又揭出「開邊未已」四字，見作詩之旨。

〔五〕重喚過者，作一頓挫。

〔六〕名隸征戍，仍督其家輸賦，較前更進一層。

〔七〕痛絶語。

〔八〕指過者。

〔九〕此段敘現在之苦，「今年」二句，是本題正面。

全詩：詩爲明皇用兵吐蕃而作。通篇以苦役作主，中間夾寫凋敝，頻呼君不聞、君不見，喚醒激切。咸陽橋、青海頭、人哭、鬼哭，首尾相對。借漢以喻唐，借山東以切關西，尤得體。

【今校】

《全唐詩》卷二百十六，「攔」作「闌」，注「一作橋」。「或從十五北防河」下注：「開元十五年，以吐蕃爲邊害。詔隴右、河西兵集臨洮，朔方兵集會州，防秋。至冬初無寇而罷。」「里正」下注：「唐制：百户爲一里，里置正一人。」「還」注「一作猶」。「庭」作「亭」，注「一作庭」。「武」注「一作我」。「武皇」下注：「唐人稱太宗爲文皇，明皇爲武皇。」「君不聞漢家山東」下注：「太行之東。唐都長安，凡河北諸道，皆爲山東。」「關」注「一作隴」。「未休關西卒」下注：「一作役夫心益憤。如今縱得休，還爲隴西卒。《通鑑》：天寶九載十二月，關西遊奕使王難得擊吐蕃，克五橋，拔樹敦城。」「縣官急索租」注「一作縣官云急索」。「得」作「是」，注「一作得」。「生男」「男」注「一作兒」。「聲」注「一作悲」。全詩下注：「錢謙益曰：天寶十載，鮮于仲通討南詔蠻，士卒死者六萬。制大募兩京及河南北兵以擊南詔，人莫肯應。楊國忠遣御史分道捕人，枷送軍所。此詩序南征之苦，設爲役夫問答之詞。『君不聞』以下，言征戍之苦，海内騷騷，不獨南征一役爲然也。」

哀江頭

杜　甫

少陵野老吞聲哭〔一〕，春日潛行曲江曲。江頭宫殿鎖千門，細柳新蒲爲誰緑〔二〕。

憶昔霓旌下南苑，苑中萬物生顔色。昭陽殿裏第一人〔三〕，同輦隨君侍君側。輦前才人帶弓箭，白馬嚼齧黄金勒。翻身向天仰射雲，一笑正墜雙飛翼〔四〕。明眸皓齒今何在，血污遊魂歸不得。清渭東流劍閣深，去住彼此無消息。人生有情淚沾臆，江水江花豈終極〔五〕。黄昏胡騎塵滿城，欲往城南望城北〔六〕。

【原注】

〔題〕哀貴妃也。帝與妃常遊幸曲江，故以《哀江頭》爲名。

〔少陵〕《漢書·外戚傳》：「許后立三年而崩，葬杜南，是爲杜陵南園。」注：「師古曰：即今之所謂少陵者，去杜陵十八里。」按：在今陝西西安府咸寧縣。

〔曲江〕康駢《劇談録》：「曲江池，本秦世隑州。開元中疏鑿，遂爲勝境。其南有紫雲樓、芙蓉苑，其西有杏園、慈恩寺，花卉環周，煙水明媚。都人遊翫，盛於中和、上巳之節。」按：在今咸寧縣東南。

〔南苑〕張禮《游城南記》：「芙蓉園，在曲江之西南，園内有池，謂之芙蓉池，唐之南苑也。」

〔昭陽〕見七卷王昌齡《西宫春怨》。

〔才人〕《唐書·百官志》：「美人四人，正三品，才人七人，正四品。」

〔遊魂〕《唐書·玄宗貴妃楊氏傳》：「帝西幸，至馬嵬，陳玄禮等以天下計，誅國忠已死，軍不解，帝遣力士問故，曰：『禍本尚在。』帝不得已，與妃訣，引而去，縊路祠下，裹尸以紫茵瘞道側，年三十八。」

〔清渭劍閣〕潘岳《西征賦》：「北有清渭濁涇。」《詩・邶風・谷風篇》毛亨傳：「涇渭相入而清濁異。」按：清渭，貴妃縊處。劍閣，明皇入蜀所經。彼此無消息，即《長恨歌》所謂「一別音容兩渺茫」也。

【批語】

〔一〕三字領通篇。

〔二〕起四句寫哀標意。

〔三〕謂貴妃。

〔四〕楊升庵云：「暗用如臯射雉事。」八句點所哀之人。今按：見《升庵詩話》卷一，原作：「杜詩『一箭正中雙飛翼』，黃山谷注作『一笑』，蓋用賈大夫妻射雉事也。」

〔五〕跌落目前，不用實敘，只以唱嘆出之，筆力最高，兼字字帶哭聲。

〔六〕望，向也。結出心迷目亂，與入手潛行關照。

【今校】

《全唐詩》卷二百十六，「少陵」下注：「漢宣帝葬杜陵，許後葬南園，謂之小陵，後人呼爲少陵，杜甫家焉。」「才」注「一作詞」。「嚙」一作「嚥」。「天」注「一作空」。「笑」，作「箭」，注「一作笑，一作發」。「水」注「一作草」。「望城」作「忘南」，注「一作望城」。

渼陂行

杜甫

岑參兄弟皆好奇〔一〕，携我遠來遊渼陂。天地黤慘忽異色，波濤萬頃堆琉璃。琉璃汗漫泛舟入，事殊興極憂思集。鼉作鯨吞不復知，惡風白浪何嗟及〔二〕。主人錦帆相爲開，舟子喜甚無氛埃〔三〕。鳧鷖散亂棹謳發，絲管啁啾空翠來〔四〕。沈竿續縵深莫測〔五〕，菱葉荷花淨如拭〔六〕。宛在中流渤澥清〔七〕，下歸無極終南黑〔八〕。半陂以南純浸山〔九〕，動影裊窕沖融間〔十〕。船舷暝戛雲際寺，水面月出藍田關〔十一〕。此時驪龍亦吐珠，馮夷擊鼓羣龍趨。湘妃漢女出歌舞，金支翠旗光有無〔十二〕。咫尺但愁雷雨至，蒼茫不曉神靈意〔十三〕。少壯幾時奈老何，向來哀樂何其多〔十四〕。

【原注】

〔題〕《胡松遊記》：「渼陂，上爲紫閣峰，峰下陂水澄湛，環抱山麓，方廣可數里，中有芙蕖、鳧雁之屬。」按：渼陂，在今陝西西安府鄠縣西。

〔渤澥〕司馬相如《子虛賦》郭璞注：「應劭曰：渤澥，海別支也。澥，音蟹。」

〔終南〕程大昌《雍録》：「渼陂，源出終南山。」
〔雲際寺〕宋敏求《長安志》：「雲際山大定寺，在鄠縣東南六十里。」
〔藍田關〕《唐書·地理志》：「關内道京兆府藍田有藍田關，故嶢關。」程大昌《雍録》：「嶢關，在渼陂東南。」
〔驪龍〕《莊子·雜篇·列禦寇》：「夫千金之珠，必在九重之淵，而驪龍頷下。」
〔馮夷〕《楚詞·遠遊》：「使湘靈鼓瑟兮，令海若舞馮夷。」王逸《章句》：「馮夷，水仙人也。」曹植《洛神賦》：「馮夷鳴鼓，女媧清歌。」
〔湘妃漢女〕曹植《洛神賦》：「從南湘之二妃，携漢濱之游女。」
〔金支翠旗〕《漢書·禮樂志》：「《安世房中歌》：金支秀華，庶旄翠旌。」注：「臣瓚曰：『樂上衆飾，有流溯羽葆，以黄金爲支。』文穎曰：『析羽爲旌，翠羽爲之也。』」

【批語】

〔一〕二字領起。
〔二〕此放舟入陂，陡遇風波也。
〔三〕二句倒裝。憂喜，詩眼，起後哀樂。
〔四〕邵子湘云：「光怪中須得此秀句。」今按：邵長蘅(1637—1704)，字子湘，江蘇武進人。評語見楊倫《杜詩鏡銓》引。

〔五〕量其深。

〔六〕見其潔。

〔七〕水色空曠。

〔八〕山峰倒映。以上寫風恬浪静，雲空水澄。

〔九〕頂終南黑。

〔十〕劉須溪云：「山水摇盪，寫景入微。」今按：語見《唐詩品彙》卷二十八。

〔十一〕迴舟月出，於敘景中暗暗帶出。今按：出自《義門讀書記》卷五十一。

〔十二〕何義門云：「『驪龍』二句，水中之影；『湘妃』二句，水中之氣，萬頃之奇，非此不能參靈極妙。」

〔十三〕以上又借夜色清皎，神靈惝怳之境，再幻出雷雨之愁，其實從向來之陰晴不定感發而出也。離奇恍惚，純乎楚騷。

〔十四〕一日如此變幻，自少至老皆作如是觀。浦二田云：「紀一遊耳，從始而風波，既而晴霽，頃刻變遷上生出一片奇情，便覺憂喜頓移，哀樂内觸，無限曲折。」今按：語見《讀杜心解》卷二之一。「晴霽」原作「天霽」。

【今校】

《全唐詩》卷二百十六，「縵」作「蔓」，注「一作縵」。「菱」注「一作芡」，「浄」作「静」，注「一作淨」。「歸無極」注「一作臨無地」。「雲際寺」下注：「雲際山有大安寺。」「藍田關」下注：「即秦嶢關，在藍田縣南六十里。」「金支」下注：「《房中歌》：『金支秀華。』樂上衆飾也。」

送孔巢父謝病歸遊江東兼呈李白

杜　甫

巢父掉頭不肯住，東將入海隨煙霧。詩卷長留天地間，釣竿欲拂珊瑚樹〔一〕。深山大澤龍蛇遠〔二〕，春寒野陰風景暮〔三〕。蓬萊織女回雲車，指點虛無是征路〔四〕。自是君身有仙骨，世人那得知其故。惜君只欲苦死留，富貴何如草頭露〔五〕。蔡侯靜者意有餘，清夜置酒臨前除〔六〕。罷琴惆悵月照席，幾歲寄我空中書。南尋禹穴見李白〔七〕，道甫問訊今何如〔八〕。

【原注】

〔題〕《舊唐書·孔巢父傳》：「巢父，字弱翁，早勤文史，少時與韓準、裴政、李白、張叔明、陶沔隱於徂徠山，時號『竹溪六逸』。」按：朱長孺云：「江東謂會稽。」

〔空中書〕釋慧皎《高僧傳》：「史宗者，不知何許人也。常在廣陵白土埭，棲息無定所，或隱或見。後有一道人，詣海鹽令暫倩一人，乃選取守鵞鴨小兒將去。倏忽之間，至一山上。山上有屋，屋中人便作書。道人以書付小兒，令其捉杖，飄然而去，或聞足下波浪聲。至白土埭，送與史宗，宗開書大驚云：『汝那得蓬萊道人書耶？』」

〔禹穴〕《史記·太史公自序》：「上會稽，探禹穴。」裴駰《集解》：「張晏曰：禹巡狩至會稽而崩，因葬焉。上有孔穴，民間云禹入此穴。」

【批語】

〔一〕起勢飄忽。

〔二〕況其歸隱之迹。

〔三〕紀其別去之時。

〔四〕浦云：「『蓬萊織女』，即仙人玉女意。『迴車』、『指點』，仙侶導引也。」今按：語見《讀杜心解》卷二之一。

沈云：「巢父歸隱學仙，故爲超然出世之語。」今按：語見《唐詩別裁集》卷六，「故爲」句原作「故詩中多縹緲欲仙語」。

〔五〕「富貴何如」四字一呼，「草頭露」三字一應「惜君」者，正坐不知君耳。「仙骨」句，通首旨趣。

〔六〕時在蔡侯祖筵。

〔七〕白時遊吴越。

〔八〕呈李白，只用一點煙波無盡。王漁洋云：「李受籙於高天師，言丹砂瑶草，其事何如也。正與中間『有仙骨』句照應。」李天生云此詩「極狂簡之致」。今按：李因篤，字子德，又字天生，陝西富平人。有《受祺堂詩集》三十四卷。此語見《唐宋詩醇》卷九引。

【今校】

《全唐詩》卷二百一十六，「珊瑚」注「一作三珠」。「春寒」句注一作「花繁草青春日暮」。「蓬萊織」注「一作仙人玉」。「是征」一作「引歸」。「惜君」二句注「一作我欲苦留君富貴，何如草頭易晞露」。「照」注「一作點」。一本云：「巢父掉頭不肯住，東將入海隨煙霧。書卷長携天地間，釣竿欲拂珊瑚樹。我擬把袂苦留君，富貴何如草頭露。深山大澤龍蛇遠，花繁草青風景暮。仙人玉女回雲車，指點虛無引歸路。若逢李白騎鯨魚，道甫問信今何如。」

丹青引贈曹將軍霸

杜　甫

將軍魏武之子孫，於今爲庶爲清門〔一〕。英雄割據雖已矣，文彩風流猶尚存〔二〕。學書初學衛夫人，但恨無過王右軍〔三〕。丹青不知老將至〔四〕，富貴於我如浮雲〔五〕。開元之中常引見，承恩數上南薰殿。凌煙功臣少顏色，將軍下筆開生面〔六〕。良相頭上進賢冠，猛將腰間大羽箭。褒公鄂公毛髮動，英姿颯爽來酣戰〔七〕。先帝天馬玉花驄，畫工如山貌不同〔八〕。是日牽來赤墀下，迴立閶闔生長風〔九〕。詔謂將軍拂絹素，意匠慘澹經營中〔十〕。斯須九重真龍出，一洗萬古凡馬空〔十一〕。玉花卻在御榻上，榻上庭前屹相向〔十二〕。至尊含笑催賜金，圉人太僕皆惆悵〔十三〕。弟子韓幹早入室，亦能畫馬窮殊相。幹惟畫肉不畫骨，忍使驊騮氣凋喪〔十四〕。將軍畫善蓋有神，偶逢佳士亦寫真〔十五〕。即今飄泊干戈際，屢貌尋常行路人〔十六〕。途窮反遭俗眼白，世上未有如公貧〔十七〕。但看古來盛名下，終日坎壈纏其身〔十八〕。

【原注】

〔題〕張彦遠《歷代名畫記》：「曹霸，魏曹髦之後。髦畫稱於魏代，霸在開元中已得名。天寶末，每詔寫御馬及功臣，官至左武衛將軍。」

〔爲庶〕《左傳・昭公三十二年》：「三后之姓，於今爲庶。」

〔衛夫人〕張懷瓘《書斷》：「衛夫人名鑠，字茂猗，汝陰太守李矩之妻也。隸書尤善，右軍少嘗師之。」

〔王右軍〕《晉書・王羲之傳》：「字逸少，爲右軍將軍，會稽内史。」

〔南薰殿〕宋敏求《長安志》：「南内興慶宮内有南薰殿，北有龍池。」

〔凌烟功臣〕《唐書・太宗紀》：「貞觀十七年，圖功臣於凌烟閣。」

〔進賢冠〕崔豹《古今注・輿服類》：「文官冠進賢冠，古委貌之遺象也。」

〔褒公鄂公〕按：凌烟閣功臣二十四人，鄂公尉遲敬德第七，褒忠壯公段志玄第十。

〔玉花驄〕張彦遠《歷代名畫記》：「玄宗好大馬，御廄至四十萬，則有玉花驄、照夜白等。」

〔閶闔〕張衡《西京賦》薛綜注：「天有紫微宫，王者象之。紫微宫門名曰閶闔。」

〔圉人太僕〕《周禮・夏官》：「圉人掌養馬芻牧之事。太僕，王出入則自左馭而前驅。」

〔韓幹〕張彦遠《歷代名畫記》：「韓幹，善寫貌人物，尤工鞍馬。初師曹霸，後自獨擅。」

〔坎壈〕壈，魯敢切。司馬光《集韻》：「坎壈不平，一曰失志也。」

【批語】

〔一〕照末段。

〔二〕照中間。

〔三〕陪筆。

〔四〕點筆。

〔五〕伏後途窮。以下追昔之盛。

〔六〕欲寫畫馬，先從畫人引起。

〔七〕極寫畫人。

〔八〕將寫畫馬，又先寫真馬，又先寫他人畫馬。

〔九〕極寫真馬。

〔十〕頓挫一筆。

〔十一〕極寫畫馬，神來之筆。

〔十二〕畫馬真馬，夾寫生動。

〔十三〕畫馬奪真，故歎羨也。

〔十四〕餘波帶敘，借賓形主。以下嘆今之衰。

〔十五〕仍歸到畫人，謂向日。

〔十六〕與凌烟功臣對。

〔十七〕與至尊含笑對。

〔十八〕推開作結，寄慨轉深。義門云：「杜征南之子孫亦猶是矣。」今按：見何焯《義門讀書記》卷五十二。

張惕庵云：「此太史公列傳也。多少事實，多少議論，多少頓挫，俱具尺幅中，章法跌宕縱橫，如神龍在霄，變化不可方物。」今按：見《杜詩鏡銓》卷十一引，「俱」字下原有「在」字。

【今校】

《全唐詩》卷二百二十，「雖」注「一作皆」。「猶」注「一作今」。「衛夫人」下注：「衛夫人，名鑠，展之女，李矩妻，學書於鍾繇。」「無」注「一作未」。「王右軍」下注：「王羲之學書於衛夫人。」「中」注「一作年」。「開生面」下注：「當是重畫。」「鄂公」下注：「貞觀十七年，詔閻立本畫凌煙閣功臣二十四人，鄂國公尉遲敬德第七，褒國公段志玄第十。」「爽」注「一作颯」。「來」注「一作猶」。「天」注「一作御」。「迥」注「一作夐」。「意」注「一作法」。「屹相向」下注：「明皇好大馬，西域大宛歲有獻貢，命悉圖其駿。」「韓幹」下注：「幹，大梁人，初師曹霸，後入供奉。令師陳閎，對曰：陛下内廄馬，乃臣師也。」「相」一作「狀」。「畫」注「一作盡」。「善」注「一作妙」。「畫善」注「一作善畫」。「偶」作「必」，注「一作偶」。「世上未有如公貧」注「一作他富至今我徒貧」。

韋諷録事宅觀曹將軍畫馬圖

杜　甫

國初已來畫鞍馬，神妙獨數江都王〔一〕。將軍得名三十載，人間又見真乘黄〔二〕。曾貌先帝照夜白〔三〕，龍池十日飛霹靂〔四〕。内府殷紅瑪瑙盤，婕妤傳詔才人索〔五〕。盤賜將軍拜舞歸，輕紈細綺相追飛〔六〕。貴戚權門得筆跡，始覺屏障生光輝〔七〕。昔日太宗拳毛騧，近時郭家師子花〔八〕。今之新圖有二馬〔九〕，復令識者久歎嗟。此皆騎戰一敵萬，縞素漠漠開風沙〔十〕。其餘七匹亦殊絶，迥若寒空動烟雪。霜蹄蹴踏長楸間〔十一〕，馬官廝養森成列〔十二〕。可憐九馬争神駿〔十三〕，顧視清高氣深穩。借問苦心愛者誰〔十四〕，後有韋諷前支遁。憶昔巡幸新豐宮，翠華拂天來向東。騰驤磊落三萬匹，皆與此圖筋骨同。自從獻寶朝河宗，無復射蛟江水中。君不見金粟堆前松柏裏，龍媒去盡烏呼風〔十五〕。

【原注】

〔江都王〕張彦遠《歷代名畫記》：「江都王緒，太宗皇帝猶子也。善書，畫鞍馬擅名。」

〔乘黄〕《逸周書·王會解》：「白民乘黄，乘黄者，似騏背有兩角。」《宋書·符瑞志》：「帝舜有虞氏，地出乘黄之馬。」

〔照夜白〕〔龍池〕見上首。

〔殷〕《左傳·成公二年》杜預《集解》：「殷音近烟，今人謂赤黑爲殷色。」

〔婕妤〕《漢書·昭帝紀》注：「師古曰：倢，接幸也。伃，美稱也。故以名宫中婦官。倢，音接，伃，音余。字或並從女。」

〔才人〕見前《哀江頭》。

〔拳毛騧〕宋敏求《長安志》：「唐太宗所乘六駿，刻石於昭陵北闕之外。五曰拳毛騧。」

〔師子花〕蘇鶚《杜陽雜篇》：「副元帥郭子儀克復京都，上因命御馬九花虬並紫玉鞭轡以賜。以身被九花文，故號爲九花虬。」自注：亦有師子驄，皆其類。

〔長楸〕曹植《名都篇》：「走馬長楸間。」李周翰注：「古人種楸於道，故曰長楸。」

〔支遁〕劉義慶《世説新語·言語門》：「支道林常養數匹馬，或言道人畜馬不韻。支曰：『貧道重其神駿。』」按：道林，遁字。

〔新豐宮〕《唐書・地理志》：「關内道京兆府，昭應本新豐，有宮，在驪山下。」按：在今陝西西安府臨潼縣。

〔翠華〕司馬相如《上林賦》：「建翠華之旗。」郭璞注：「張揖曰：以翠羽爲葆也。」

〔獻寶朝河宗〕《穆天子傳》：「戊寅，天子西征，騖行至於陽紆之山。河伯無夷之所都居，是惟河宗氏。河伯號之帝曰：穆滿，示女山之珤。天子受命南向再拜。乃披圖視典，周觀天子之珤器。丙寅，天子屬官效器。用伸八駿之乘，以飲於枝洔之中，積石之南河。」郭璞注：「無夷，馮夷也。河四瀆之宗主，河者，因以爲氏。」按舊注：「穆王自此幸蜀返，不數載即崩也。」

〔射蛟〕《漢書・武帝紀》：「行南巡狩，自尋陽浮江，親射蛟江中，獲之。」

〔金粟〕《唐書・地理志》：「關内道，同州馮翊郡。奉先，故蒲城，開元四年更名。泰陵，在東北二十里金粟山。」按：泰陵，明皇陵。

〔龍媒〕漢樂府《天馬歌》：「天馬來龍之媒，遊閶闔觀玉臺。」

【批語】

〔一〕引起。

〔二〕出「觀」字。

〔三〕先以畫他馬引起，九馬已伏末段意。

〔四〕畫龍馬逼真，故能感動龍池之龍，隨風雷而至也。

〔五〕傳詔索盤。

〔六〕指求畫者。

〔七〕影逼韋宅。

〔八〕又以二真馬引起畫馬。

〔九〕入本題。

〔十〕言縞素一開如見戰地風沙也。二匹另敘。

〔十一〕補敘七匹。

〔十二〕帶寫。

〔十三〕總束，才德並見。

〔十四〕支遁倒襯韋諷與江都，引起曹將軍相對。

〔十五〕因畫馬説到真馬，因真馬説到天子巡幸，撫事感時，淋漓頓挫，此題後拓開一步法。本畫九馬，卻先從照夜白來，本結九馬，卻想到三萬匹去，中間又將拳毛師子作一襯托，波瀾空闊，錯綜離奇。

【今校】

《全唐詩》卷二百二十，「江都王」下注：「江都王緒，霍王元軌子，善書畫。」「三」注「一作四」。「盤」作「盌」，注「一作盤」。「飛」注「一作隨」。「拳毛騧」下注：「太宗六駿，五曰拳毛騧，平劉黑闔所乘。」「新」注「一作畫」。「九馬」下注：「曹將軍九馬圖，後藏薛紹彭家。」「自從」句下注：「用穆天子西征事。」「無復」句下注：「用漢武帝事。」「金粟」下注：「明皇泰陵在奉先縣金粟山。」

奉先劉少府新畫山水障歌

杜　甫

堂上不合生楓樹〔一〕，怪底江山起煙霧〔二〕。聞君掃卻赤縣圖〔三〕，乘興遣畫滄洲趣〔四〕。畫師亦無數，好手不可遇。對此融心神，知君重毫素。豈但祁岳與鄭虔，筆迹遠過楊契丹〔五〕。得非懸圃裂，無乃瀟湘翻。悄然坐我天姥下，耳邊已似聞清猿〔六〕。反思前夜風雨急，乃是蒲城鬼神入。元氣淋漓障猶濕，真宰上訴天應泣〔七〕。野亭春還雜花遠，漁翁暝蹋孤舟立。滄浪水深青溟闊，攲岸側島秋毫末。不見湘妃鼓瑟時，至今斑竹臨江活〔八〕。劉侯天機精，愛畫入骨髓。自有兩兒郎，揮灑亦莫比。大兒聰明到，能添老樹巔崖裏。小兒心孔開，貌得山僧及童子〔九〕。若耶溪，雲門寺。吾獨胡爲在泥滓，青鞋布襪從此始〔十〕。

【原注】

〔奉先〕見上首。

〔祁岳〕夏文彦《圖繪寶鑑補遺》：「祁岳、項洙、范山人，並工山水。」

〔鄭虔〕《唐書・文藝傳》：「虔善圖山水，好書，嘗自寫其詩並畫以獻，帝大署其尾曰：『鄭虔三絶。』」

〔楊契丹〕釋彦琮《後畫録》：「隋參軍楊契丹六法頗該，殊豐骨氣，山東體製，允屬伊人。」

〔懸圃〕《淮南子・墬形訓》：「崑崙之丘，或上倍之，是涼風之山，登之而不死。或上倍之，是謂懸圃，登之乃靈。」按：《海内十洲記》作「玄圃」。

〔瀟湘〕見四卷盧綸《晚次鄂州》。

〔天姥〕見前李白詩。

〔蒲城〕屬陝西同州府，即奉先。

〔湘妃〕《楚詞・遠遊》：「使湘靈鼓瑟兮，令海若舞馮夷。」

〔班竹〕見前李白《遠别離》。

〔若耶溪雲門寺〕《水經・漸江水》酈道元注：「麻潭下注若耶，谿水至清，照衆山倒影，窺之如畫。又有玉笥竹林，雲門天柱精舍，畫泉石之好。」《南史・何尚之傳》：「胤以會稽山多靈異，往遊焉，居若耶山雲門寺。初，胤二兄求、點並棲遁。至是胤又隱世，謂何氏三高。」按：若耶雲門，在今浙江紹興府會稽縣。

【批語】

〔一〕畫障。

〔二〕新畫山水。

〔三〕以别幅陪。

〔四〕點本幅。

〔五〕六句皆有「新」字在。

〔六〕四句概寫畫景。

〔七〕浦云：「插入四句，就近事發出奇想，筆法倒裝，言山水之奇如此，非由人工，乃元氣淋漓，而天爲雨泣，前夜蒲城風雨，職是故耳。」惝怳離奇，不顧俗眼。今按：語見《讀杜心解》卷二之一。

〔八〕六句細寫畫景，「湘妃」二語，指點極飄緲。

〔九〕六句明點。少府帶敘二子，即申前重毫素意。「老樹」句畫其高處，「山僧」句畫其下處。

〔十〕一結因畫而思遊名山水，有含毫邈然之趣，暗應「新」字。確士云：「古風突兀，起不妨平接，如『堂上不合生楓樹』，下接『聞君掃卻赤縣圖』是也。平調起，必須警語接，如《雙松圖歌》『天下幾人畫古松』，下接『絶筆長風起纖末』是也。學者於此求之，思過半矣。」今按：見《唐詩别裁集》卷六。

【今校】

《全唐詩》卷二百十六，題注：「《英華》題作『新畫山水障歌奉先尉劉單宅作』。」「江山」注「一作山川」。「祈岳」下注：「畫録有名無迹者二十五人，祁岳在李國恒之上。一云乃祁樂之誤，岑參有送祁樂詩。」「楊契丹」下注：「隋參軍楊契丹，山東人，六法兼修。」「裂」注「一作坼」。「乃是」之「乃」注「一作恐」。「蒲」注「一作滿」。「滄浪水深青溟闊」，一作「滄浪之水深且闊」。「岸」一作「峰」。「島」一作「岸」。「雲門寺」下注：「俱在會稽。」

宿北樂館

陳　潤

欲眠不眠夜深淺〔一〕，越鳥一聲空山遠。庭木蕭蕭落葉時，溪聲雨聲聽不辨。溪流潺潺雨習習，燈影山光滿窗入。楝裏不知渾是雲，曉來但覺衣裳濕〔二〕。

【批語】

〔一〕鍾云：「作態妙甚。」今按：見《唐詩歸》卷二十八，「妙甚」二字原倒。

〔二〕清絶、幽絶。

雉帶箭

韓　愈

原頭火燒静兀兀，野雉畏鷹出復没。將軍欲以巧伏人，盤馬彎弓惜不發〔一〕。地形漸窄觀者多，雉驚弓滿勁箭加。衝人決起百餘尺，紅翎白鏃隨傾斜。將軍仰笑軍吏賀，五色離披馬前墮〔二〕。

【原注】

〔翎鏃〕《六韜·軍用篇》：「飛鳧，赤莖白羽，以銅爲首。電影，青莖赤羽，以鐵爲首。」

〔五色〕《爾雅·釋鳥》：「伊洛而南，素質五彩，皆備成章，曰翬。江淮而南，青質五彩，皆備成章，曰鷂。」郭璞注：「即鷂，雉也。翬，亦雉屬。」

【批語】

〔一〕朱子云：「雉出復没而射者，不肯輕發，正是形容持滿命中之巧，毫釐不差處。」今按：見朱熹《原本韓文考異》卷一，「不肯」上有「彎弓」二字。

顧俠君云：二句無限神情，無限頓挫。公蓋示人以運筆作文之法也。今按：顧嗣立(1665—1722)，字俠君。引文出其《昌黎先生詩集注》卷三。

〔二〕蔣懷谷云：「『衝人』二句本與『五色』句一例，意插入『將軍仰笑』七字，文勢便不徑直，而落句益覺奇突矣。」王留耕云：「寫物之妙，其狀如在目前。」今按：王伯大，字幼學，號留耕，生平見《宋史》卷四百二十。引文見《別本韓文考異》卷三，原文作「讀之其狀如在目前，蓋寫物之妙者」。鄒氏引文與《唐宋詩醇》卷二十九所引正同，當是轉引。又，據《五百家注韓昌黎文集》卷三，此爲樊汝霖語。

【今校】

《全唐詩》卷三百三十八，「出復」注「一作伏欲」。「隨」作「相」，注「一作隨」。

楊白花

柳宗元

楊白花，風吹度江水。坐令宮樹無顔色，搖蕩春光千萬里。茫茫曉月下長秋，哀歌未斷城鴉起。

【原注】

〔題〕《梁書·楊華傳》：「華少有勇力，容貌雄偉，魏胡太后逼通之，華懼及禍，乃率其部曲來降。胡太后追思之不能已，作《楊白華歌詞》，使宮人晝夜連臂踏足歌之，聲甚悽惋焉。」

〔長秋〕見六卷劉方平《長信宮》。

【批語】

沈云：「通篇不露正旨，只以『長秋』二字逗出，用筆用意在微顯之間。」今按：見《唐詩別裁集》卷八。

征歸怨

張籍

九月匈奴殺邊將，漢軍全没遼水上。萬里無人收白骨，家家城下招魂葬。婦人依倚子與夫，同居貧賤心亦舒。夫死戰場子在腹，妾身雖存如晝燭。

【原注】〔遼水〕見一卷常建《吊王將軍》。

【批語】燭以照夜，晝則無所用之，故取以自喻。説本《吊古戰場文》。

送遠曲

張籍

戲馬臺南山簇簇，山邊飲酒歌别曲。行人醉後起登車，席上回樽勸僮僕〔一〕。青天漫漫覆長路，遠遊無家安得住。願君到處自題名，他日知君從此去〔二〕。

【原注】〔戲馬臺〕徐堅《初學記·居處部》：「劉澄之《山川古今記》曰：『彭城西南有戲馬臺。』」

按：臺在今江蘇徐州府銅山縣，項羽曾戲馬於此。

【批語】

〔一〕敬其主以及其使意。

〔二〕情深語摯，用意在一結，結到他日，正是神傷此日也。

鏡聽詞

王建

重重摩挲嫁時鏡，夫婿遠行憑鏡聽。回身不遣別人知，人意丁寧鏡神聖。懷中收拾雙錦帶，恐畏街頭見驚怪。嗟嗟嚓嚓下堂階，獨自竈前來跪拜。出門願不聞悲哀，郎在任郎回未回。月明地上人過盡，好語多同皆道來。卷帷上牀喜不定，與郎裁衣失翻正。可中三日得相見，重繡鏡囊磨鏡面。

【原注】

〔題〕朱弁《曲洧舊聞》：「《王建集》有《鏡聽詞》，謂懷鏡於通衢間，聽往來之言，以占休咎。近世人懷杓以聽，亦猶是也。」

〔嚓嚓〕七謁切。顧野王《玉篇》：「小語。」

【批語】的是兒女子聲口，兒女子神情細意，摹寫惟妙惟肖。

【今校】《全唐詩》卷二百九十八，「郎」注「一作身」。「未」注「一作不」。「鏡囊」之「鏡」作「錦」，注「一作鏡」。

雁門太守行

李　賀

黑雲壓城城欲摧，甲光向日金鱗開〔一〕。角聲滿天秋色裏，寒上燕脂凝夜紫。半捲紅旗臨易水〔二〕，霜重鼓寒聲不起〔三〕。報君黄金臺上意，提携玉龍爲君死〔四〕。

【原注】

〔題〕吴兢《樂府古題要解》：「漢孝和帝時，王涣轉洛陽令，獄訟止息，發擿奸伏如神。病卒，人思其德，立祠在安陽亭。有食酒肉，輒往弦歌而祭之。按：其歌詞歷述涣本末，與本傳合，而題云《雁門太守行》，所未詳也。若梁簡文帝《輕霜中夜下》備言邊城征戰之思，及皇甫規《雁門之問》蓋依題焉。」

〔黑雲壓城〕《晉書・天文志》：「凡堅城之上有黑雲如屋，名曰軍精。」

〔向日〕楊慎《丹鉛總録·天文類》：「凡兵圍城，必有怪雲變氣，昔人賦鴻門有『東龍白日西龍雨』之句，解此意矣。」

〔紫塞〕崔豹《古今注·都邑類》：「秦築長城，土色皆紫，漢塞亦然，故稱紫塞焉。」

〔易水〕按：易水有三，皆出今直隸易州。

〔黄金臺〕見一卷陳子昂《薊丘覽古》。

〔玉龍〕本詩王琦注：「玉龍劍也。唐王初詩亦有『劍光横雪玉龍寒』之詞，知唐人多以玉龍稱劍也。」

【批語】

〔一〕雲破逗日，寒光照曜，繪景瓌奇而黯澹。

〔二〕冒寒擣敵。

〔三〕警絶。

〔四〕鍛鍊刻削，仍復悲壯渾成，體格駕張、王之上。

【今校】

《全唐詩》卷三百九十，題下注：「《幽閑鼓吹》云：賀以詩歌謁韓愈，時愈送客歸，極困，解帶讀之。首篇乃《雁門太守行》，即束帶見之。」「日」注「一作月」。「上」注「一作土」。「寒聲」注「一作聲寒」。

琵琶引 并序

白居易

潯陽江頭夜送客，楓葉荻花秋摵摵。主人下馬客在船，舉酒欲飲無管絃〔一〕。醉不成歡慘將別，別時茫茫江浸月〔二〕。忽聞水上琵琶聲，主人忘歸客不發〔三〕。尋聲暗問彈者誰，琵琶聲停欲語遲。移船相近邀相見，添酒迴燈重開宴。千呼萬喚始出來，猶抱琵琶半遮面。轉軸撥弦三兩聲，未成曲調先有情。絃絃掩抑聲聲思，似訴平生不得志。低眉信手續續彈，説盡心中無限事〔四〕。輕攏慢撚抹復挑，初爲霓裳後六幺。大絃嘈嘈如急雨，小絃切切如私語。嘈嘈切切錯雜彈，大珠小珠落玉盤。間關鶯語花底滑，幽咽泉流水下難〔五〕。水泉冷澀絃疑絶，疑絶不通聲暫歇。別有幽愁暗恨生，此時無聲復有聲〔六〕。銀瓶乍破水漿迸，鐵騎突出刀槍鳴。曲終收撥當心畫，四絃一聲如裂帛。東舟西舫悄無言，唯見江心秋月白〔七〕。沉吟放撥插絃中，整頓衣裳起斂容。自言本是京城女，家在蝦蟆陵下住。十三學得琵琶成，名屬教坊第一部。曲罷常教善才服，妝成每被秋娘妒。五陵年少爭纏頭，一曲紅綃不知數。鈿頭雲篦擊節碎，血色羅裙翻酒污。今年歡笑復明年，秋月春風等閑度。弟走從軍阿姨死，暮去朝來顔色故。門前冷落鞍馬稀，老大嫁作商人婦。商人重利輕別離，前月浮梁買茶去。去來江口守空船，繞船月明江水寒。夜深忽夢少年事，夢啼妝淚紅闌干〔八〕。我聞琵琶已歎息，又聞此語重唧唧〔九〕。同是天涯淪落人，相逢何必曾相識〔十〕。我從去年辭帝京，謫居卧病潯陽城。潯陽地僻無音樂，終歲不聞絲竹聲〔十一〕。今夜聞君琵琶語，如聽仙樂耳暫明。莫辭更坐彈一曲，爲君翻作琵琶行。感我此言良久立，卻坐促絃絃轉急。淒淒不似向前聲，滿座重聞皆掩泣。座中泣下誰最多，江州司馬青衫濕〔十二〕。

【原注】

〔題〕元和十年，予左遷九江郡司馬。明年秋，送客湓浦口，聞舟中夜彈琵琶者。問其人，本長安倡女，嘗學琵琶於穆、曹二善才，年長色衰，委身爲賈人婦。遂命酒，使快彈數曲。曲罷憫然，自敘少小時歡樂事，今漂淪憔悴，轉徙於江湖間。予出官二年，恬然自安，感斯人言，是夕始覺有遷謫意，因爲長句，歌以贈之。

〔潯陽〕《漢書·地理志》：「廬江郡尋陽，《禹貢》九江在南，皆東合爲大江。」按：潯陽江，在今江西九江府德化縣北。

〔摵摵〕方以智《通雅·釋詁》：「樂天《琵琶引》『楓葉荻花秋瑟瑟』，正言其蕭索也。公紹引此句作『槭槭』，音色責切。依戴氏則作『摵摵』，從手。」

〔霓裳〕柳宗元《龍城録》：「開元六年，上皇與申天師道士鴻都客，八月望日夜，因天師作術，三人同在雲上遊月中，見有素娥十餘人，乘白鸞往來，舞笑於廣庭大桂樹之下。又聽樂音嘈雜，亦甚清麗，上皇素解音律，熟覽而意已傳。次夜，製《霓裳羽衣舞》曲。」

〔六幺〕王灼《碧雞漫志》：「段安節《琵琶録》云：『緑腰』本『録要』也。樂工進曲，上令録其要者，或云此曲拍無過六字者，故曰六幺。」

〔間關〕盧諶《燕賦》：「啁哳間關，倏忽瀏瀲。」按：以間關爲鳥聲，自此賦始。

〔蝦蟆陵〕李肇《國史補》：「舊説董仲舒墓門，人過皆下馬，故謂之下馬陵，後人語訛爲蝦蟆陵。」

〔教坊〕孫棨《北里志序》：「京中飲妓籍屬教坊。」崔令欽《教坊記》：「西京右教坊在光宅坊，左教坊在延政坊。右多善歌，左多工舞。東京兩教坊俱在明義坊。」

〔善才〕見自序。段安節《樂府雜録》：「琵琶，貞元中王芬、曹保、保子善才、其孫曹鋼皆襲此藝。」

〔秋娘〕杜牧《杜秋娘詩・序》：「杜秋娘，金陵女也。年十五爲李錡妾，後錡叛滅，籍之入宫。」

〔五陵〕見一卷岑參《登慈恩寺浮圖》。

〔纏頭〕《舊注》：「賞歌舞人以錦綵，置頭上謂之纏頭。」

〔鈿〕許慎《説文》新附字：「鈿，金華也。」戴侗《六書故》：「金華爲飾，田田然。」
〔浮梁〕《唐書・地理志》：「江南道饒州鄱陽郡浮梁。」
〔闌干〕見前岑參《白雪歌》。

【批語】

〔一〕挑一筆。
〔二〕通首以江月爲文瀾。
〔三〕入題。
〔四〕數語伏次段。
〔五〕「難」一作「灘」。
〔六〕「復有聲」原作「勝有聲」，從《别裁集》改。謂小住復彈，此餘聲也。
〔七〕以上敘事，應「江月」作一束。
〔八〕以上述辭，再應「江月」作一束。
〔九〕雙收上事辭二段。
〔十〕二語轉到自己，通篇關鍵。
〔十一〕此下原本尚衍八句，節去較緊。
〔十二〕同病相憐，餘波不盡。唐仲言云：「此宦遊不遂，因琵琶以託興也。」情詞斐亹，惻惻動人。

今按：見《唐詩解》卷二十。

【今校】

《全唐詩》卷四百三十五，「摵摵」作「索索」，注「一作瑟瑟」。「抱」注「一作把」。「兩」注「一作五」。「志」作「意」，注「一作志」。「六幺」注「一作緑腰」。「水」注「一作冰」，「難」作「灘」，注「一作難」。「復」作「勝」。「唯見」之「見」注「一作有」。「夢啼妝淚」注「一作啼妝淚落」。「辭」注「一作離」。「地僻」作「小處」，注「一作地僻」。「終歲不聞絲竹聲」下有「住近湓江地低濕，黄蘆苦竹繞宅生。其間旦暮聞何物，杜鵑啼血猨哀鳴。春江花朝秋月夜，往往取酒還獨傾。豈無山歌與村笛，嘔啞嘲哳難爲聽」八句。「座」注「一作就」。「泣」注「一作淚」。

韓碑

李商隱

元和天子神武姿，彼何人哉軒與羲。誓將上雪列聖恥〔一〕，坐法宫中朝四夷〔二〕。淮西有賊五十載，封狼生貙貙生羆。不據山河據平地，長戈利矛日可麾〔三〕。帝得聖相相曰度〔四〕，賊斫不死神扶持。腰懸相印作都統，陰風慘澹天王旗〔五〕。愬武古通作牙爪，儀曹外郎載筆隨。行軍司馬智且勇，十四萬衆猶虎貔。入蔡縛賊獻太廟，功無與讓恩不訾〔六〕。帝曰汝度功第一，汝從事愈宜爲辭〔七〕。愈拜稽首蹈且舞，金石刻畫臣能爲。古者世稱大手筆，此事不繫于職司。當仁自古有不讓，言訖屢頷天子頤〔八〕。公退齋戒坐小閣，濡染大筆何淋漓。點竄堯典舜典字，塗改清廟生民詩〔九〕。文成破體書在紙，清晨再拜鋪丹墀。表曰臣愈昧死上，詠神聖功書之碑。碑高三丈字如斗，負以靈鼇蟠以螭。句奇語重喻者少〔十〕，讒之天子言其私。長繩百尺拽碑倒，麤砂大石相磨治。公之斯文若元氣，先時已入人肝脾。湯盤孔鼎有述作，今無其器存其辭〔十一〕。嗚呼聖皇及聖相，相與烜赫流淳熙。公之斯文不示後，曷與三五相攀追。願書萬本誦萬過，口角流沫右手胝。傳之七十有二代，以爲封禪玉檢明堂基〔十二〕。

【原注】

〔題〕《唐書・藩鎮彰義傳》：「自少誠盜有蔡四十年，王師未嘗傅城下，帝命裴度爲彰義節度兼申、光、蔡四面行營招撫使。度至，大勞將士，皆感激請戰。李愬以精騎夜襲蔡，坎垣入之，執元濟，舉族傳之長安。帝御興安門受俘，以元濟獻廟社，徇於市，斬之。始度之出，太子右庶子韓愈爲行軍司馬，帝美度功，即命愈爲《平淮西碑》，多歸度功。愬妻，唐安公主女也，出入禁中，訴愈文不實，帝亦重牾武臣心，詔斲其文，更命翰林學士段文昌爲之。」按：事在憲宗元和十二年。

〔淮西賊〕《唐書・藩鎮彰義傳》：「吳少誠，幽州潞人，李希烈叛，少誠爲盡力，及死，推陳仙奇主後務，既又殺之。衆乃共推少誠，德宗因授申、蔡、光等州節度觀察留後。元和四年死。吳少陽代之，九年死，子元濟匿不發喪，以病聞，僞表請元濟主兵，不得命，乃悉兵四出，焚舞陽及葉，掠襄城、陽翟，關東大恐。」按：蔡州汝南郡，今河南汝寧府，在淮西。申州義陽郡，今汝寧府信陽州。光州弋陽郡，今光州。

〔麾日〕《淮南子·覽冥訓》：「魯陽公與韓構難，戰酣，日暮，援戈而撝之，日爲之退三舍。」

〔相度〕《唐書·裴度傳》：「王師討蔡，王承宗、李師道謀緩蔡兵，乃伏盜京師，刺用事大臣，已害宰相武元衡，又擊度，刃三進，度冒氈，得不死。」

〔天王旗〕又，十二年，度請身督戰，及行，發神策騎三百爲衛。

〔愬武古通〕謂李愬、韓公武、李道古、李文通。

〔儀曹外郎〕《唐書·百官志》：「武德三年，改儀曹郎曰禮部郎中。」按：指禮部員外郎李宗閔爲書。馮孟亭云：「書，通記。」

〔行軍司馬〕見題句。

〔破體〕馮孟亭云：「破體，謂變化前人之體。戴叔倫《懷素草書歌》『始從破體變〔風姿〕』。」今按：「風姿」底本脱，據戴詩補。

〔孔鼎〕程午橋云：「《左傳》正考父鼎銘，孔子之先也，故曰孔鼎。可配湯盤，非孔悝鼎銘。」

〔三五〕班固《東都賦》：「事勤乎三五。」章懷太子賢注：「三皇五帝也。」

〔胝〕音支。陳彭年《廣韻》：「皮厚也。」

〔七十二代〕《管子·封禪篇》：「古者封泰山、禪梁父者七十二家。」《史記·秦始皇紀》裴駰《集解》：「瓚曰：積土爲封，謂負土於泰山上，爲壇而祭之。除地爲墠，後改『墠』爲『禪』。」

〔玉檢〕《史記·封禪書》：「封太山下東方，封廣丈二尺，高九尺，其下則有玉牒書。」《續漢書·祭祀志》：「牒厚五寸，長尺三寸，廣五寸，有玉檢。檢用金縷五周，以水銀和金以爲泥。」

〔明堂〕《孟子》趙岐注：「泰山下明堂，本周天子東巡狩、朝諸侯之處也。」

【批語】

〔一〕唐自安史亂後，藩鎮遂多擅命，故云。

〔二〕起四句頌憲宗，得大體。

〔三〕四句極言元濟之强，便令平淮西之功益壯。紀云：「入手八句，句句争先，非尋常鋪敘之法。」今按：語見《玉溪生詩説》卷上（槐廬叢書本）。「紀云」以上評語，亦爲紀評。「八句」下有「兩段」，「句句」作「字字」，「非」作「不是」。

〔四〕大書特書。

〔五〕七字寫出森嚴氣象。

〔六〕《漢書注》：「訾，量也，謂無可比量。」田簣山云：「省筆已括。」

〔七〕二句勾清平淮西功，引起作碑。提明帝曰，見其非私也。

〔八〕此六句是波瀾頓挫處，不爾，便一瀉無餘。

〔九〕隱見不可妄改。

〔十〕沈云：『「句奇語重」四字，品定韓公詩文。』

〔十一〕四句揞拄全篇，筆下亦元氣渾淪。

〔十二〕總束上文，有此起，合有此結，章法乃稱。何義門云：「字字古茂，句句典雅，頌美之體，諷刺之遺也。」錢木庵云：「賦韓碑，即學韓文序事筆法，神物之善變如此。」今按：錢良擇，字木庵，常熟人。有《唐詩審體》。原作：「詩詠韓碑，即用韓文筆法。然是學韓文，非學韓詩也。識者辨之。」又云：「義山詩多以好句見長，此獨渾然元氣，絶其雕飾。集中更無第二首，神物善變如此。」

【今校】

《全唐詩》卷五百三十九，「帝得」句下注：「原注：《晏子春秋》：『仲尼，聖相也。』」「愬武」句下注：「李愬、韓弘、李道古、李文通。」「儀曹」句下注：「李正封、馮宿、李宗閔皆從度出征。」「行軍」句下注：「度奏韓愈充行軍司馬。」「三丈」之「三」，注「一作二」。「斗」注「一作手」。「贔砂」句下注：「碑辭多叙裴度事，時入蔡擒吴元濟，李愬功第一，愬不平之。愬妻，唐安公主女也，出入禁中，因訴碑辭不實。詔令磨去愈文，命翰林學士段文昌重撰文勒石。」

達摩支曲

温庭筠

擣麝成塵香不滅，拗蓮作寸絲難絶〔一〕。紅淚文姬洛水春，白頭蘇武天山雪〔二〕。

君不見，無愁高緯花漫漫，漳浦宴餘清露寒。一旦臣僚共囚虜，欲吹羌笛先汍瀾。舊臣頭鬢霜華早，可惜雄心醉中老。萬古春歸夢不歸，鄴城風雨連天草〔三〕。

【原注】

〔題〕郭茂倩《樂府詩集》：「《樂府雜録》曰達磨支，健舞曲也。」

〔文姬〕《後漢書・列女傳》：「陳留董祀妻者，同郡蔡邕之女也，字文姬，博學有才辨。興平中，天下喪亂，文姬爲胡騎所獲。曹操素與邕善，痛其無嗣，乃遣使者以金璧贖之，後感傷亂離，追懷悲憤，作詩二章。」按：陳留，屬河南開封府洛水，見二卷皇甫冉詩。

〔蘇武〕《漢書・蘇武傳》：「武等至匈奴，單于使曉武，武不應，乃幽武置大窖中，絶不飲食，天雨雪，武卧齧雪與旃毛并咽之。留匈奴凡十九歲，始以彊壯出，及還，須髮盡白。」按：天山，見前岑參《白雪歌》。

〔無愁高緯〕《北齊書・後主紀》：「後主諱緯，盛爲無愁之曲，帝自彈胡琵琶而唱之，人間謂之無愁天子。」

〔漳浦〕《山海經・北山經》：「發鳩之山，漳水出焉，少之，清漳之水出焉，東流於濁漳之水。」按：發鳩山，在今山西潞安府長子縣西。少山，又名沾嶺，在山西平定州西南，二水分流，至河南彰德府涉縣交漳口始合。

〔囚虜〕《北齊書·後主幼主紀》：「周師漸逼，太上窘急，將遜於陳，與長鸞、淑妃等十數騎至青鄴。至建德七年，誣與宜州刺史穆提婆謀反，及延宗等數十人，無少長，咸賜死。」
〔羌笛〕許慎《説文解字》：「笛，七孔篇也。羌笛三孔。」
〔汍瀾〕方以智《通雅·釋詁》：「汍瀾，言流淚縱橫也。」
〔鄴城〕《漢書·地理志》：「魏郡鄴。」按：春秋鄴邑，戰國屬魏，北齊都此。故城在今河南彰德府臨漳縣西。

【批語】

〔一〕興也。
〔二〕申明不滅難絶意。
〔三〕高緯無愁，終爲囚虜，求如蘇武、文姬及身歸漢，不可得也。詩蓋深著淫佚之戒。文達云：「温、李遭逢坎坷，故詞雖華艷，而寄託常深。此篇更悲壯，異乎他作之靡靡。」今按：文達，即紀昀。見《刪正評點二馮才調集》。

【今校】

原注題下注：「摩」一作「磨」。《全唐詩》卷五百七十六，「華」注「一作雪」。

唐詩中聲集卷三

五言律詩

幸蜀西至劍門

明皇帝

劍閣横空峻，鑾輿出狩回〔一〕。翠屏千仞合，丹嶂五丁開〔二〕。灌木縈旗轉，仙雲拂馬來〔三〕。乘時方在德，嗟爾勒銘才〔四〕。

【原注】

〔題〕《唐書・地理志》：「劍南道，劍州普安郡劍門。」按：廢縣在今四川保寧府劍州東北。

〔劍閣〕〔五丁〕見二卷李白《蜀道難》。

〔灌木〕《爾雅・釋木》：「灌木，叢木。」

〔勒銘〕《晉書・張載傳》：「至蜀省父，道經劍閣。載以蜀人恃險好亂，因著銘以作誡曰：『惟蜀之門，作固作鎮。是曰劍閣，壁立千仞。興實由德，險亦難恃。自古及今，天命匪易。』武帝遣使鐫之於劍閣山焉。」

【批語】

〔一〕觀此句，題中「西」字應是「回」字之訛。

〔二〕承「劍閣」，雄健。

〔三〕承「狩回」之景作轉。

〔四〕結到尚德，乃駐蹕題詩意。

【今校】

《全唐詩》卷三，末句下注：「肅宗至德二年，普安郡守賈深勒石。」

晚春

劉希夷

佳人眠洞房，回首見垂楊〔一〕。寒盡鴛鴦被，春生玳瑁牀〔二〕。庭陰幕青靄，簾影散紅芳〔三〕。寄語同心伴，迎春且薄妝〔四〕。

【批語】

〔一〕與龍標「春日凝妝上翠樓，忽見陌頭楊柳色」同意，然「眠」字又是一境。

〔二〕鴛鴦，雙聲；玳瑁，疊韻。

〔三〕青靄幕庭而成陰，紅芳散簾而有影，句句從「眠洞房」三字生來。

〔四〕譚友夏云：「『薄』字妙，蓋急欲遊春，眠起不暇濃妝耳。」今按：見《唐詩歸》卷一。「『薄』字妙」句，原屬鍾惺。又，「妙」原作「妙妙」。

和晉陵陸丞早春遊望

杜審言

獨有宦遊人，偏驚物候新〔一〕。雲霞出海曙，梅柳渡江春〔二〕。淑氣催黄鳥，晴光轉緑蘋〔三〕。忽聞歌古調，歸思欲霑巾〔四〕。

【原注】

〔題〕《唐書·地理志》：「江南道，常州晉陵郡晉陵。」按：今江蘇常州府武進縣。

【批語】

〔一〕撇過一層，落筆警拔，已暗伏自己。

〔二〕承物候新。

〔三〕 轉到和詩時，「出」、「渡」、「催」、「轉」，犯同。腰眼。

〔四〕 結和字。徐而庵云：「『驚』字詩眼。陸驚早春，杜驚春晚，起結意相應。」今按：語見《而庵説唐詩》卷十三。原作：「『驚』字領一首之神。」又云：「丞相驚春之早，故感遊望；杜必簡驚春之晚，故欲沾巾也。兩解之分别有如此。」楊升庵云：「妙在『獨有』『忽聞』四虚字。」今按：語見《楊升菴集》卷五十四。

銅雀臺

沈佺期

昔年分鼎地，今日望陵臺。一旦雄圖盡，千秋遺令哀。綺羅君不見，歌舞妾空來。恩共漳河水，東流無重回。

【原注】

〔題〕《魏志·武帝紀》：「建安十五年冬，作銅爵臺。」按：故址在今河南彰德府臨漳縣西南。

〔分鼎〕《史記·淮陰侯傳》：「參分天下，鼎足而居。」孫楚《爲石仲容與孫晧書》：「自謂三分鼎足之勢，可與泰山共相終始。」

〔遺令〕 陸機《弔魏武帝文·序》：「魏武帝遺令曰：『吾婕妤、伎人，皆著銅爵臺，於臺堂上施八尺牀、繐帳，朝晡上脯糒之屬。月朝十五，輒向帳作伎。汝等時時登銅爵臺，望吾西陵墓田。』」按：西陵，在臨漳縣西。

〔漳河〕見二卷温許筠《達摩支曲》。

【批語】

此爲銅雀歌伎之詞，以譏魏武也。言恩既逐漳流而不返，能復戀此墓田耶？遺令諄諄，愚亦甚矣。

【今校】

《全唐詩》卷九十六，題下注「一作宋之問詩」。

雜詩

沈佺期

聞道黄龍戍，頻年不解兵。可憐閨裏月，長在漢家營〔一〕。少婦今春意〔二〕，良人昨夜情〔三〕。誰能建旗鼓，一爲取龍城。

【原注】

〔黄龍〕黄龍：《水經·遼水》酈道元注：「白狼水，又北逕黄龍城東。」按：在今直隸承德府。

〔龍城〕龍城：《史記·匈奴傳》：「王月大會蘢城，祭其先、天地、鬼神。」司馬貞《索隱》：「《漢書》作『龍城』。崔浩云：『西方胡皆事龍神，故名大會處爲龍城。』」按：今承德府朝陽縣，爲北魏龍城廣興定荒三縣地，詩應指此。

【批語】

〔一〕言在漢營者惟閨月耳。

〔二〕承閨月。

〔三〕承漢營。

【今校】

《全唐詩》卷九十六，「龍戍」注「一作花塞」。此爲三首其三，其一：「落葉驚秋婦，高碪促暝機。蜘蛛尋月度，螢火傍人飛。清鏡紅埃入，孤燈緑燄微。怨啼能至曉，獨自嬾縫衣。」其二：「妾家臨渭北，春夢著遼西。何苦朝鮮郡，年年事鼓鼙。燕來紅壁語，鶯向緑窗啼。爲許長相憶，蘭干玉筯齊。」

題大庾嶺北驛

宋之問

陽月南飛雁，傳聞至此回。我行殊未已，何日復歸來〔一〕。江静潮初落〔二〕，林昏瘴不開〔三〕。明朝望鄉處，應見嶺頭梅〔四〕。

【原注】

〔題下注〕按：嶺在廣東南雄州北，江西南安府南。

〔陽月〕《爾雅·釋天》：「十月爲陽。」

〔嶺梅〕白居易《六帖·梅部》：「大庾嶺上梅，南枝落，北枝開。」

【批語】

〔一〕一氣舒卷，神味無窮。

〔二〕無所聞。

〔三〕無所見。

〔四〕暗結「北」字。

次北固山下

王　灣

客路青山外，行舟綠水前〔一〕。潮平兩岸闊，風正一帆懸〔二〕。海日生殘夜，江春入舊年〔三〕。鄉書何處達，歸雁洛陽邊〔四〕。

【原注】

〔題〕《南史・臨川静惠王宏傳》：「京城之西，有别嶺入江，高數十丈，三面臨水，號曰北固。」按：山在今江蘇鎮江府丹徒縣北。

〔雁〕范雲《贈張徐州謖》詩：「寄書雲間雁，爲我西北飛。」

〔洛陽〕見二卷李白《憶舊遊》。

【批語】

〔一〕對起。

〔二〕承次句。「闊」一作「失」，「失」字烹鍊，「闊」字自然。

〔三〕二句以氣候之早，轉出鄉思。《説詩晬語》云：「江中日早，客冬立春，本尋常意，一經錘鍊，便成警絶，與少陵『無風雲出塞，不夜月臨關』一種筆墨。」今按：此當出《唐詩别裁集》卷十，「警覺」作「奇絶」。《説詩晬語》卷下五一條載此，文字略有異同。（「客冬」作「殘冬」，「尋常意」作「尋常意思」，無「與少陵」以下字句。）

〔四〕欲藉雁以傳書也。灣，洛陽人。

【今校】

《全唐詩》卷一百十五，詩末注：「《河岳英靈集》題作《江南意》。詩云：『南國多新意，東行伺早天。潮平兩岸失，風正數帆懸。海日生殘夜，江春入舊年。從來觀氣象，惟向此中偏。』」

終南别業

王維

中歲頗好道，晚家南山陲。興來每獨往，勝事空自知。行到水窮處，坐看雲起時。偶然值林叟，談笑滯還期。

【原注】

〔終南〕終南，見一卷李白詩。

【批語】

紀云：「絢爛之極，漸歸平淡；醖釀既久，自露天機。非可躐等求也。學盛唐者，當以此種爲歸墟，不當以此種爲初步。」今按：《瀛奎律髓彙評》卷二十三紀云：「此詩之妙，由絢爛之極，歸於平淡，然不可以躐等求也。學盛唐者，當以此種爲歸墟，不得以此種爲初步。」

【今校】

《全唐詩》卷一百二十六，題下注「一作初至山中，一作入山寄城中故人」。「空」注「一作衹」。「值」注「一作見」。「林」注「一作鄰」。「滯」作「無」，注「一作滯」。

過香積寺

王　維

不知香積寺，數里入雲峰。古木無人徑，深山何處鐘〔一〕。泉聲咽危石，日色冷青松〔二〕。薄暮空潭曲，安禪制毒龍〔三〕。

【原注】

〔過香積寺〕按：寺在陝西西安府長安縣東，神禾原上。

〔毒龍〕張自烈《正字通》：「毒龍，佛喻欲心也。」《大灌頂神咒經》：「莫令諸小毒龍害人民。」

【批語】

〔一〕承「不知」，在未過寺之前。

〔二〕二句正寫過寺之所聞見。「咽」「冷」略讀，鍊字幽峭。

〔三〕因空潭而思安禪以制其心，此在過寺之後。李空同云：「疊景者，意必二，闊大者，半必細，乃律詩三昧。」此詩中四句前虛後實，劑量適均。今按：李夢陽《再與何氏書》云：「古人之作，其法雖多端，大抵前疏者，後必密；半闊者，半必細；一實者，必一虛；疊景者，意必二。此予之所謂法圓規而方矩者也。」（《空同集》卷六十二）胡震亨概括之爲：「叠景者，意必二；闊大者，半必細；此最律詩三昧。」（《唐音癸籤》卷三）當爲美中所本。

【今校】

《全唐詩》卷一百二十六，詩題下注「一作王昌齡」。

送梓州李使君

王　維

萬壑樹參天，千山響杜鵑〔一〕。山中一夜雨，樹杪百重泉〔二〕。漢女輸橦布，巴人訟芋田。文翁翻教授，不敢倚先賢〔三〕。

【原注】

〔題〕《唐書·地理志》：「劍南道梓州梓潼郡。」按：今四川潼川府。

〔漢女〕左思《蜀都賦》：「巴姬彈絃，漢女擊節。」又「布有橦華」。劉逵注：「橦華者，樹名橦。其華柔毳，可績爲布也。」

〔巴人〕《左傳·桓公九年》杜預《集解》：「巴國，在巴郡江州縣。」按：今四川重慶府。

〔芋田〕左思《蜀都賦》：「瓜疇芋區。」郭義恭《廣志》：「蜀漢既繁芋，民以爲資。」

〔文翁〕《漢書·循吏傳》：「文翁，景帝末，爲蜀郡守。仁愛好教化，修起學官於成都市中，招下縣子弟以爲學官弟子，繇是大化。至武帝時，乃令天下郡國皆立學校官，自文翁爲之始云。

文翁終於蜀，至今巴蜀好文雅，文翁之化也。」注：「師古注：學官，學之官舍也。」

【批語】

〔一〕起勢斗絶。

〔二〕分頂上兩句，用流水對法，一氣奔赴，虎卧龍跳。

〔三〕姚姬傳云：「李蓋降謫官，故詩言『漢女』、『巴人』，陋俗若不足道。然翻教授之，不以先賢居下州爲恨也。」

【今校】

《全唐詩》卷一百二十六，「千山響」注「一作鄉音聽」。「夜」注「一作半」。「橦」注「一作賨」。

送楊長史濟赴果州

王　維

褒斜不容幰，之子去何之。鳥道一千里，猿聲十二時。官橋祭酒客，山木女郎祠。別後同明月，君應聽子規。

【原注】

〔題〕《唐書·地理志》：「山南道果州南充郡。」按：今四川順慶府。

〔褒斜〕班固《西都賦》李善注：「《梁州記》曰：『萬石城泝漢上七里有褒斜谷，南口曰褒，北口曰斜，長四百七十里。」按：在今陝西漢中府褒城縣東北。斜，移邪切。

〔幰〕許慎《説文新附字》：「幰，車幔也。」

〔鳥道〕見二卷李白《蜀道難》。

〔猿聲〕見七卷李白《早發白帝城》。

〔祭酒〕《後漢書・劉焉傳》：「張魯祖父陵，客於蜀，造作符書，以惑百姓。陵傳子衡，衡傳於魯，遂自號『師君』。其來學者，初名爲『鬼卒』，後號『祭酒』。諸祭酒各起義舍於路，同之亭傳，縣置米肉以給行旅。」

〔女郎〕《水經・沔水》酈道元注：「漢水又東，黄沙水左注之，南有女郎山，山上有女郎冢，下有女郎廟及擣衣石，言張魯女也。」按：女郎山，在褒城縣西南。

〔同明月〕謝莊《月賦》：「隔千里兮共明月。」

〔子規〕李時珍《本草綱木・禽部》：「鵑與子規、催歸諸名，皆因其聲似，各隨方音呼之而已。其鳴若曰『不如歸去』。」

【批語】

鳥道、猿聲，言旅途之酸辛。祭酒、女郎，言風俗之荒陋。結句望其歸也。一片神骨，不同凡馬多肉。

【今校】

《全唐詩》卷一百二十六,「聲」注「一作啼」。

送邢桂州

王維

鐃吹喧京口,風波下洞庭。赭圻將赤岸,擊汰復揚舲〔一〕。日落江湖白,潮來天地青〔二〕。明珠歸合浦,應逐使臣星〔三〕。

【原注】

〔題〕《唐書·地理志》:「嶺南道桂州始安郡。」按:今廣西桂林府。

〔京口〕謝靈運《從遊京口北固應詔》詩李善注:「《水經注》曰:『京口,丹徒之西鄉也。』」按:丹徒縣屬江蘇鎮江府,京口在其西南。

〔洞庭〕見後孟浩然詩。

〔赭圻〕《明一統志·南京·太平府·古蹟》:「赭圻城,在繁昌縣西四十里,赭圻嶺下。」

〔赤岸〕曹植《求自試表》:「南極赤岸,東臨滄海。」李善注:「山謙之《南徐州記》曰:京江,《禹貢》北江,有大濤,濤至北激赤岸,尤更迅猛。」

〔擊汰揚舲〕《楚詞·九章·涉江》:「乘舲船余上沅兮,齊吴榜以擊汰。」王逸《章句》:「舲船，船有窗牖。吴榜，船櫂也。汏，水波也。」按：汏，徒蓋切，從大。

〔珠歸合浦〕《後漢書·循吏傳》：「孟嘗，字伯周，遷合浦太守。郡不産穀實，而海出珠寶。先時宰守並多貪穢，詭人採求，不知紀極，珠遂漸徙於交阯郡界。嘗到官，革易前弊，曾未踰歲，去珠復還。」

〔使星〕見五卷高適《送柴司户》。

【批語】

〔一〕當句對，亦是横擔法。四句道路所經。

〔二〕二句舟中之景，「潮來」五字，奇警。

〔三〕結諷以不貪也。曲折微婉。

觀獵

王維

風勁角弓鳴，將軍獵渭城〔一〕。草枯鷹眼疾，雪盡馬蹄輕〔二〕。忽過新豐市，還歸細柳營〔三〕。迴看射鵰處，千里暮雲平〔四〕。

【原注】

〔渭城〕《漢書·地理志》：「右扶風渭城，故咸陽。高帝元年更名新城，武帝元鼎三年更名渭城。」

〔新豐市〕《漢書·地理志》注：「應劭曰：太上皇思東歸，於是高祖改築城寺街里以象豐，徙豐民以實之，故號新豐。」按：在今陜西西安府臨潼縣東北。

〔細柳營〕《史記·孝文帝紀》：「河内守周亞夫爲將軍，居細柳。」裴駰《集解》：「張揖曰：在昆明池南，今有柳市是也。」按：在今西安府咸陽縣西南。

【批語】

〔一〕起勢突兀，一倒轉便是凡筆。

〔二〕正寫獵。鍾云：「同是奇語，上句險，下句秀。」今按：語見《唐詩歸》卷九。

〔三〕二句獵畢。

〔四〕挽力千鈞。

【今校】

《全唐詩》卷一百二十六，題下注：「《紀事》題曰《獵騎》，《樂府詩集》、《萬首絶句》以前四句作五絶，並題曰戎渾。」「勁」注「一作動」。「射鵰」注「一作落雁，一作失雁」。

與諸子登峴山作

孟浩然

人事有代謝，往來成古今。江山留勝蹟，我輩復登臨〔一〕。水落魚梁淺，天寒夢澤深〔二〕。羊公碑尚在，讀罷淚沾襟〔三〕。

【原注】

〔題〕《唐書·地理志》：「山南道襄州襄陽郡，襄陽有峴山。」按：山在湖北襄陽縣南九里。

〔魚梁〕見二卷《夜歸鹿門》。

〔夢澤〕見下首。

〔羊公碑〕《晉書·羊祜傳》：「祜樂山水，每風景，必造峴山，置酒言詠。嘗慨然嘆息，顧謂從事中郎鄒湛等曰：『自有宇宙，便有此山，由來賢達勝士，登此遠望，如我與卿者多矣，皆湮滅無聞，使人悲傷。如百歲後有知，魂魄猶應登此也。』湛曰：『公令聞令望，必與此山俱傳。』祜卒，襄陽百姓於峴山建碑立廟，望其碑者，莫不流涕，杜預因名爲墮淚碑。」

【批語】

〔一〕憑空發感慨，三四句始拍題，弔古傷今，隱隱自負。

〔二〕登臨所見。

〔三〕言外亦有煙滅，無聞之感，回應起二句。

【今校】

《全唐詩》卷一百六十，詩題作「與諸子登峴山」。「尚」作「字」，注「一作尚」。

望洞庭湖贈張丞相

孟浩然

八月湖水平，涵虛混太清〔一〕。氣蒸雲夢澤，波撼岳陽城〔二〕。欲濟無舟楫，端居恥聖明。坐觀垂釣者，徒有羡魚情〔三〕。

【原注】

〔題〕徐堅《初學記·地部》：「《荆州記》云：青草湖，一名洞庭湖，亦謂之太湖，在巴陵郡。」按：洞庭、青草、赤沙，實一湖，周圍八九百里，在湖南岳州府西南，接長沙、常德二府界。

〔太清〕《鶡冠子·度萬篇》：「故其德上及太清。」陸佃注：「太清，天也。」

〔雲夢澤〕《周禮·夏官·職方氏》：「正南曰荆州，其澤藪曰雲瞢。」司馬相如《子虚賦》：「臣聞楚有七澤，嘗見其一名曰雲夢，雲夢者，方九百里。」

〔岳陽城〕杜甫《泊岳陽城下》詩仇兆鰲注：「岳陽即岳州，在天岳山之陽，故名。」

〔羡魚〕《漢書·董仲舒傳》：「臨淵羡魚，不如退而結網。」

【批語】

〔一〕高渾。

〔二〕雄闊。四句望洞庭湖。

〔三〕四句贈張丞相，只以望湖託意，不露干乞之痕。恥聖明，所謂有道貧賤也。

【今校】

《全唐詩》卷一百六十，題下注「一作臨洞庭」。「撼」注「一作動」。「坐觀」注「一作徒憐」。「者」注「一作叟」。「空」注「一作徒」。

舟中曉望

孟浩然

挂席東南望，青山水國遥。舳艫争利涉，來往接風潮。問我今何適，天台訪石橋。坐看霞色曉，疑是赤城標。

【原注】

〔挂席〕木華《海賦》：「挂帆席。」

〔舳艫〕《小爾雅·廣器》：「船頭謂之舳，尾謂之艫。」《漢書·武帝紀》注：「李斐曰：舳，船後持柂處也。艫，船前頭刺櫂處也。」

〔石橋〕孫綽《遊天台山賦》李善注：「顧愷之《啓蒙記》注曰：『天台山石橋路，逕不盈尺，長數十步，步至滑，下臨絶冥之澗。』」

〔赤城標〕孫綽《遊天台山賦》：「赤城霞起而建標。」李善注：「孔靈符《會稽記》曰：『赤城山，石色皆赤，狀似雲霞，建標立物，以爲之表識也。』」

【批語】

前寫舟中望，特留「曉」字於後作結。姚姬傳云：「趣興奇逸。」律説云：「最是頸聯接得挺拔，設在結句，則索然矣。」此意當參。

【今校】

《全唐詩》卷一百六十，「曉」，注「一作晚」。「接」，注「一作任」。「適」，作「去」，注「一作適」。「曉」，注「一作晚」。

早寒江上有懷

孟浩然

木落雁南度，北風江上寒。我家襄水曲，遥隔楚雲端〔一〕。鄉淚客中盡，孤帆天際看。迷津欲有問，平海夕漫漫〔二〕。

【原注】

〔襄水〕《水經·沔水》酈道元注：「又北逕檀溪，溪水傍城北注，一水東南出。」應劭曰：「城在襄水之陽，故曰襄陽，是水當即襄水也。」

〔楚雲〕《晉書·天文志》：「楚雲如日。」

【批語】

〔一〕四語直下，振衣千仞。

〔二〕結言問津無從也。

【今校】

《全唐詩》卷一百六十，題下注：「一作江上思歸」。「南」，注「一作初」。「襄」，注「一作湘，又作江」。「曲」作「上」，注「一作曲」。「雲」，注「一作山」。「孤」，注「一作歸」。「際」，注「一作外」。

歲暮歸南山

孟浩然

北闕休上書，南山歸敝廬。不才明主棄，多病故人疏〔一〕。白髮催年老，青陽逼歲除。永懷愁不寐，松月夜窗虛〔二〕。

【原注】

〔題〕徐堅《初學記·地部》：「《五經要義》云：『終南山，長安南山也。』」

〔青陽〕《爾雅·釋天》：「春爲青陽。」郭璞注：「氣青而温陽。」

【批語】

〔一〕二句言所以歸山之故，即少陵「官應老病休」意。

〔二〕四語纏綿篤摯，青陽來逼，見歲不我與，永懷不寐，仍有不能恝然徑歸意。

【今校】

《全唐詩》卷一百六十，題下注「題一作歸故園作，一作歸終南山」。「多」，注「一作卧」。「老」，注「一作去」。「寐」，注「一作寢」。「窗」，注「一作堂」。

贈梁州張都督

崔顥

聞君爲漢將，虜騎罷南侵。出塞清沙漠，還家拜羽林。風霜臣節苦，歲月主恩深〔一〕。爲語西河使，知余報國心〔二〕。

【原注】

〔題〕《唐書・地理志》：「山南道興元府漢中郡，本梁州漢川郡。開元十三年更名褒州，二十年復曰梁州。」按：今陝西漢中府。

〔沙漠〕見二卷高適《燕歌行》。

〔羽林〕應劭《漢官儀》：「武帝太初元年，初置建章營騎，後更名羽林。言其爲國羽翼，如林之盛也。」

〔西河〕《唐書・地理志》：「河東道汾州西河郡。」按：汾州今屬山西。

【批語】

〔一〕方虛谷云：「二句痛快而感激。」今按：方回，號虛谷。引文見《瀛奎律髓》卷三十。

〔二〕余，張自謂，一作「余知」。《說詩晬語》云：「律貴勻稱，三四承上斗峭而來，宜緩脈赴之，五六必聳然挺拔，別開一境。如此詩『風霜』二句是也。晚唐人每於頸聯振不起，便覺直塌下去。」今按：《說詩晬語》卷上一零一條。首二句原作「三四貴勻稱，呈上斗峭而來」。「如此詩」以下，乃美中概括歸愚文字，文繁不録。

【今校】

《全唐詩》卷一百三十，「罷」，注「一作不」。「塞」，注「一作磧」。「余」，注「一作君」。

題破山寺後院

常　建

清晨入古寺〔一〕，初日照高林。曲逕通幽處，禪房花木深〔二〕。山光悅鳥性，潭影空人心〔三〕。萬籟此俱寂，但餘鐘磬音〔四〕。

【原注】

〔題〕《舊注》：「寺即今江蘇蘇州府常熟縣西虞山北嶺興福寺。」

【批語】

〔一〕破山寺。

〔二〕後院。十字成句，歐陽修公咨賞，以爲心欲倣之而才莫逮者。今按：歐陽修《題青州山齋》：「吾嘗喜誦常建詩云：『竹逕通幽處，禪房花木深。』欲效其語作一聯，久不可得，乃知造意者爲難工也。」（《文忠集》卷七十三）

〔三〕二句所見。鳥性因山光而悦，人心對潭影而空，「悦」字、「空」字，禪理。

〔四〕二句所聞。退谷云：「無象有影，無影有光，是何物參之。」今按：引文出鍾惺《唐詩歸》卷十二。

【今校】

《全唐詩》卷一百四十四，「曲」作「竹」，注「一作一，一作曲」。「通」，注「一作遇」。

寄左省杜拾遺

岑　參

聯步趨丹陛〔一〕，分曹限紫微〔二〕。曉隨天仗入〔三〕，暮惹御香歸〔四〕。白髮悲花落〔五〕，青雲羨鳥飛〔六〕。聖朝無闕事，自覺諫書稀〔七〕。

【原注】

〔題〕《唐書・百官志》：「武后垂拱元年，置補闕、拾遺，左右各二員。」《杜甫傳》：「至德二載，拜左拾遺。」

〔紫微〕《唐書・百官志》：「開元元年，改中書省曰紫微省。」按：補闕拾遺，左屬門下省，右屬中書省，參時爲右補闕，故云分曹。

〔天仗〕〔御香〕《唐書・儀衛志》：「衙凡朝會之仗，三衛番上，皆帶刀捉仗立内廊閤外，朝日，殿上設黼扆、躡席、熏爐、香案，内謁者承旨，唤仗，自東西閤而入，朝罷，然後放仗。」

【批語】

〔一〕同朝。

〔二〕不同省。

〔三〕承趨陛。

〔四〕承分曹。

〔五〕自謂。

〔六〕指杜。二句託意深□。

〔七〕感嘆語，以回護出之，詩人之旨。

送懷州吴别駕

岑　參

灞上柳枝黄，壚頭酒正香。春流飲去馬，暮雨濕行裝〔一〕。驛路通函谷，州城接太行〔二〕。覃懷人總喜，别駕得王祥〔三〕。

【原注】

〔題〕《唐書·地理志》：「河北道懷州河内郡。」按：今河南懷慶府。

〔灞上〕《漢書·高帝紀》注：「應劭曰：『霸上，地名。』師古曰：『霸水上，故曰霸上。』」按：即白鹿原，在今陝西西安府咸寧縣。

〔函谷〕見七卷無名氏《雜詩》。

〔太行〕見二卷李白《憶舊遊》。

〔覃懷〕蔣廷錫《尚書地理今釋》：「覃懷，今河南懷慶府地。」

〔王祥〕《晉書·王祥傳》：「徐州刺史吕虔，檄爲别駕，於時寇盜充斥，祥率勵兵士，頻討破之。州界清静，政化大行。時人歌之曰：『海沂之康，實賴王祥。邦國不空，别駕之功。』」

【批語】

〔一〕四句送。秀色雅韻，流逸芊眠。

〔二〕懷州。
〔三〕喻吴。

送張子尉南海

岑參

不擇南州尉，高堂有老親〔一〕。樓臺重蜃氣，邑里雜鮫人。海暗三山雨，花明五嶺春〔二〕。此鄉多寶玉，慎莫厭清貧〔三〕。

【原注】

〔題〕《唐書·地理志》：「嶺南道廣州南海郡南海。」按：今屬廣東廣州府。

〔蜃氣〕《史記·天官書》：「海旁蜃氣象樓臺。」

〔鮫人〕張華《博物志·異人》：「南海外有鮫人，水居如魚，不廢織績，其眼能泣珠。」左思《吴都賦》劉逵注：「俗傳鮫人從水中出，曾寄寓人家，積日賣綃。」

〔三山〕《舊注》：「三山，謂番山、禺山、堯山。」《明史·地理志》：「南海，南濱海。又南有三江口。三江者，一曰西江，一曰東江，一曰北江。」

〔五嶺〕《史記·秦始皇紀》張守節《正義》：「《廣州記》云：『五嶺者，大庾、始安、臨賀、揭陽、貴陽。』《輿地志》云：『一曰臺嶺，今名大庾；二曰騎田；三曰都龐；四曰萌渚；五曰越城嶺。』」

〔寶玉〕《漢書・地理志》：「粵地處近海，多犀、象、毒冒、珠璣、銀、銅、果、布之湊，中國往商賈者多取富焉。」

【批語】

〔一〕入首先揭破爲貧而仕，已伏末句之根。

〔二〕四句南海。

〔三〕規諷得體，從首句生出。

【今校】

原校：「山」一作「江」。《全唐詩》卷二百，詩題作「送楊瑗尉南海」，「楊瑗」注「一作張子」。「花」，注「一作江」。「花」一作「江」。

送杜佐下第歸陸渾別業

岑参

正月今欲半，陸渾花未開。出關見青草，春色正東來。夫子且歸去，明時方愛才〔一〕。還須及秋賦，莫即隱蒿萊〔二〕。

【原注】

〔題〕《唐書·地理志》:「河南道河南府陸渾。」又,「伊闕有陸渾山,一名方山。」按:陸渾,今嵩縣,山在縣西北。

〔賦〕《漢書·晁錯傳》:「乃以臣錯充賦,甚不稱明詔求賢之意。」注:「如淳曰:『猶言備數也。』臣瓚曰:『云如賦調也。』」

【批語】

〔一〕二聯一承上,一轉下,句句流走。

〔二〕鍾云:「不作一感憤語,不作一敗興語,使淺躁人讀之心自平,氣自厚,且不敢自薄。」

今按:語見《唐詩歸》卷十三。原無「不作一敗興語」數字,「且不敢自薄」原爲譚語,在第六句下。

【今校】

《全唐詩》卷二百,「今」,注「一作初」。

送友下第歸省

殷　遥

君此卜行日,高堂應夢歸〔一〕。莫將和氏淚,滴著老萊衣〔二〕。嶽雨連河細〔三〕,田禽出麥飛〔四〕。到家調膳後〔五〕，吟好送斜暉〔六〕。

【原注】

〔題〕一作劉得仁詩。

〔和氏淚〕《韓子·和氏篇》：「楚人和氏得玉璞楚山中，奉而獻之厲王，玉人曰：『石也。』王以和爲誑，而刖其左足。武王即位，和又奉其璞而獻之，王又以和爲誑，而刖其右足。文王即位，和乃抱其璞而哭於楚山之下，三日三夜，淚盡繼之以血，王乃使玉人理其璞而得寶焉。遂命曰『和氏之璧』。」

〔老萊衣〕徐堅《初學記·人部》：「《孝子傳》曰：老萊子至孝，奉二親，行年七十，著五綵褊襴衣，弄鶵鳥於親側。」

【批語】

〔一〕夾寫真摯。

〔二〕熟爛語從性情中流出，覺色味不陳，可悟使事之法。

〔三〕紀地。

〔四〕紀時。

〔五〕省。

〔六〕餘意。

軍中聞笛

張巡

岧嶤試一臨，虜騎附城陰。不辨風塵色，安知天地心〔一〕。營開邊月近，戰苦陣雲深。旦夕更樓上，遥聞横笛音〔二〕。

【原注】

〔岧嶤〕〔城陰〕舊注：「岧嶤言樓之高，城陰城北也。」

〔陣雲〕《史記·天官書》：「陣雲如立垣。」

【批語】

〔一〕歸愚云：「二句言不辨風塵之愁慘，並不知天地之向背，非一開一闔語也。宋賢謂夷齊欲與天意違拗，正是此意。」今按：語見《唐詩別裁集》卷十。「不辨」原作「不識」，「天地」作「天意」，「正是此意」作「正復相合」。

〔二〕友夏云：「聞笛只結句一點，覺上數句皆聞笛矣。」伯敬云：「裹成一片，流出真詩。」今按：語見《唐詩歸》卷二十三。「聞笛只結句一點」原作「只結一句聞笛」，「數語」原作「數句」。伯敬語原在四句下。

【今校】

《全唐詩》卷一百五十八，詩題作「聞笛」。「附」，注「一作俯」。「營」，注「一作門」。「音」，注「一作吟」。

塞下曲

李　白

五月天山雪，無花只有寒。笛中聞折柳，春色未曾看〔一〕。曉戰隨金鼓，宵眠抱玉鞍。願將腰下劍，直爲斬樓蘭〔二〕。

【原注】

〔題〕郭茂倩《樂府詩集》：「《晉書・樂志》曰：『《出塞》、《入塞》曲，李延年造。』唐又有塞上、塞下曲，蓋出於此。」

〔天山〕見二卷岑參《白雪歌》。

〔折柳〕見一卷杜甫《後出塞》題注。

〔金鼓〕司馬相如《子虛賦》郭璞注：「金鼓，鉦也。」

〔樓蘭〕《漢書・西域傳》：「鄯善國，本名樓蘭，數遮殺漢使。元鳳四年，大將軍霍光白遣平樂監傅介子往刺其王，介子遂斬王嘗歸首，馳傳詣闕。」注：「師古曰：嘗歸者，其王名也。」

【批語】

〔一〕雪入春則無花，五月猶寒，即春光不度玉門關意。高調入雲。

〔二〕言不避寒苦者，思立邊功以報天子也。

秋登宣城謝朓北樓

李 白

江城如畫裏，山曉望晴空〔一〕。兩水夾明鏡，雙橋落彩虹。人煙寒橘柚，秋色老梧桐〔二〕。誰念北樓上，臨風懷謝公〔三〕。

【原注】

〔題〕《漢書・地理志》：「丹陽郡宣城。」按：今爲安徽寧國府治，北樓在城北陵陽山上，齊守謝朓建。

〔兩水雙橋〕《宣州圖經》：「宛溪、句溪，兩水遶郡城合流。有鳳凰、濟川二橋，開皇時建。」

【批語】

〔一〕領下四句。

〔二〕水明如鏡，橋架者虹，林深故煙寒，葉落知秋老。二聯所謂如畫裏也。三四畫景。五六於景中寓感秋之意，逗懷古之情。

〔三〕一生低首謝宣城，嘆知己者希也。

送友人

李白

青山横北郭，白水遶東城〔一〕。此地一爲别〔二〕，孤蓬萬里征〔三〕。浮雲遊子意，落日故人情〔四〕。揮手自兹去，蕭蕭班馬鳴〔五〕。

【原注】

〔孤蓬〕鮑照《蕪城賦》：「孤蓬自振。」《商子·禁使篇》：「今夫飛蓬遇飄風而行千里，乘風之勢也。」

〔班馬〕《左傳·襄公十八年》：「有班馬之聲。」杜預《集解》：「班，别也。」林堯叟注：「作離别聲也。」

【批語】

〔一〕别之地。

〔二〕緊承上二句。

〔三〕起送字。

〔四〕浮雲無定，落日難留。送之情。

〔五〕馬亦悲鳴，所謂「樹猶如此，人何以堪」也。起聯整齊，承用流走。頸聯勁健，結用蕭散之筆。古人章法如是。

送友人入蜀

李　白

見説蠶叢路，崎嶇不易行〔一〕。山從人面起，雲傍馬頭生〔二〕。芳樹籠秦棧，春流遶蜀城〔三〕。升沉應已定，不必問君平〔四〕。

【原注】

〔蠶叢〕見二卷《蜀道難》。

〔秦棧〕《史記・高祖紀》司馬貞《索隱》：「棧道，閣道也。音士諫反。崔浩云：『險絶之處，傍鑿山巖，而施版梁爲閣。』」按：王琢崖云：「以其自秦入蜀之道，故曰秦棧。」

〔春流〕《水經・江水》酈道元注：「江水又東逕成都縣，縣有二江，雙流郡下，故揚子雲《蜀都賦》曰『兩江珥其前』者也。」

〔君平〕《漢書・王貢兩龔鮑傳序》：「嚴君平卜筮於成都市，人有邪惡非正之問，則依著龜爲言利害。」

【批語】

〔一〕五字貫通章。

〔二〕承次句，奇景以奇語出之。

〔三〕二句以所經言路雖險而景自佳，前憂之，此慰之也。

〔四〕險阻既歷，已知升沈有定，無事於卜矣。雖屬翻案，仍不脱「崎嶇」二字之脈。

旅夜書懷

杜　甫

細草微風岸，危檣獨夜舟。星垂平野闊，月湧大江流〔一〕。名豈文章著，官應老病休〔二〕。飄飄何所似，天地一沙鷗〔三〕。

【批語】

〔一〕十字雄渾生動，「垂」字、「湧」字字法。四句旅夜。

〔二〕顯名不徒文章建功，又值老病，一起一落，妙於立言。

〔三〕應「獨」字。四句書懷。

【今校】

《全唐詩》卷二百二十九，「垂」，注「一作隨」。「應」作「因」，注「一作應」。第二個「飄」，注「一作零」。「地」，注「一作外」。

月夜

杜甫

今夜鄜州月，閨中只獨看。遥憐小兒女，未解憶長安〔一〕。香霧雲鬟濕〔二〕，清輝玉臂寒。何時倚虚幌，雙照淚痕乾〔三〕。

【原注】

〔鄜州〕《唐書・地理志》：「關内道鄜州洛交郡。」按：鄜州，今隸陝西，時公之家寓焉。鄜，方烏切，音敷。

〔長安〕見一卷李白《子夜吴歌》。

〔幌〕謝惠連《雪賦》：「月承幌而通暉。」李善注：「《文字集略》曰：『幌，以帛明牕也。』」

【批語】

〔一〕小兒女不解憶，正言閨中相憶耳。以對面剔正面，更以側面剔對面，曲折入妙。

〔二〕看月之久。

〔三〕對上「獨」字。四句又從今夜之獨看想到後日之雙照，通首竟無一筆著正面，章法最奇。

【今校】

《全唐詩》卷二百二十四，「時」，注「一作當」。

月夜憶舍弟

杜　甫

戍鼓斷人行〔一〕，秋邊一雁聲。露從今夜白〔二〕，月是故鄉明〔三〕。有弟皆分散，無家問死生〔四〕。寄書長不達〔五〕，况乃未休兵。

【批語】

〔一〕興未休兵。二句下興寄書。

〔二〕仇滄柱云：「時逢白露節。」今按：仇兆鰲，字滄柱。引文見《杜詩詳注》卷七，原作：「今夜白，又逢白露節候也。」

〔三〕點化，隔千里兮共明月。二語情景雙融。

〔四〕正寫憶弟。

〔五〕句以平時言。

【今校】

《全唐詩》卷二百二十五，「秋邊」，注「一作邊秋」。「分散」，注「一作羈旅」。「達」作「避」，注

「一作達」。

天末懷李白

杜甫

涼風起天末，君子意如何。鴻雁幾時到〔一〕，江湖秋水多〔二〕。文章憎命達〔三〕，魑魅喜人過〔四〕。應共冤魂語，投詩贈汨羅〔五〕。

【原注】

〔題〕注見一卷《夢李白》。

〔天末〕張衡《東京賦》：「眇天末以遠期。」按：天末，天之窮處。

〔汨羅〕《史記·屈原傳》：「於是懷石，遂自投汨羅以死。」裴駰《集解》：「應劭曰：汨水在羅，故曰汨羅也。」司馬貞《索隱》：「汨水，音覓。」按：在今湖南長沙府湘陰縣北。

【批語】

〔一〕望其音信。

〔二〕慮其風波。

〔三〕即詩能窮人意。

〔四〕白流夜郎，乃魑魅之地。浦云：「二語沈鬱，檃括《天問》《招魂》兩篇。」今按：語見《讀杜心解》卷三之二。原無「二語沉鬱」字。

〔五〕白得罪之枉，幾與屈原同冤，故欲其投詩弔之。黄白山云：「『贈』字説得冤魂活現。」感慨悲歌，真宰上訴。今按：黄白山，潭渡人，原名管，字扶孟。有《黄白山杜詩説》。

送遠

杜　甫

帶甲滿天地，胡爲君遠行。親朋盡一哭，鞍馬去孤城〔一〕。草木歲月晚，關河霜雪清〔二〕。别離已昨日，因見古人情〔三〕。

【批語】

〔一〕黄云：「突兀淋漓，直是一幅《關河送别圖》，覺班馬悲鳴，風雲變色。」今按：語出黄白山《杜詩説》。原作：「平時别離，已足悲傷，況逢亂世，倍增慘愴。起二語，寫得萬難分手；接聯，更作一幅《關河送别圖》，頓覺班馬悲鳴，風雲變色，使人設身其地，亦自慘然銷魂矣！」

〔二〕上四句追寫情事，二句乃眼前之景。

〔三〕此蓋别後相寄之作。江文通《擬古離别》有「送君如昨日，簷前露已團」句，引以見今古同情也。

春夜喜雨

杜　甫

好雨知時節〔一〕，當春乃發生。隨風潛入夜，潤物細無聲〔二〕。野徑雲俱黑，江船火獨明〔三〕。曉看紅濕處，花重錦官城〔四〕。

【原注】

〔錦官城〕常璩《華陽國志・蜀志》：「其道西城，故錦官也。錦江織錦濯其中則鮮明，濯他江則不好，故命曰『錦里』也。」孫奕《示兒編・詩説》：「案：蜀本杜詩注云：成都府城亦呼爲錦官城，以江山明麗錯雜如錦也。」趙云：「或以其有錦官如銅官、鹽官之類。」

【批語】

〔一〕藏喜字。

〔二〕確是春雨。

〔三〕剔夜字。

〔四〕結到「曉看」是倒襯法，仍不脱「春」字。義門云：「細潤故重而不落。」今按：語見《義門讀書記》卷五十四。

紀云：「『隨風』二句雖細潤，中晚人刻意或及之，後四句傳神之筆，則非餘子所可到。」今按：語見《瀛奎律髓彙評》卷十七。

【今校】

《全唐詩》卷二百二十六，「乃」下注：一作「及」。

登岳陽樓

杜　甫

昔聞洞庭水，今上岳陽樓〔一〕。吴楚東南坼，乾坤日夜浮〔二〕。親朋無一字，老病有孤舟。戎馬關山北，憑軒涕泗流〔三〕。

【原注】

〔題〕范致明《岳陽風土記》：「岳陽樓，城西門樓也。下瞰洞庭，景物寬闊。唐開元四年，中書令張説除守此州，每與才士登樓賦詩，自爾名著。」

〔涕泗〕《詩·陳風·澤陂篇》毛亨傳：「自目曰涕，自鼻曰泗。」

【批語】

〔一〕本因登樓而望湖，卻從洞庭倒入，筆力千鈞。

〔二〕二語元氣渾淪，雄跨古今，對此茫茫，百端交集。「親朋」二句即從此生出。

〔三〕題面題情一句繳結。

畫鷹

杜　甫

素練風霜起〔一〕，蒼鷹畫作殊。攫身思狡兔，側目似愁胡〔二〕。絛鏇光堪摘，軒楹勢可呼〔三〕。何當擊凡鳥，毛血灑平蕪〔四〕。

【原注】

〔素練〕《舊注》：「畫絹也。」

〔攫身〕《舊注》：「攫，猶竦也，音荀勇切。」

〔愁胡〕孫楚《鷹賦》：「深目蛾眉，狀似愁胡，麾則應機，招則易呼。」傅玄《猨猴賦》：「揚眉蹙頞，若愁若嗔，既似老公，又類胡兒。」

〔絛鏇〕黄公紹《古今韻會》：「絛編絲繩。」梅膺祚《字彙》：「鏇，轉軸。」按：朱長孺云：「以絛繫鷹足而繫之於軸。」光可摘取也。

【批語】

〔一〕五字頂上圓光，王漁洋云：「已攝畫鷹之神。」今按：見《杜詩鏡銓》引。

〔二〕二句鷹。

〔三〕二句畫鷹。

〔四〕放開一步，反醒畫字，懷抱俱見。

【今校】

《全唐詩》卷二百二十四，「風」，注「一作如」。

新年作

劉長卿

鄉心新歲切，天畔獨潸然。老至居人下，春歸在客先〔一〕。嶺猿同旦暮，江柳共風煙〔二〕。已似長沙傅，從今又幾年〔三〕。

【原注】

〔長沙傅〕見四卷《過賈誼宅》。

【批語】

〔一〕二語脱胎「人歸落雁後，思發在花前」，鑄意巧密而渾成。

〔二〕應上「獨」字。

〔三〕此蓋貶官南巴尉時作，故結二句云爾。

經漂母墓

劉長卿

昔賢懷一飯，兹事已千秋。古墓樵人識，前朝楚水流〔一〕。渚蘋行客薦〔二〕，山木杜鵑愁〔三〕。春草茫茫緑，王孫舊此遊〔四〕。

【原注】

〔題〕《水經·淮水》酈道元注：「淮水，右岸即淮陰也。城東有兩冢，西者即漂母冢也。周迴數百步，高十餘丈。」按：墓在今江蘇淮安府清河縣。

〔一飯〕《史記·淮陰侯傳》：「信釣於城下，諸母漂，有一母見信飢，飯信，信喜，謂漂母曰：『吾必有以重報母。』母怒曰：『大丈夫不能自食，吾哀王孫而進食，豈望報乎！』」裴駰《集解》：「韋昭曰：『以水擊絮爲漂。』蘇林曰：『王孫，如言公子也。』」

〔王孫〕《楚詞·招隱士》曰：「王孫遊兮不歸，春草生兮萋萋。」

【批語】

〔一〕方虚谷云：「文房意深不露。第四句蓋謂楚亡漢亡，今惟有流水耳。一漂母墓，樵人猶能識之，以其有一飯之德於時也。」妙於逆托，順説便索然矣。又妙於藴藉，説破便索然矣。今按：見《瀛奎律髓》卷二十八。「文房」原作「長卿」，按劉長卿，字文房。「漂母」下原有「之」字。

〔二〕祭漂母。
〔三〕悲淮陰。
〔四〕言外有無識英雄如漂母者。

送夏侯審校書東歸

錢　起

楚鄉飛鳥外，獨與片帆還〔一〕。破鏡催歸客，殘陽見舊山〔二〕。詩成流水上，夢盡落花間〔三〕。倘寄相思字，愁人定解顔〔四〕。

【原注】
〔破鏡〕吴兢《樂府古題要解》：「古詞『藁砧今何在』，藁砧，鈇也，問夫何處也。『山上復有山』，重『山』爲『出』字，言夫不在也。『何當大刀頭』，刀頭有環，問夫何時當還也。『破鏡飛上天』，言月半當還也。」

【批語】
〔一〕起勢凌空飛動。
〔二〕夕陽對照則遠山畢現，寫景極真，更含得「東」字。
〔三〕鍾云：「五字幽情摇蕩。」今按：見《唐詩歸》卷二十五。「摇蕩」原作「停動」。

〔四〕從對面結，醒「送」字。

【今校】

《全唐詩》卷二百三十七，「外」作「没」，注「一作外」。「片帆」作「碧雲」，注「一作片帆」。

寄張南史

郎士元

雨過深巷静，獨酌送殘春。車馬雖嫌僻，鶯花不厭貧〔一〕。蟲絲粘户網，鼠跡印牀塵〔二〕。借問山陽會，如今有幾人〔三〕。

【原注】

〔鼠跡〕劉義慶《世説新語·德行門》：「晉簡文爲撫軍時，所坐牀上，塵不聽拂，見鼠行跡，視以爲佳。」

〔山陽〕《魏志·王粲傳》裴松之注：「《魏氏春秋》曰：『嵇康寓居河内之山陽縣，與陳留阮籍、河内山濤、河南向秀、籍兄子咸、琅玡王戎、沛人劉伶，相與友善，遊於竹林，號爲七賢。』」按：山陽，故城在今河南懷慶府修武縣西北。

【批語】

〔一〕對句最佳，是反形法，亦是倒襯法。

〔二〕暗用東山次章詩意。

〔三〕應獨酌。皆怪其相疏之意。

【今校】

《全唐詩》卷二百四十八，題下注「一作寄李紓」，「過」作「餘」。「厭」作「棄」，注「一作厭」。「絲」，注「一作聲」。「借問」，注「一作聞道」。「陽」，注「一作陰」。

歸渡洛水

皇甫冉

暝色赴春愁〔一〕，歸人南渡頭。渚煙空翠合，灘月碎光流〔二〕。澧浦無芳草，滄浪有釣舟〔三〕。誰知放歌客，此意正悠悠〔四〕。

【原注】

〔題〕《漢書·地理志》：「弘農郡，上雒，《禹貢》雒水出冢嶺山，東北至鞏入河。」按：上雒，今陝西商州雒南縣。冢嶺山在其西。鞏縣，今屬河南府。

〔澧浦〕《楚詞·九歌·湘君》：「遺余佩兮澧浦。」又《湘夫人》：「沅有芷兮澧有蘭，思公子兮未敢言。」

〔滄浪〕《楚詞·漁父》：「漁父莞爾而笑歌曰：『滄浪之水清兮，可以濯吾纓，滄浪之水濁兮，可以濯吾足。』」

【批語】

〔一〕起法入妙。王介甫云：「最是下得『赴』字好，若作『起』，即小兒語也。」

〔二〕二句晚渡之景。

〔三〕一作「澧浦」、「滄波」。紀云：「五句比朝士無人，六句言賢者在下，佳在渾然不露。」今按：見《瀛奎律髓彙評》卷二十九，「佳在」原作「妙于」。

〔四〕言己意無人知也。緊承上二句結。

新春

劉方平

南陌春風早〔一〕，東隣曙色斜。一花開楚國，雙燕入盧家〔二〕。眠罷梳雲髻，妝成上錦車。誰知如昔日，更浣越溪紗〔三〕。

【原注】

〔楚國〕宋玉《登徒子好色賦·序》：「天下之佳人，莫若楚國，楚國之麗者，莫若臣里，臣里之美者，莫若臣東家之子。」司馬相如《美人賦》：「臣之東鄰，有一女子，玄髮豐艷，蛾眉皓齒。」

〔盧家〕見四卷沈佺期《古意》。

〔浣紗〕趙曄《吴越春秋·句踐陰謀外傳》：「乃使相者國中得苧蘿山鬻薪之女曰西施、鄭旦而獻於吴。」徐天祐注：「苧蘿山在諸暨縣南五里。《十道志》：『西施山下有浣紗石。』」

【批語】

〔一〕景。二句下：情。

〔二〕融景於情，艷不傷雅。

〔三〕譏刺遊冶也。言富貴之餘不復追憶貧賤事。

送李端

盧綸

故關衰草遍，離別正堪悲。路出寒雲外〔一〕，人歸暮雪時〔二〕。少孤爲客早〔三〕，多難識君遲〔四〕。掩淚空相向，風塵何處期〔五〕。

【批語】

〔一〕行者。

〔二〕送者。

〔三〕悲李。

〔四〕自悲。

〔五〕繳「悲」字，結「送」字。

【今校】

《全唐詩》卷二百八十，題爲「李端公」，題下注「一作嚴維詩，題作送李端」。「正」作「自」，注「一作正」。「早」，注「一作慣」。

雲陽館與韓紳宿別

司空曙

故人江海別〔一〕，幾度隔山川。乍見翻疑夢，相悲各問年〔二〕。孤燈寒照雨，深竹暗浮煙〔三〕。更有明朝恨，離杯惜共傳〔四〕。

【原注】

〔題〕《唐書·地理志》：「關内道京兆府雲陽故城。」在今陝西西安府涇陽縣西北。

【批語】

〔一〕從前别起。

〔二〕真境真情，對句更勝。

〔三〕二句宿。

〔四〕結出今日之别。

【今校】

原注：「江海」一作「滄海」。

邠州留别

耿湋

終歲山川路〔一〕，生涯竟幾何〔二〕。艱難爲客慣，貧賤受恩多〔三〕。暮角寒山色，秋風遠水波〔四〕。無人見惆悵，垂鞚入煙蘿〔五〕。

【原注】

〔題〕《唐書·地理志》：「關内道邠州，『邠』故作『豳』。開元十三年，以字類『幽』改。」按：今隸陝西。

〔鞚〕鮑照《擬古》李善注：「《埤蒼》曰：鞚，馬勒，口送切。」

【批語】

〔一〕起三句。

〔二〕起四句。

〔三〕語盡和平意，實悲楚，伏下「惆悵」二字。

〔四〕上二句情，此二句景。「寒」字、「遠」字，死字活用。

〔五〕留别。

【今校】

《全唐詩》卷二百六十八，首句注「一作長路來還去」。「竟」作「總」，注「一作竟」。「幾」注「一作若」。頸聯注「一作暮角飄長韻，寒流起細波」。尾聯注「一作懸愁茂陵宅，春色又相過」。

洛陽早春

顧　況

何地避春愁，終年憶舊遊。一家千里外，百舌五更頭〔一〕。客路偏逢雨，鄉山不入樓。故園桃李月，伊水向東流〔二〕。

【原注】

〔題〕注見二卷李白《憶舊遊》。〔百舌〕《吕氏春秋·仲夏紀》高誘注：「反舌效百鳥之鳴，故謂之百舌。」

〔伊水〕《山海經·中山經》：「蔓渠之山，伊水出焉，而東流注於洛。」按：今伊水出河南陜州盧氏縣熊耳山，至河南府偃師縣南入洛。

【批語】

〔一〕湊泊天然之句。

〔二〕此因春感懷也。結言春深始能乘流東歸，「早」字從題後剔醒。虛谷云：「三四妝砌甚佳。第六句尤可喜。」今按：見《瀛奎律髓》卷二十九，「甚佳」下有「不覺爲俳」四字。

桂州臘夜

戎昱

坐到三更盡〔一〕，歸仍萬里賒〔二〕。雪聲偏傍竹〔三〕，寒夢不離家〔四〕。曉角分殘漏，孤燈落碎花〔五〕。二年隨驃騎，辛苦向天涯〔六〕。

【原注】

〔桂州〕桂州，見前王維詩。

〔雪〕范成大《桂海虞衡志·雜志》：「南州多無雪霜，獨桂林歲歲得雪，或臘中三白，然終不及北州之多。」

〔驃騎〕《唐書·兵志》：「武德初，始置軍府，以驃騎、車騎兩將軍領之。」

【批語】

〔一〕臘夜。

〔二〕桂州。

〔三〕承首句。

〔四〕承次句。
〔五〕臘夜。
〔六〕桂州。觀結二語，應是爲衛伯玉從事時作。

喜見外弟又言别

李益

十年離亂後，長大一相逢。問姓驚初見，稱名憶舊容〔一〕。别來滄海事，語罷暮天鐘。明日巴陵道，秋山又幾重〔二〕。

【原注】

〔滄海〕葛洪《神仙傳》：「麻姑自説云，已見東海三爲桑田。」徐堅《初學記・地部》：「按：東海之别有渤澥，故東海共稱渤海，又通謂之滄海。」
〔巴陵〕見七卷賈至《泛洞庭湖》。

【今校】

《全唐詩》卷二百八十三，「離亂」下注：一作「亂離」。

【批語】

〔一〕喜見。

〔二〕又言別。頷聯較「乍見翻疑夢，相悲各問年」二語稍遜，後半聲情緜邈，格韻渾成。

酬劉員外見寄　嚴維

蘇耽佐郡時〔一〕，近出白雲司〔二〕。藥補清羸疾，窗吟絶妙詞。柳塘春水漫，花塢夕陽遲〔三〕。欲識懷君意，明朝訪檝師。

【原注】

〔蘇耽〕《水經·耒水》酈道元注：「黄溪東有馬嶺山，漢末有郡民蘇耽栖遊此山。辭母云：『受性應仙，當違供養。』後見耽乘白馬還此山中，百姓爲立壇祠。」又《恨水》注：「鄧德明《南康記》曰：『昔有盧耽，仕州爲治中，少棲仙術，善解雲飛，每夕輒凌虚歸家，曉則還州。』」按：蘇耽無佐郡事，應是盧耽之訛。

〔白雲司〕《漢書·百官公卿表》：「黄帝雲師雲名。」注：「應劭曰：秋官爲白雲。」孫逖《授裴敦復刑部侍郎制》：「委之刑柄，俾踐白雲之司。」

〔檝師〕左師（按：當爲「思」之訛）《吴都賦》：「篙工檝師。」劉逵注：「檝，棹也。」

【批語】

〔一〕自注：時劉爲睦州司馬。

〔二〕員外。四句下：見寄。

〔三〕歐陽公云：「天容時態，融和駘蕩，如在目前。」今按：見《六一詩話》。

虛谷云：「全於『漫』字、『遲』字上用工。」今按：見《瀛奎律髓》卷十。

【今校】

《全唐詩》卷二百六十三，「漫」作「慢」，注「一作漫」。「明」，注「一作朝」。

送客遊邊

于鵠

若到并州北，誰人不憶家。塞深無去伴，路盡有平沙〔一〕。磧冷唯逢雁，天春不見花。莫隨邊將意，垂老事輕車〔二〕。

【原注】

〔并州〕見二卷李白《憶舊遊》。

〔磧〕見二卷高適《燕歌行》。

〔輕車〕鮑照《東武吟》：「後逐李輕車，追虜窮塞垣。」《周禮·春官·車僕》鄭玄注：「輕車，所用馳敵致師之車也。」

【批語】

〔一〕斗入有力，下六句一氣涌出。

〔二〕繳明本意，送之實阻之也。

【今校】

《全唐詩》卷三百一十，題作《送張司直入單于》，注「一作《送客遊邊》」。「到」作「過」，注「一作到」。「去伴」作「伴侣」，注「一作去伴」。「邊」作「征」，注「一作邊」。

除放宿石頭

戴叔倫

旅館誰相問，寒燈獨可親。一年將盡夜，萬里未歸人〔一〕。寥落悲前事，支離笑此身〔二〕。愁顏與衰鬢，明日又逢春〔三〕。

【原注】

《唐書·地理志》：「江南道昇州江寧郡有石頭鎮兵。」按：注見七卷劉禹錫詩。

【批語】

〔一〕苦語不堪卒讀。沈云：「應是萬里歸來，宿於石頭驛，未及到家也。」今按：見《唐詩別裁集》卷十一。

〔二〕一悲一笑，所謂長歌之哀，過於慟哭者。寥落，雙聲。支離，疊韻。

〔三〕結到明日，是出路法。見年復一年，依然故我也。方云：「通首全不説景，意足詞潔。」

今按：見《瀛奎律髓》卷十六。

【今校】

《全唐詩》卷二百七十三，題作「除夜宿石頭驛」，注「一作石橋館」。「支」，注「一作羈」。「愁」，注「一作衰」。「衰」，注「一作愁」。「又」，注「一作去」。

送王潤

戴叔倫 一作耿湋詩

相送臨寒水，蒼然望故關。江蕪連夢澤，楚雪入商山〔一〕。話我他年舊，看君此日還〔二〕。因將自悲淚，一灑別離間〔三〕。

【原注】

〔夢澤〕見前孟浩然《望洞庭湖》。

〔商山〕梁載言《十道山川考》：「商山亦名地肺山，亦名楚山。」按：今在陝西商州東。

【批語】

〔一〕二句賦景，承上。

〔二〕二句言情，起下。

〔三〕一氣渾成，風骨殊高。

【今校】

《全唐詩》卷二百九十三，「還」，注「一作閒」。

祖席

韓　愈

淮南悲木落，而我亦傷秋。況與故人别，那堪羈宦愁〔一〕。榮華今異路，風雨昔同憂。莫以宜春遠，江山多勝遊〔二〕。

【原注】

〔題〕注見一卷王維《齊州送祖三》。按：此詩爲《祖席》二首其二「秋字」，其一爲「前字」，詩云：「祖席洛橋邊，親交共黯然。野晴山簇簇，霜曉菊鮮鮮。書寄相思處，杯銜欲别前。淮陽知不薄，終願早迴船。」

〔悲木落〕《淮南子・説山訓》：「故桑葉落而長年悲也。」高誘注：「長年懼命盡，故感而悲也。」

〔宜春〕《唐書・地理志》：「江南道袁州宜春郡。」按：今屬江西。

【批語】

〔一〕四語三折，盤旋一氣，古調獨彈。

〔二〕元和三年，王涯貶虢州司馬，徙爲袁州刺史，即宜春也。此詩爲涯作。

金陵懷古

劉禹錫

潮滿冶城渚，日斜征虜亭。蔡洲新草緑，幕府舊煙青〔一〕。興廢由人事，山川空地形〔二〕。後庭花一曲，幽怨不堪聽〔三〕。

【原注】

〔題〕《吴志·張紘傳》裴松之注：「《江表傳》曰：『秣陵楚武王所置，名爲金陵，地勢岡阜，連石頭。昔秦始皇東巡會稽經此縣，望氣者云金陵地形有王者都邑之氣，故掘斷連岡，改名秣陵。』」按：今江寧府。

〔冶城〕劉義慶《世説新語·言語門》劉孝標注：「《揚州記》曰：『冶城，吴時鼓鑄之所。』」按：在今江寧府上元縣西。

〔征虜亭〕又《雅量門》注：「《丹陽記》曰：『征虜將軍謝石立此亭，因以爲名。』」按：在上元縣西。

〔蔡州〕按：在江寧府江寧縣西江中。

〔幕府〕張敦頤《六朝事跡》：「幕府山，晉元帝渡江，王導建幕府於此。」按：在上元縣北。

〔後庭花〕《陳書·張貴妃傳論》：「後主每引賓客對貴妃等遊宴，則使諸貴人及女學士與狎客共賦新詩，採其尤艷麗者被以新聲，其曲有《玉樹後庭花》、《臨春樂》等，皆美張貴妃、孔貴嬪之容色也。」

【批語】

〔一〕原評四語似乎平對，實則以新草剔出舊煙，即從第四句轉出，下半首毫無起承轉合之痕。

〔二〕習語，然用於金陵最警切。所謂龍蟠虎踞，帝王之宅也。

〔三〕六代終於陳，陳滅則江表王氣盡矣。推南朝亡國之由，申明五六句。

【今校】

《全唐詩》卷三百五十七，「冶」注「一作臺」。「蔡」，注「一作芳」。

薊北旅思

張籍

日日望鄉國，空歌白紵詞〔一〕。長因送人處，憶得別家時〔二〕。失意還獨語，多愁唯自知。客亭門外柳，折盡向南枝〔三〕。

【原注】

〔題〕注見二卷高適《燕歌行》。

〔白紵詞〕《宋書·樂志》：「江左又有白紵舞。」按舞詞有「巾袍」之言，紵本吴地所出，宜是吴舞也。吴兢《樂府古題要解》：「《白紵歌》，古詞盛稱舞者之美，宜及芳時爲樂。」

〔折柳〕無名氏《三輔黄圖》：「霸橋，在長安東，跨水作橋。漢人送客至此橋，折柳贈别。」

【批語】

〔一〕紵出吴地，司業吴人，故云。

〔二〕文懿云：「二語以苦思得之，以無意得之。」

〔三〕鈍吟云：「如此出北字。」今按：見《二馮評閲才調集》。鈍吟，馮班。

【今校】

《全唐詩》卷三百八十四，題下注「一作送遠人」。「因」，注「一作於」。

憶江上吴處士

賈島

閩國揚帆去〔一〕，蟾蜍缺復團〔二〕。秋風吹渭水，落葉滿長安〔三〕。此地聚會夕，當時雷雨寒〔四〕。蘭橈殊未返，消息海雲端〔五〕。

【原注】

〔閩國〕《史記・東越傳》：「閩越王無諸及越東海王搖者，其先皆越王句踐之後也。秦已并天下，以其地爲閩中郡，漢五年，復立無諸爲閩越王，王閩中故地。」按：今福建福州府。

〔蟾蜍〕《淮南子・精神訓》：「日中有踆烏，而月中有蟾蜍。」

〔渭水〕見一卷王維詩。

〔長安〕見一卷李白《子夜吴歌》。

【批語】

〔一〕江上。

〔二〕起「憶」字。

〔三〕「憶」字就現在寫。

〔四〕「憶」字追從前寫。

〔五〕結「憶」字，不脱江上。天骨開張，而行以灝氣，浪仙有數之作。

【今校】

《全唐詩》卷五百七十二，「缺」作「虧」，注「一作還」。

宴散

白居易

小宴追涼散，平橋步月回。笙歌歸院落，燈火下樓臺。殘暑蟬催盡，新秋雁帶來。將何迎睡興，臨卧舉餘杯。

【批語】

前四句宴散之景，後四句即景抒情。

【今校】

《全唐詩》卷四百四十八，「帶」，注「一作戴」。

河清與趙氏昆季讌集擬杜工部

李商隱

勝概殊江右，佳名逼渭川〔一〕。虹收青嶂雨，鳥没夕陽天〔二〕。客鬢行如此，滄波坐渺然〔三〕。此中真得地，漂蕩釣魚船〔四〕。

【原注】

〔題〕《唐書·地理志》：「河南道河南府河清。」按：今孟津縣。

【批語】

〔一〕孟亭云：「借清江、清渭以點河清。」今按：馮浩，字養吾，號孟亭。語見《玉溪生詩箋注》卷二。「借」原作「取」。

〔二〕清麗。

〔三〕姚平山云：「二句轉接得力，是杜法。」今按：姚培謙，字平山，華亭人，有《李義山詩箋注》八卷。

〔四〕此應是於河干餞別，故下半專以行役言之。

落花

李商隱

高閣客竟去〔一〕，小園花亂飛。參差連曲陌，迢遞送斜暉〔二〕。腸斷未忍掃，眼穿仍欲稀。芳心向春盡，所得是沾衣〔三〕。

【批語】

〔一〕田簣山云：「起超忽，連落花亦看作有情矣。粘著者不知。」今按：田蘭芳，字梁紫，號簣山。評語見馮浩《玉溪生詩集箋注》引。

〔二〕參差、迢遞，雙聲。

〔三〕楊致軒云：「一結無限深情，『得』字意外巧妙。」今按：楊守智，字致軒。評語見馮浩《玉溪生詩集箋注》引。

【今校】

《全唐詩》卷五百三十九，「稀」作「歸」，注「一作稀」。

蟬

李商隱

本以高難飽〔一〕，徒勞恨費聲〔二〕。五更疏欲斷，一樹碧無情〔三〕。薄宦梗猶泛，故園蕪已平。煩君最相警，我亦舉家清〔四〕。

【原注】

〔梗泛〕《戰國策·齊》：「土偶人與桃梗相與語，土偶曰：『今子東國之桃梗也，刻削子以爲人，降雨下，淄水至，流子而去，則子漂漂者將何如耳？』」

〔蕪平〕盧思道《聽鳴蟬篇》：「故鄉已超忽，空庭正蕪没。」

【批語】

〔一〕無求於世。起句意在筆先。

〔二〕有感則鳴。

〔三〕五字取題之神。
〔四〕原評：前四句寫蟬即自寓，後四句自寫仍歸到蟬，隱顯分合，章法迴環。

送人東遊

温庭筠

古戍落黄葉，浩然離故關〔一〕。高風漢陽渡，初日郢門山〔二〕。江上幾人在〔三〕，天涯孤棹還〔四〕。何當重相見，尊酒慰離顏〔五〕。

【原注】

〔漢陽渡〕見六卷宋之問《渡漢江》。
〔郢門山〕《水經・江水》酈道元注：「荆門在南，上合下開，闇徹山南。有門象。」按：即郢門山在湖北荆州府宜都縣西北。

【今校】

《全唐詩》卷五百八十一，「遊」，注「一作歸」。

【批語】

〔一〕東遊。
〔二〕以所經言。

〔三〕故人盡去。
〔四〕自己獨歸。
〔五〕「送」字從題後掉結。蒼蒼莽莽，高調摩雲。

楚江懷古

馬　戴

露氣寒光集，微陽下楚丘。猿啼洞庭樹，人在木蘭舟〔一〕。廣澤生明月，蒼山夾亂流〔二〕。雲中君不見，竟夕自悲秋〔三〕。

【原注】

〔木蘭舟〕任昉《述異記》：「七里洲中，有魯班刻木蘭爲舟。詩家云『木蘭舟』出於此。」

〔雲中君〕《楚詞·九歌·雲中君》：「靈皇皇兮既隆，猋遠舉兮雲中。思夫君兮太息，極勞心兮忡忡。」王逸《章句》：「雲中，雲神所居也。君謂雲神也。」

【批語】

〔一〕二語連讀見情景。
〔二〕六句楚江。
〔三〕二句懷古。結寓衰暮意。

【今校】

《全唐詩》卷五百五十五，「山」，注「一作葭」。「見」作「降」，注「一作見」。此爲三首其一，其二云：「驚鳥去無際，寒蛩鳴我傍。蘆洲生早霧，蘭隰下微霜。列宿分窮野，空流注大荒。看山候明月，聊自整雲裝。」其三云：「野風吹蕙帶，驟雨滴蘭橈。屈宋魂冥寞，江山思寂寥。陰霓侵晚景，海樹入回潮。欲折寒芳薦，明神詎可招。」

落日悵望

馬　戴

孤雲與歸鳥，千里片時間。念我一何滯，辭家久未還〔一〕。微陽下喬木，遠燒入秋山〔二〕。臨水不敢照，恐驚平昔顏。

【批語】

〔一〕觸物興感，意格俱超。四句悵望。

〔二〕十字成句，謂微陽如遠燒也。下句一作「遠色隱秋山」。二句落日。

揚州送人

劉綺莊

桂檝木蘭舟，楓江竹箭流。故人從此去，望遠不勝愁〔一〕。落日低帆影，迴風引棹謳。思君折楊柳，淚盡武昌樓。

【原注】

〔題〕注見二卷李頎《送劉昱》。

〔木蘭舟〕見上首。

〔竹箭流〕《慎子》：「河下龍門流駛，竹箭駟馬追之不及。」

〔折楊柳〕見前張籍《薊北旅思》。

〔開昌樓〕魏收《櫂歌行》：「柳拂武昌樓。」

【批語】

〔一〕風致天成。

春宮怨

杜荀鶴

早被嬋娟誤，欲妝臨鏡慵〔一〕。承恩不在貌，教妾若爲容〔二〕。風暖鳥聲碎，日高花影重〔三〕。年年越溪女，相憶采芙蓉〔四〕。

【原注】

〔嬋娟〕許慎《説文》新附字：「嬋娟，態也。」

〔越溪女〕李白《西施詩》：「西施越溪女，出自苧蘿山。」祝穆《方輿勝覽》：「若耶溪在會稽縣東南二十五里，西施採蓮之所。」按：會稽屬浙江紹興府。

【批語】

〔一〕恃貌而誤。

〔二〕寵不在貌則難乎爲容。四句怨。

〔三〕二句春宫。

〔四〕歸愚云：「迴憶盛年以自傷也。」今按：見《唐詩別裁集》卷十二。默庵云：「得力在頷聯，奇妙在落句。」今按：默庵，即馮舒。語出《二馮評點才調集》。

旅遊傷春

李昌符

酒醒鄉關遠〔一〕，迢迢聽漏終。曙分林影外〔二〕，春盡雨聲中〔三〕。鳥思江村路，花殘野岸風〔四〕。十年成底事，羸馬厭西東〔五〕。

【批語】

〔一〕起句藏過夢歸一層。

〔二〕承次句。

〔三〕苦境幽情，盡此五字。

〔四〕承第四句作轉，一喻淹滯，一喻飄零。

〔五〕結醒。

【今校】

《全唐詩》卷六百〇一，「倦」作「思」，注「一作倦」。

南山旅舍與故人別

崔　塗

一日看欲暮，一年花又殘。病知新事少，老別舊交難〔一〕。山盡路猶險，雨餘春卻寒〔二〕。那堪更回首，烽火是長安〔三〕。

【批語】

〔一〕與故人別。

〔二〕南山旅舍。

〔三〕追出一層結。

【今校】

《全唐詩》卷六百七十九，題下注：「一作商山道中。」「欲」作「將」，注「一作欲」。「舊交」，注

「一作故人」。「更」作「試」，注「一作更」。

西陵夜居

吳融

寒潮落遠汀〔一〕，暝色入柴扃〔二〕。漏永沈沈靜，燈孤的的青〔三〕。林風移宿鳥，池雨定流螢〔四〕。盡夜成愁絕，啼蛩莫近庭〔五〕。

【原注】

〔題〕《水經·漸江水》酈道元注：「浙江，又逕固陵城北，今之西陵也。」按：在紹興府蕭山縣西。周密之《武林舊事》：「孤山路西陵橋，又名西林橋，又名西泠橋，又名西村。」按：在杭州府錢塘縣。

〔蛩〕音窮。崔豹《古今注·蟲魚類》：「蟋蟀，一名吟蛩，一名蛩，秋初生，得寒則鳴。」

【批語】

〔一〕西陵。

〔二〕夜居。

〔三〕句有神味。

〔四〕方云：「二語絕妙，『移』字、『定』字詩眼。」

〔五〕結出「愁」字，覺上句句是夜景，卻句句是幽情也。

【今校】

《全唐詩》卷六百八十四，「湖」作「潮」，「螟」作「暝」，「蛩」，注「一作蜇」。

章臺夜思

韋莊

清瑟怨遥夜，繞絃風雨哀〔一〕。孤燈聞楚角，殘月下章臺〔二〕。芳草已云暮，故人殊未來〔三〕。鄉書不可寄，秋雁又南迴〔四〕。

【原注】

〔題〕《左傳・昭公七年》：「楚子成章華之臺。」按：一名章臺，在湖北荆州府監利縣西北。

【批語】

〔一〕狀瑟之聲如風雨。

〔二〕四句夜。

〔三〕語本元暉「春草秋更緑，公子未西歸」。

〔四〕四句思。紀云：「高調，晚唐所少。」今按：語見《删正二馮評閲才調集》。

秋夕聞雁

于　鄴

星漢欲沈盡〔一〕，誰家砧未休〔二〕？忽聞涼雁至〔三〕，如報杜陵秋〔四〕。千樹又黄葉，幾人新白頭。洞庭今夜客，一半卻登舟〔五〕。

【原注】

〔杜陵〕《漢書·地理志》：「京兆尹杜陵，故杜伯國，宣帝更名。」按：今陝西西安府咸寧縣。

【批語】

〔一〕夕。

〔二〕襯筆。

〔三〕聞雁。

〔四〕秋。

〔五〕下半空際取神，亦是旁面着筆法。

【今校】

《全唐詩》卷七百二十五，「又」，注「一作有」。「登」，注「一作回」。

唐詩中聲集卷四

七言律詩

古意呈喬補闕知之

沈佺期

盧家少婦鬱金堂，海燕雙棲玳瑁梁〔一〕。九月寒砧催木葉，十年征戍憶遼陽〔二〕。白狼河北音書斷〔三〕，丹鳳城南秋夜長〔四〕。誰爲含愁獨不見，更教明月照流黄〔五〕。

【原注】

〔盧家婦〕梁武帝《河中之水歌》：「河中之水向東流，洛陽女兒名莫愁。莫愁十三能織綺，十四采桑南陌頭。十五嫁爲盧家婦，十六生兒似阿侯。盧家蘭室桂爲梁，中有鬱金蘇合香。」

按：馮默庵云：「鬱金堂，故粘玳瑁，梁别本作『盧家少婦鬱金香』，則不相屬矣。」

〔遼陽〕《漢書·地理志》：「遼東郡遼陽。」按：今爲州屬奉天府。

〔白狼河〕《水經·大遼水》酈道元注：「遼水，右會白狼水，水出右北平白狼縣東南。」按：白狼水在今直隸承德府朝陽縣南。

〔丹鳳城〕見後杜甫《夜》詩。

〔流黄〕見一卷温庭筠《西洲曲》。

【批語】

〔一〕以「盧家婦」起興，言夫妻相守猶雕梁之燕，下就分離言。

〔二〕王翼雲云：「『憶遼陽』三字，一篇之主。」今按：語見《唐詩合解箋注》（掃葉山房本）卷九。

〔三〕頂「十年」句。

〔四〕頂「九月」句。

〔五〕言此果爲誰含愁，今所憶之人獨不見，而月照羅幃，益難爲情耳。宋慤庭云：「悲壯渾成，應推絶唱。」今按：語出《網師園唐詩箋注》卷十（尚絅堂版）。

【今校】

《全唐詩》卷二十六，「少」作「小」，注「集作少」。「爲」作「知」，注「集作謂」。「更教」作「使妾」，注「集作更教」。

奉和聖製從蓬萊向興慶閣道中留春雨中春望之作

王維

渭水自縈秦塞曲，黄山舊遶漢宫斜〔一〕。鑾輿迥出千門柳〔二〕，閣道迴看上苑花〔三〕。雲裏帝城雙鳳闕，雨中春樹萬人家〔四〕。爲乘陽氣行時令，不是宸遊玩物華〔五〕。

【原注】

〔題〕《唐書·地理志》：「大明宫在禁苑，東北曰東内，本永安宫，貞觀八年置。龍朔二年曰蓬萊宫，興慶宫在皇城東南，開元初置，至十四年又增廣之，謂之南内。」《史記·秦始皇紀》：「周馳爲閣道。」按：周馳架木爲棚而行曰閣道，蓬萊、興慶故址皆在今陝西西安府咸寧縣。

〔渭水黄山〕《水經·渭水》酈道元注：「渭水，又東北逕黄山宫南。」《漢書·霍光傳》：「張圍獵黄山苑中。」揚雄《羽獵賦·序》：「武帝廣開上林，南至宜春、鼎湖、御宿、昆吾，旁南山，西至長楊、五柞，北繞黄山，濱渭而東，周袤數百里。」注：「晉灼曰：『鼎湖，宫也。昆吾，地名也，有亭。』師古曰：『宜春近下杜，御宿在樊川西也。』」

〔鳳闕〕《史記·封禪書》：「於是作建章宫，度爲千門萬户。其東則鳳闕，高二十餘丈。」無名氏《三輔皇圖》：「古歌云：『長安城西有雙闕，上有雙銅雀。』按：銅雀，即銅雀臺也。」〔陽氣〕《禮·月令》：「季春之月，生氣方盛，陽氣發泄，天子布德行惠。」

【批語】

〔一〕通首着眼「望」字，渭水曲縈，黄山斜繞，先從遠景寫。

〔二〕始離蓬萊。

〔三〕將近興慶。

〔四〕正寫閣道春望，詩中有畫。

〔五〕「物華」二字總收上六句，寓規於頌，立言得體。

【今校】

《全唐詩》卷一百二十八，詩題注「聖一作御」。「塞」，注「一作甸」。「千」，注「一作仙」。「迴」，注「一作遥」。「玩」，注「一作重」。

送魏萬之京

李　頎

朝聞遊子唱離歌，昨夜微霜初渡河〔一〕。鴻雁不堪愁裏聽〔二〕，雲山況是客中過〔三〕。關城樹色催寒近，御苑砧聲向晚多〔四〕。莫見長安行樂處，空令歲月易蹉跎〔五〕。

【批語】

〔一〕沈云：「渡河以遊子言。」今按：出《唐詩別裁集》卷十三，「遊子」作「人」。

〔二〕興而比也。

〔三〕二句送別之情。

〔四〕二句到京之景。原評：「中四句專寫一派秋景，全爲『歲月易蹉跎』五字張本。」

〔五〕言當及時努力也。

【今校】

《全唐詩》卷一百三十四，「樹」，注「一作曙」。

黄鶴樓

崔顥

昔人已乘黄鶴去，此地空餘黄鶴樓。黄鶴一去不復返，白雲千載空悠悠〔一〕。晴川歷歷漢陽樹，芳草萋萋鸚鵡洲〔二〕。日暮鄉關何處是，煙波江上使人愁〔三〕。

【原注】

〔題〕任昉《述異記》：「荀瓌，字叔偉，嘗東遊，憩江夏黄鶴樓上，望西南有物飄然降自霄漢，乃駕鶴之賓也。仙者就席，賓主歡對，已而辭去，跨鶴騰空，眇然煙滅。」按：樓在湖北武昌府治西南黄鵠磯上。

〔漢陽〕見後盧綸《晚次鄂州》。

〔鸚鵡洲〕《水經·江水》酈道元注：「江水又東逕歎父山南，江之右岸當鸚鵡洲。」按：洲在江夏縣西南江中黄祖殺禰衡處，嘗作《鸚鵡賦》，因以爲名。

【批語】

〔一〕鈍吟云：「氣勢闊宕。」

〔二〕二句寫樓外之景，分明樹如是，洲如是，而鄉關則何處是耶？結意即從此引起。

〔三〕曉嵐云：「此詩不可及者，在意境寬然有餘，然偶爾得之，自成絶調，再一臨摹，便落窠臼。」今按：語見《删正二馮評閱才調集》。

【今校】

《全唐詩》卷一百三十，「白雲」，注「一作黄鶴」。「此」，注「一作兹」。「餘」，注「一作留」。「樹」，注「一作戍」。「芳」，作「春」，注「一作芳」。「萋萋」，注「一作青青」。「是」，注「一作在」。

東平别前衛縣李寀少府

高適

黄鳥翩翩楊柳垂〔一〕，春風送客使人悲。怨别自驚千里外，論交却憶十年時〔二〕。

雲開汶水孤帆遠〔三〕，路遶梁山匹馬遲〔四〕。此地從來可乘興〔五〕，留君不住益凄其〔六〕。

【原注】

〔題〕《唐書·地理志》：「河南道鄆州東平郡，河北道衛州汲郡衛。」按：東平今爲州，屬山東泰安府；衛今河南衛輝府淇縣。

〔汶水〕見二卷李白《寄東魯二稚子》。

〔梁山〕按：山在東平州西南五十里。

【批語】

〔一〕即景起。

〔二〕以别之遠而追念交情，故悲。

〔三〕少府之行。

〔四〕己之歸。

〔五〕重振一筆，跌落。

〔六〕應「悲」字。沈云：「情不深而自遠，景不麗而自佳，韻使之也。」按：語見《唐詩别裁集》卷十三。

送李少府貶峽中王少府貶長沙

高適

嗟君此別意何如，駐馬銜杯問謫居〔一〕。巫峽啼猿數行淚〔二〕，衡陽歸雁幾封書〔三〕。青楓江上秋天遠〔四〕，白帝城邊古木疏〔五〕。聖代即今多雨露，暫時分手莫躊躇〔六〕。

【原注】

〔題〕按：峽中，今四川夔州府巫山縣地。《唐書・地理志》：「江南道潭州長沙郡。」按：今屬湖南。

〔巫峽猿〕《水經・江水》酈道元注：「江水，又東逕巫峽，杜宇所鑿以通江水也。」按：在今夔州府巫山縣東。啼猿，見七卷李白《早發白帝城》。

〔衡陽雁〕《唐書・地理志》：「江南道衡州衡陽郡。」陸佃《埤雅・釋鳥》：「舊説鴻雁南翔，不過衡山。今衡山之旁有峰曰回雁。」按：雁書見後温庭筠《蘇武廟》。

〔青楓江〕按：青楓浦在今長沙府瀏陽縣南。

〔白帝城〕見七卷李白詩。

【批語】

〔一〕三字領下四句。

〔二〕峽中。
〔三〕長沙。
〔四〕長沙。
〔五〕峽中。平列四地名，究竟重複礙格。
〔六〕言不久當賜環也。結意和平深厚。

【今校】

《全唐詩》卷二百一十四，「即」注「一作祇」。

和中書舍人賈至早朝大明宮

岑參

雞鳴紫陌曙光寒〔一〕，鶯囀皇州春色闌〔二〕。金闕曉鐘開萬户〔三〕，玉階仙仗擁千官〔四〕。花迎劍珮星初落，柳拂旌旗露未乾〔五〕。獨有鳳皇池上客〔六〕，《陽春》一曲和皆難〔七〕。

【原注】

〔題〕大明宮，見前王維詩題注。
〔皇州〕謝朓《和徐都曹出新亭渚詩》：「春色滿皇州。」張銑注：「皇州，帝都也。」

〔鐘〕《尚書大傳·咎繇謨》:「故天子左五鐘,右五鐘。天子將出,則撞黄鐘,右五鐘皆應。入則撞蕤賓,左五鐘皆應。」《續漢書·禮儀志》:「每月朔歲首,爲大朝受賀,其儀,夜漏未盡七刻,鐘鳴,受賀。」《史記·封禪書》:「於是作建章宫,度爲千門萬户。」

〔仗〕見三卷《寄左省杜拾遺》。

〔鳳凰池〕《晉書·荀勖傳》:「以勖守尚書令,勖久在中書,專管機事。及失之,甚悃悵。或有賀之者,勖曰:『奪我鳳凰池,諸君賀我耶?』」

〔陽春曲〕宋玉《對楚王問》:「客有歌於郢中者,其爲《陽春》《白雪》,國中屬而和者不過數十人。」

【批語】

〔一〕早。

〔二〕補時令。

〔三〕大明宫。

〔四〕朝。

〔五〕早朝及朝散之景。

〔六〕中書舍人。

〔七〕結「和」字。明麗秀潤,高出元唱。

【今校】

《全唐詩》卷二百〇一，「色」，注「一作欲」。「闕」，注「一作鏁」。「迎」，注「一作明」。

九月登望仙臺呈劉明府

崔　曙

漢文皇帝有高臺，此日登臨曙色開〔一〕。三晉雲山皆北向，二陵風雨自東來〔二〕。關門令尹誰能識，河上仙翁去不回〔三〕。且欲近尋彭澤宰〔四〕，陶然共醉菊花杯〔五〕。

【原注】

〔題〕《明一統志·河南·河南府·宫室》：「望仙臺，在陝州西南一十二里，漢文帝親謁河上公，公既上升，築臺望以祭之。」

〔三晉〕《漢書·地理志》：「自唐叔十六世至獻公，晉於是始大。文公後十六世爲韓、趙、魏所滅，三家皆自立爲諸侯，是爲三晉。」

〔二陵〕《左傳·僖公三十二年》：「殽有二陵焉，其南陵夏后皋之墓也。其北陵文王之所避風雨也。」按：殽山，在今河南永寧縣北。

〔關門令〕劉向《列仙傳》：「關令尹喜者，周大夫也。善内學，時人莫知。老子西遊，喜先見其炁，知有真人當過，物色而遮之，果得老子。老子亦知其奇，爲著書授之，後與老子俱遊流沙，莫知其所終。」

〔河上翁〕葛洪《神仙傳》：「河上公者，莫知其姓字。漢文帝時，公結草爲庵於河之濱，帝讀《老子經》，頗好之，聞時皆稱河上公解《老子經》義旨，帝即幸其庵躬問之，公乃授素書二卷，與帝曰：『熟研之，此經所疑皆了，不事多言也。』言畢，失其所在。」

〔彭澤宰〕《宋書・隱逸傳》：「陶潛，字淵明，爲彭澤令，解印綬去職，嘗九月九日無酒，出宅邊菊叢中坐久，值弘送酒至，即便就酌，醉而後歸。」按：弘，江州刺史王弘。彭澤故城在今江西九江府湖口縣東三十里。

【批語】

〔一〕直起聳拔。

〔二〕二句登臺所見。

〔三〕二句言望仙既惘然杳然矣，逼到明府。

〔四〕喻劉。

〔五〕醒九日。

【今校】

《全唐詩》卷一百五十五，「東」注「一作西」。「共」注「一作一」。

杜侍御送貢物戲贈

張　謂

銅柱珠崖道路難〔一〕，伏波橫海舊登壇。越人自貢珊瑚樹，漢使何勞獬豸冠〔二〕。疲馬山中愁日晚，孤舟江上畏春寒。由來此貨稱難得，多恐君王不忍看〔三〕。

【原注】

〔銅柱〕《後漢書·馬援傳》章懷太子賢注：「《廣州記》曰：『援到交趾，立銅柱爲漢之極界也。』」按：柱在今廣東謙州府欽州西分茅嶺下。

〔珠崖〕《漢書·地理志》：「粵地，武帝元封元年，略以爲儋耳珠崖郡。」《唐書·地理志》：「嶺南道崖州珠崖郡。」按：今廣東瓊州府。

〔伏波〕《漢書·路博德傳》：「以衛尉爲伏波將軍，伐破南越。」按：又見七卷趙嘏《經汾陽舊宅》。

〔橫海〕《漢書·韓王信傳》：「韓説以待詔爲橫海將軍，擊破東越。」

〔珊瑚樹〕無名氏《三輔黃圖》：「積草池中有珊瑚樹，一本三柯，南越王趙佗所獻。」

〔獬豸冠〕應劭《漢官儀》：「侍御史，周官也，冠法冠，一曰柱後，以鐵爲之。或説古有獬豸獸，觸邪佞，故執憲者以其角形爲冠耳。」按：獬，音蟹。豸，柴上聲。

〔貨難得〕《老子・安民章》：「不貴難得之貨，使民不爲盜。」

【批語】

〔一〕三字章旨。

〔二〕馮云：「二句戲贈。」今按：語見《二馮評閱才調集》。

〔三〕言難得之貨，聽其自貢可耳，何必跋涉山川以致之，亦婉亦嚴。沈云：「即《旅獒》『不寶遠物』意，諷侍御兼以諷君。」今按：語見《唐詩別裁集》卷十三。《尚書・周書・旅獒》：「犬馬非其土性不畜，珍禽奇獸不育于國，不寶遠物，則遠人格。」

九日藍田崔氏莊

杜　甫

老去悲秋强自寬，興來今日盡君歡〔一〕。羞將短髮還吹帽，笑倩旁人爲正冠〔二〕。
藍水遠從千澗落，玉山高并兩峯寒〔三〕。明年此會知誰健〔四〕，醉把茱萸子細看〔五〕。

【原注】

〔題〕《唐書・地理志》：「關内道京兆府藍田。」按：藍田屬陝西西安府。

〔吹帽〕《晉書・孟嘉傳》：「後爲征西桓温參軍，九月九日，温燕龍山，寮佐畢集，有風至，吹嘉帽墮落，嘉不之覺，良久如厠，温令取還之，命孫盛作文嘲嘉，嘉還，見即答之，其文甚美，四坐嗟嘆。」

〔藍水玉山〕《續漢書·郡國志》：「京兆尹藍田出美玉。」劉昭注：「《三秦記》曰：『有川方三十里，其水北流。』」按，《述征記》：「藍田山，亦名玉山，在縣東，藍溪水在縣東南。」

〔茱萸〕葛洪《西京雜記》：「九月九日佩茱萸，飲菊華酒，令人長壽。」

【批語】

〔一〕二句直下，中具幾許曲折，歡之盡正悲之深也。「今日」照下「明年」。

〔二〕翻用九日舊典。帽、冠字複。

〔三〕陳秋田云：「二句非但寫景，以山水常在，起人之常健也。」

〔四〕收「老去」。

〔五〕把酒看藍水玉山，不忍遽去也。收「盡歡」。

【今校】

《全唐詩》卷二百二十四，「今」，注「一作終」。「健」，注「一作在」。「醉」，注「一作再」。

送韓十四江東覲省

杜　甫

兵戈不見老萊衣，歎息人間萬事非。我已無家尋弟妹，君今何處訪庭闈〔一〕。黄牛峽静灘聲轉，白馬江寒樹影稀〔二〕。此别應須各努力，故鄉猶恐未同歸〔三〕。

【原注】

〔老萊衣〕見三卷殷遥《送友下第》。

〔黄牛灘〕《水經·江水》酈道元注：「江水又東逕黄牛山，下有灘，名曰黄牛灘。南岸重嶺疊起，最外高崖間有石，色如人負刀牽牛，人黑牛黄。此巖既高，加以江湍紆迴，雖途逕信宿，猶望見此物，故行者謠曰：『朝發黄牛，暮宿黄牛，三朝三暮，黄牛如故。』」按：在今湖北宜昌府東湖縣西北。

〔白馬江〕《明一統志·四川·成都府·山川》：「白馬江，在崇慶州東北一十里。」

【批語】

〔一〕二句彼此夾發，筆勢側注。

〔二〕上句韓經行處，下句公送别處。張上若云：「『轉』字從『静』字聽出，『稀』字從『寒』字看出。」鍊句融洽，上下相生。今按：張溍，字上若，磁州人，順治壬辰進士。語出《讀書堂杜工部詩集注解》卷八，《四庫存目叢書》影印康熙三十七年刻本。

〔三〕努力者必欲尋訪同歸而後已也。「各」字雙收「我」字「君」字。前半言江東覲省，後半言蜀江送别，氣韻淋漓，滿紙猶濕。

【今校】

《全唐詩》卷二百二十六，「轉」，注「一作急」。「應」，注「一作還」。「同」，注「一作堪」。

將赴荊南寄別李劍州

杜　甫

使君高義驅今古〔一〕，寥落三年坐劍州。但見文翁能化俗〔二〕，焉知李廣未封侯〔三〕。路經灩澦雙蓬鬢，天入滄浪一釣舟〔四〕。戎馬相逢更何日，春風迴首仲宣樓〔五〕。

【原注】

〔題〕劍州，見三卷明皇幸蜀詩。

〔文翁〕見三卷王維《送梓州李使君》。

〔李廣〕《史記・李將軍傳》：「廣嘗與望氣王朔燕語，曰：『自漢擊匈奴，諸部校尉以下，才能不及中人，然以擊胡軍功取諸侯者數十人，而廣不爲後人，然無尺寸之功以得封邑者，何也？豈吾相不當侯耶？且固命也？』」

〔灩澦〕見一卷李白《長干行》。

〔滄浪〕《書・禹貢》：「嶓冢導漾，東流爲漢，又東爲滄浪之水。」《水經・沔水》酈道元注：

「漢水中有洲，名滄浪洲。《地記》曰：『水出荆山，東南流爲滄浪之水。』」按：在今湖北襄陽府均州西北。

〔仲宣樓〕王粲《登樓賦》李善注：「盛弘之《荆州記》曰：『當陽縣城樓，王仲宣登之而作賦。』」按：當陽，今湖北荆門州。

【批語】

〔一〕與古並驅。

〔二〕切地。

〔三〕切姓。四句寄李劍州。

〔四〕二句敘將赴荆南兼訴衰老無家之況，鍊句鍊字，王、李全學此種。

〔五〕切荆南。結出惜别意。

【今校】

《全唐詩》卷二百二十八，「俗」注「一作蜀」。

登樓

杜甫

花近高樓傷客心，萬方多難此登臨〔一〕。錦江春色來天地〔二〕，玉壘浮雲變古今〔三〕。北極朝廷終不改，西山寇盜莫相侵〔四〕。可憐後主還祠廟，日暮聊爲梁父吟〔五〕。

【原注】

〔錦江〕在四川成都府華陽縣南。注見三卷《春夜喜雨》。

〔玉壘〕《漢書·地理志》：「蜀郡縣虒玉壘山，湔水所出。」按：山在成都府灌縣西北。

〔北極二句〕《唐書·代宗紀》：「廣德元年十月，吐蕃陷京師，立廣武郡王承宏爲皇帝。癸巳，吐蕃潰，郭子儀復京師。十二月，放承宏於華州。吐蕃陷松、維二州。」按：松州，今四川松潘廳維州，今四川雜谷廳西山即大雪山，在松潘廳疊溪營西。

〔後主祠〕吴曾《能改齋漫録》：「蜀先主廟，在成都錦官門外，西挾即武侯祠，東挾即後主祠。」

〔梁父吟〕《蜀志·諸葛亮傳》：「亮躬畊隴畝，好爲《梁父吟》。」姚寬《西溪叢語》：「張衡《四愁詩》云：『欲往從之梁父艱。』注云：『泰山，東嶽也。君有德則封此山，願輔佐君王，致於有德，而爲小人讒邪之所阻。梁父，泰山下小山名，諸葛好爲《梁父吟》，恐取此意。』」

【批語】

〔一〕倒裝有勢，起句七字函蓋通篇。

〔二〕從花近高樓出。
〔三〕從傷客心出。
〔四〕王嗣奭云：「朝廷如錦江春色，萬古常新，寇盜如玉壘浮雲，倏起倏滅。」今按：語見《杜臆》卷六。原作「『北極朝廷』如錦江水源遠流長，終不爲改；而『西山之盜』，如玉壘之雲，倏起倏滅，莫來相侵。」
申梟盟云：「二語可抵一篇《王命論》。」今按：申涵光，字孚孟，亦作符孟，又曰孟和，復自號曰梟盟，永年人。引文見《唐宋詩醇》卷十六。
〔五〕孱弱如後主，而至今廟祀以有輔之者也。時無諸葛之才，是以日暮登臨爲《梁父吟》以寄慨耳。此爲吐蕃未靖而作也，氣象雄偉，寄托遥深。

【今校】
《全唐詩》卷二百二十八，「色來」注「一作水流」。

登高

杜　甫

風急天高猿嘯哀，渚清沙白鳥飛迴〔一〕。無邊落木蕭蕭下〔二〕，不盡長江滾滾來〔三〕。萬里悲秋常作客，百年多病獨登臺〔四〕。艱難苦恨繁霜鬢〔五〕，潦倒新停濁酒杯〔六〕。

【原注】

〔題〕注見七卷王維《九月九日》。

【批語】

〔一〕登高所見，一句中三層。

〔二〕承首句。

〔三〕承次句。

〔四〕登高所感，亦一句中三層。

〔五〕客久則艱難備嘗，而鬢霜頂「萬里」句。

〔六〕病多故潦倒日甚，而輟飲頂「百年」句。義門云：「前半先寫登高所見，第五句插出萬里作客，呼起艱難，然後點出登臺，在第六句中排奡縱横。」今按：語見《義門讀書記》卷五十四，「排奡縱横」上原有「見」字。

歸愚云：「通首皆對，起二句對舉中仍復用韻，極奇而變。」結語意盡詞竭，不必曲爲之諱。今按：語見《唐詩别裁集》卷十三。「通首」原作「八句」。「對舉」下原有「之」字，「極奇」作「格奇」。

夜

杜　甫

露下天高秋氣清，空山獨夜旅魂驚〔一〕。疏燈自照孤帆宿，新月猶懸雙杵鳴〔二〕。南菊再逢人卧病，北書不至雁無情〔三〕。步檐倚杖看牛斗，銀漢遥應接鳳城〔四〕。

【原注】

〔雙杵〕楊慎《丹鉛總録・詩話類》：「《字林》云：『直舂曰擣。』古人擣衣，兩女子對立，執一杵，如舂米然。今易作卧杵，對坐擣之，取其便也。」

〔步檐〕《楚詞・大招》：「曲屋步壛。」王逸《章句》：「步壛，長砌也。」按：壛、檐，並古「簷」字。

〔鳳城〕本詩趙彦材注：「秦穆公女吹簫，鳳降其城，因號丹鳳城。其後，言京城曰鳳城。」

【批語】

〔一〕一景一情，對起。

〔二〕二句景由情出，下三字另讀，一所見一所聞。

〔三〕二句情就景生。

〔四〕即「每依北斗望京華」意，至此情景雙融矣。

【今校】

《全唐詩》見二百三十，題下注「一作《秋夜客舍》」。「天高」注：「一作空山」。「氣」作「水」，注「一作氣」。「菊」，注「一作國」。「至」，注「一作到」。「檐」作「蟾」，注「一作檐」。

秋興

杜　甫

其一

玉露凋傷楓樹林〔一〕，巫山巫峽氣蕭森〔二〕。江間波浪兼天湧〔三〕，塞上風雲接地陰〔四〕。叢菊兩開他日淚，孤舟一繫故園心〔五〕。寒衣處處催刀尺〔六〕，白帝城高急暮砧〔七〕。

【原注】

〔巫山巫峽〕《水經·江水》酈道元注：「江水，又東逕巫峽，杜宇所鑿，以通江水也。江水歷峽東逕新崩灘，其下十餘里有大巫山，非惟三峽所無，乃當抗峰岷、峨，偕嶺衡、疑。其間首尾百六十里，謂之巫峽，蓋因山爲名也。」按：巫山在四川夔州府巫山縣東。

〔白帝城〕見七卷李白詩。

【批語】

〔一〕秋字起。

〔二〕點所寓之地。

〔三〕承巫峽。

〔四〕承巫山。二句縱筆寫，極言蕭森之狀。

〔五〕公至夔已經二秋，時艤舟以俟出峽，故再見菊開，仍垂他日之淚，而孤舟乍繫，輒動故園之心。他日，猶往日。二句貼身寫。

〔六〕收秋。

〔七〕收所寓之地即起下章。浦云：「此章，八首之綱領也。明寫秋景，虛含興意，實拈『夔府』，暗提『京華』。」今按：語見《讀杜心解》卷四之二。「此章八首」原作「首章八詩」。

【今校】

《全唐詩》卷二百三十，「兩」，注「一作重」。「孤舟」下注：「時方艤舟以俟出峽。」

其二

夔府孤城〔一〕落日斜〔二〕，每依北斗望京華〔三〕。聽猿實下三聲淚，奉使虛隨八月槎〔四〕。畫省香鑪違伏枕〔五〕，山樓粉堞隱悲笳〔六〕。請看石上藤蘿月〔七〕，已映洲前蘆荻花〔八〕。

【原注】

〔夔府〕《唐書·地理志》：「山南道夔州雲安郡都督府。」

〔三聲淚〕見七卷李白《早發白帝城》。

〔八月槎〕趙璘《因話録·徵部》：「《漢書》載張騫窮河源，言其奉使之遠，實無天河之説。惟張茂先《博物志》説近世有人居海上，每年八月見海槎來，不違時。齎一年糧，乘之，到天河，都憑虛之説。前輩詩往往有用張騫槎者，相襲謬誤矣。」

〔畫省香爐〕應劭《漢官儀》：「尚書郎入直臺中，給女侍史二人，執香爐燒薰，從入臺護衣，省皆胡粉塗畫古賢人烈女。」

【批語】

〔一〕明點夔府。

〔二〕緣上「暮」字。

〔三〕「望京華」三字，八章大旨點睛。何云：「京華不見，惟瞻依北斗而已。」今按：語見《義門讀書記》卷五十五。

〔四〕嚴武節度劍南，公曾入幕參謀，「虛隨」者隨使節而虛度，仍未能一至京闕也。二句申上「望京華」，起下「違伏枕」。

〔五〕長去京華。

〔六〕遠羈夔府，香爐直省，卧病遠違，堞對山樓，悲笳隱動，寫落日後情景。

〔七〕應落日。

〔八〕合「秋」字。此章大意，言留南望北，身遠無依，當此高秋，詎堪回首，爲前後筋脈。今按：語出《讀杜心解》卷四之二，「爲」上有「正」字。

【今校】

《全唐詩》卷二百三十，「北」作「南」，注「一作北」。

其三

千家山郭静朝暉，百處江樓坐翠微〔一〕。信宿漁人還泛泛，清秋燕子故飛飛〔二〕。

匡衡抗疏功名薄，劉向傳經心事違〔三〕。同學少年多不賤，五陵衣馬自輕肥〔四〕。

【原注】

〔信宿〕《左傳·莊公三年》：「再宿爲信。」

〔匡衡〕《漢書・匡衡傳》：「元帝初即位，是時有日蝕地震之變，上問以政治得失，衡上疏。上説其言，遷衡爲光禄大夫、太子少傅。」
〔劉向〕《漢書・楚元王傳》：「成帝即位，詔向領校中五經秘書。少子歆最知名，河平中，受詔與父向領校秘書。哀帝初即位，復領五經，卒父前業。」注：「師古曰：言中者以别於外。」
〔五陵〕見一卷岑參《登慈恩寺浮圖》。

【批語】

〔一〕言山遶樓前也。仍從夔府起，前首是暮望，此首是朝望。
〔二〕二句喻己之飄泊。
〔三〕二句慨己之不遇，上四字各一讀。「功名薄」，「心事違」，屬公自慨。上句即位卑言高意。
〔四〕二句映己之寂寞。此章申明「望京華」之故，主意在五六句逗出，文章家原題法也。今按：出《讀杜心解》卷四之二。

【今校】

《全唐詩》卷二百三十，「百處」作「一日」，注「一作百處，一作日日」。

其四

聞道長安似弈棊〔一〕，百年世事不勝悲。王侯第宅皆新主，文武衣冠異昔時。直北闕山金鼓振，征西車馬羽書馳〔二〕。魚龍寂寞秋江冷〔三〕，故國平居有所思〔四〕。

【原注】

〔直北金鼓〕《唐書·回鶻傳》：「代宗即位，懷恩反，誘回紇、吐蕃入境。」

〔征西羽書〕《唐書·代宗紀》：「廣德元年十月，吐蕃陷京師。」

【批語】

〔一〕接五陵來。

〔二〕三四句悼朝局之變遷，五六句寫邊境之侵逼，正不勝悲處。

〔三〕點秋意。義門云：「魚龍公自比，猶七歌言『木葉黃落龍正蟄』也。」今按：語見《義門讀書記》卷五十五。原無「木葉黃落」字。

〔四〕結本章，以起下四章。此章正寫「望京華」，又是總領，爲前後「大關鍵」。文章家過脈法也。今按：出《讀杜心解》卷四之二。

【今校】

《全唐詩》卷二百三十，「勝」，注「一作堪」。「馬」，注「一作騎」。「馳」作「遲」，注「一作馳」。「魚龍」下注：「魚龍以秋日爲夜。」

其五

蓬萊宮闕對南山，承露金莖霄漢間。西望瑶池降王母，東來紫氣滿函關〔一〕。雲移雉尾開宫扇，日繞龍鱗識聖顔〔二〕。一卧滄江〔三〕驚歲晚〔四〕，幾迴青瑣點朝班〔五〕。

【原注】

〔蓬萊〕見前王維詩。

〔承露金莖〕無名氏《三輔黄圖》：「《廟記》曰：『神明臺，武帝造，祭仙人處，上有承露盤，有銅仙人舒掌捧銅盤玉杯以承雲表之露，以露和玉屑服之，以求仙道。』」班固《西都賦》：「抗仙掌以承露，擢雙立之金莖。」李善注：「金莖，銅柱也。」

〔瑶池〕《列子·周穆王篇》：「遂賓於西王母，觴於瑶池之上。」徐堅《初學記·歲時部》：「《漢武故事》曰：『七月七日，上於承華殿齋，正中忽有一青鳥從西而來，集殿前，上問東方朔，朔曰：此西王母來。』」

〔紫氣〕《史記·老莊傳》司馬貞《索隱》：「按《列異傳》：『老子西遊，關令尹喜望見其有紫氣浮關，而老子果乘青牛而過。』」張守節《正義》：「《抱朴子》云：『老子西遊，遇關令尹喜於散關。』或以爲函谷關。」《唐書·玄宗紀》：「天寶元年正月，陳王府參軍田同秀言：『玄元皇帝降於丹鳳門通衢。』」

〔雉尾〕崔豹《古今注·輿服類》：「雉尾扇起於殷世，以障翳風塵也。」《唐書·儀衛志》：「皇帝步出西序門，索扇，扇合。皇帝升御座，扇開。」

〔青瑣〕《漢書·元后傳》：「曲陽侯根驕奢僭上，赤墀青瑣。」注：「孟康曰：『以青畫户邊鏤中，天子制也。』師古曰：「青瑣者，刻爲連環文，而以青塗之也。」

【批語】

〔一〕四句極言治平時宮闕氣象之盛，莫作譏刺看。

〔二〕二句指進《三大禮賦》時事。

〔三〕顧夔府。

〔四〕秋。一句打轉。

〔五〕言立朝曾無多日。此章思盛時之長安也，言帝居壯麗，朝省尊嚴，今不可復得於滄江一卧時矣。

【今校】

《全唐詩》卷二百三十，三句下注：「楊貴妃初度女道士，故唐人多以王母比之。」四句下注：「唐以老子爲祖，屢徵符瑞。」「點」作「照」，注「一作點」。

其六

瞿唐峽口〔一〕曲江頭〔二〕，萬里風煙接素秋〔三〕。花萼夾城通御氣〔四〕，芙蓉小苑入邊愁〔五〕。珠簾繡柱圍黄鵠，錦纜牙檣起白鷗〔六〕。迴首可憐歌舞地，秦中自古帝王州〔七〕。

【原注】

〔瞿塘峽〕見一卷李白《長干行》。

〔曲江〕見二卷《哀江頭》。

〔花萼夾城〕《舊唐書·讓皇帝憲傳》：「玄宗於興慶宫西南置樓，西面題曰花萼相輝之樓。」《唐書·地理志》：「開元二十年，築夾城入芙蓉園。」

〔芙蓉小苑〕見二卷《哀江頭》。

〔黄鵠〕《漢書·昭帝紀》：「始玄元年，黄鵠下建章宫太液池中。」

〔秦中〕《史記·高祖紀》裴駰《集解》：「如淳曰：時山東人謂關中爲秦中。」

【批語】

〔一〕夔府。

〔二〕長安。

〔三〕帶「秋」字。義門云：「二句倒起變化，言我凝望之久，雖萬里而遥，不啻與京華風煙相接。」今按：見《義門讀書記》卷五十五。

〔四〕一句言治。

〔五〕一句言亂。錢牧齋云：「禄山反報至，帝登花萼樓，置酒，四顧悽愴，所謂『小苑入邊愁也』。」今按：語見《錢注杜詩》卷十五。「帝」字原作「上欲遷幸」，「花萼樓」上原有「興慶宫」三字，「所謂」上原有「此」字，「小苑」二字原無。

〔六〕二句追敘遊幸之時，宫室密，故黄鵠受圍；舟楫多，故白鷗驚起。

〔七〕結言帝王古都，乃爲歌舞之故，忽焉喪之，即承上「珠簾」二句來，所以示戒也。此章思陷後之長安也。

【今校】

《全唐詩》卷二百三十，「鵠」作「鶴」，注「一作鵠」。

其七

昆明池水漢時功〔一〕，武帝旌旗在眼中。織女機絲虚月夜，石鯨鱗甲動秋風〔二〕。波漂菰米沈雲黑，露冷蓮房墜粉紅〔三〕。關塞極天惟鳥道〔四〕，江湖滿地一漁翁〔五〕。

【原注】

〔昆明池〕《漢書·武帝紀》:「元狩三年,發謫吏穿昆明池。」《史記·平準書》:「是時,越欲與漢用船戰逐,乃大修昆明池,治樓船,高十餘丈,旗幟加其上,甚壯。」按:池在陝西西安府長安縣西南。

〔織女石鯨〕無名氏《三輔黄圖》:「《關輔古語》曰:『昆明池中有二石人,立牽牛、織女於池之東西,以象天河。』《三輔故事》又曰:『池中刻石爲鯨魚,長三丈,每至雷雨,常鳴吼,鬐尾皆動。』」

〔菰米〕葛洪《西京雜記》:「太液池邊皆是彫胡、紫蘀、緑節之類。菰之有米者,長安人謂之彫胡。」

〔鳥道〕見二卷李白《蜀道難》。

【批語】

〔一〕接帝王州。

〔二〕二句池畔。

〔三〕二句池中。

〔四〕顧夔府。

〔五〕此章承上章末句,思自古帝王之長安也。中四句極力鋪張昆明清秋景物,而自嘆身阻鳥道，跡比漁翁，遠不得見也。牧齋云：「唐時遊興莫盛於曲江，故悲陷没，則先舉曲江。漢朝形勝莫壯於昆明，故追隆古，則特舉昆明。若以爲概指喪亂，則迂矣。」今按：語見《錢注杜詩》卷十五。此概括牧齋文意言之。蓋楊用修嘗云：「觀《西京雜記》《三輔黄圖》所載，則知盛世殷富之景。觀『織女機絲』四句，則知兵火凋殘之狀。」錢以爲「此亦强作解事耳」，「公以唐人敘漢事，摩娑陳跡，故有機絲夜月之詞，此立言之體也，何謂彼頌繁華而此傷亂乎？」「今謂昆明一章，緊承上章『秦中自古帝王州』一句申言之。時則曰漢時，帝則曰武帝。織女、石鯨、蓮房、菰米、金隄、靈沼之遺跡，與戈船樓櫓，並在眼中，而自傷其僻遠而不得見也。」

【今校】

《全唐詩》卷二百三十，「月夜」，注「一作夜月」。

其八

昆吾御宿自逶迤，紫閣峯陰入渼陂。紅豆啄餘鸚鵡粒，碧梧栖老鳳皇枝〔一〕。佳人拾翠春相問，仙侣同舟晚更移〔二〕。綵筆昔曾干氣象〔三〕，白頭吟望苦低垂〔四〕。

【原注】

〔昆吾二句〕本詩浦起龍《心解》：「參諸地志，昆吾亭、御宿川，皆在漢武所開上林苑中，方三百里，跨今盩厔、鄠、藍田、咸寧、長安五縣之境。紫閣峰，在圭峰東，旭日射之，爛然而紫，其峰亦在鄠縣。渼陂即在圭峰之旁。」今按：語見《心解》卷四之二。原無「亭」「川」二字。

〔佳人拾翠〕《城西陂泛舟詩》：「青蛾皓齒在樓船。」曹植《洛神賦》：「或採明珠，或拾翠羽。」《詩・鄭風・女曰雞鳴篇》毛亨傳：「問，遺也。」

〔仙侣同舟〕見二卷《渼陂行》。

【批語】

〔一〕倒句法。「紅豆」一作「香稻」。

〔二〕一二指所歷之地，三四指所産之物，五六指西陂泛舟，及《渼陂行》以同遊之人言有風景如昨意。

〔三〕指獻賦言，七字承轉。

〔四〕結本章，並結八章。所謂京華者，一付之苦吟悵望而已。此章思承平昔遊之長安也，望字與望京華字相應。陳午亭云：「前三章詳夔府而略長安，後五章詳長安而略夔府，次第秩然。」今按：陳廷敬，字子端，號説巖，澤州人。順治戊戌進士。評語見《杜詩詳注》卷十七引。

俞旅農云：「身居巫峽，心憶京華，爲八詩大旨。曰巫山、曰巫峽、曰夔府、曰白帝、曰瞿塘、曰江樓滄江關塞，皆言身之所處。曰故園、曰故國、曰京華、長安、蓬萊、曲江、昆明、紫閣、渼陂五陵，皆言心之所思。此八詩中線索。」今按：俞瑒，字旅農。評語見《杜詩鏡銓》卷十三引。

【今校】

《全唐詩》卷二百三十，「昆吾」下注：「亭名，在藍田。」「御宿」下注：「川名，在樊川。」首二句下注：「一本二句倒轉。」「紅豆」作「香稻」，注「一作紅稻」，「一作紅飯」。「餘」，注「一作殘」。「曾」作「遊」，注「一作曾」。

諸將

杜甫

其一

漢朝陵墓對南山，胡虜千秋尚入關。昨日玉魚蒙葬地，早時金盌出人間〔一〕。見愁汗馬西戎逼〔二〕，曾閃朱旗北斗殷〔三〕。多少材官守涇渭，將軍且莫破愁顏〔四〕。

【原注】

〔題〕俞云：「自禄山背叛，天下軍興久而未定，故作此以諷刺諸將。」

〔漢朝二句〕《後漢書·劉盆子傳》：「赤眉貪財物，發掘諸陵，取其寶貨。」《唐書·宦者傳》：「廣德初，吐蕃党項内侵，太常博士柳伉上疏曰：『犬戎以數萬衆犯關，不血刃而入京師，劫宫闈，焚陵寢。』」

〔玉魚〕韋述《兩京新記》：「宣政殿初成，每見數十騎馳突出，高宗使巫劉明奴問所由，鬼曰：『我漢楚王戊太子，死葬於此。』明奴宣詔，欲爲改葬，鬼曰：『改葬，幸甚！天子斂我玉魚一雙，今猶未朽，勿見奪也。』及發掘，玉魚宛然。」

〔金盌〕班固《漢武故事》：「上崩後，鄠縣有一人於市貨玉杯，吏疑其御物，欲捕之，因忽不見。縣送其器，乃茂陵中物也。」沈炯《經通天臺奏漢武帝表》：「甲帳珠簾，一朝零落，茂陵玉盌，宛出人間。」干寶《搜神記》：「盧充者，范陽人，家西三十里有崔少府墓。充年二十，出宅西獵戲，見一麞，充因逐之，不覺遠。忽見道北一里許，高門瓦屋，四周有如府舍，門中一鈴下唱：『客前。』充問：『此何府也？』答曰：『少府府也。』進見少府，展姓名。酒炙數行，謂充曰：『尊府君不以僕門鄙陋，近得書，爲君索小女婚，故相迎耳。』三日畢，崔謂充曰：『君可歸矣。』敕外嚴車送客，充上車去，如電逝，須臾至家，家人相見，悲喜推問，知崔是亡人，而入其墓。別後四年，三月三日，充臨水戲，忽見水旁有二犢車，崔氏女與三歲男共載。女抱兒還充，又與金鋺，并贈詩。充取兒鋺及詩，忽然不見二車處，慨然嘆死生之玄通也。」按：胡元瑞云：「以金盌字入玉盌語，一句中，事詞串用，兩無痕跡。」

〔西戎〕《唐書·代宗紀》：「永泰元年，吐蕃寇醴泉，奉天京師戒嚴。」

〔朱旗〕班固《封燕然山銘》：「朱旗絳天。」

〔材官〕《漢書·高祖紀》注：「應劭曰：材官，有材力者。」

〔涇渭〕司馬相如《上林賦》：「終始灞滻，出入涇渭。」無名氏《三輔黄圖》：「涇水出安定涇陽開頭山，東至陽陵入渭。渭水出隴西首陽縣鳥鼠同穴山，東北至華陰入河。」按：二水在長安西北，乃吐蕃入寇之路。

【批語】

〔一〕四句言陵墓被發，千秋後復然。昨日、早時，見變亂倏忽也，此指代宗廣德元年事，不忍直斥，故借漢爲比。

〔二〕此指永泰元年再寇事。

〔三〕閃旗而北斗皆赤，見賊氛蔽天意。

〔四〕此爲吐蕃内侵，責諸將不能禦侮而作也。結用警戒之詞。兩「愁」字複。

【今校】

《全唐詩》卷二百三十，「玉魚」下注：「漢楚王戊太子死，天子賜玉魚一雙以斂。」「金椀」下注：「盧充與崔少府女幽婚，贈充金盌，乃向時殉葬物也。」「殷」，於顔切，紅色也，一作「閑」。末句下注：「錢謙益曰：安禄山犯闕，繼以吐蕃，焚燬不已，必有發掘陵寢之虞，故告戒諸將以守涇渭也。是春，吐蕃請和，郭子儀遣兵屯奉天。」

其二

韓公本意築三城，擬絶天驕拔漢旌〔一〕。豈謂盡煩回紇馬，翻然遠救朔方兵〔二〕。

胡來不覺潼關隘，龍起猶聞晉水清〔三〕。獨使至尊憂社稷，諸君何以答升平〔四〕。

【原注】

〔韓公築城〕《唐書・張仁愿傳》：「始朔方軍與突厥以河爲界，時默啜悉兵西擊突騎施，仁愿請乘虛取漠南地，於河北築三受降城，絶虜南寇路，中宗從之。六旬而三城就，自是突厥不踰山牧馬。景龍二年，封韓國公。」按：東受降城，在今歸化城西，黄河東岸。中受降城，在今吴喇忒旗西。西受降城，在吴喇忒旗西北並黄河北岸。

〔天驕〕《漢書・匈奴傳》：「胡者，天之驕子也。」

〔豈謂二句〕《唐書・回鶻傳》：「肅宗即位，使者來請助討禄山，因召其兵。於是可汗自將，與朔方節度使郭子儀合討同羅諸番，破之河上。香積之戰，賊詭伏騎於王師左，僕固懷恩麾回紇馳之，盡翦其伏，賊大敗，進收長安。子儀等與賊戰，傾軍逐北亂而卻，回紇望見，出其後，賊反顧，遂大潰，追奔數十里，嚴莊挾安慶緒棄東京，北度河，回紇大掠東都三日。」

〔胡來句〕《唐書・回鶻傳》：「代宗即位，懷恩反，誘回紇吐蕃入寇。」按：潼關見七卷韓愈詩。

〔龍起句〕釋一行《并州起義堂頌》：「隋氏失御，國亂無家，我高祖感之，乃龍躍晉水，鳳翔太原。」《漢書・地理志》：「太原郡：晉陽，故《詩》唐國。龍山，在西北，晉水所出，東入汾。」

【批語】

〔一〕「天驕」五字連讀，言絶之不使拔漢所建旗幟也。借張仁愿拒突厥事作引。

〔二〕緊承作轉，感嘆愁絶。

〔三〕撫今追昔，對法奇變，筆若游龍。王道俊云：「潼關失險，害起於借兵興復，然高祖亦嘗藉突厥内平隋亂，其後恃功入寇，卒能以計摧滅之，此不獨太宗之神武，亦由英、衛二公專征之力也。故接下二句云云。」今按：見朱鶴齡《杜工部詩集輯注》卷十三引《杜詩博議》。「高祖」作「太宗」，其他字句亦有異同。又，《杜詩博議》乃清人潘檉章（1629—1663）之作，因遭「《明史》案」，其名遂隱，後人誤以為明王道俊之作。參考蔡錦芳《〈杜詩博議〉質疑》，《杜甫研究學刊》1989年第2期；孫微、王新芳《潘檉章〈杜詩博議〉輯考》，《圖書館雜誌》2008年第9期。

〔四〕此爲回紇入境，嘆諸將不能分憂而作也。言築城本以禦寇，豈謂反賴回紇平亂耶？故追思開創之主以勖諸臣，結用詰問之詞。義門云：「俯仰感慨，無限曲折。」今按：語見《義門讀書記》卷五十五。

【今校】

《全唐詩》卷二百三十，四句下注：「郭子儀以孤軍起朔方。澧上之戰，克復長安，新店之戰，再收東都，皆用回紇之力。」六句下注：「唐高祖次龍門，代水清。」

其三

洛陽宮殿化爲烽，休道秦關百二重〔一〕。滄海未全歸禹貢〔二〕，薊門何處盡堯封〔三〕。朝廷袞職雖多預，天下軍儲不自供。稍喜臨邊王相國，肯銷金甲事春農〔四〕。

【原注】

〔洛陽二句〕《唐書・玄宗紀》：「天寶十四載，安禄山反。十二月，隱東京。十五載六月，遂陷潼關。」《史記・高祖紀》：「秦形勝之國，帶河山之險，縣隔千里，持戟百萬，秦得百二焉。」裴駰《集解》：「蘇林曰：秦地險固，二萬人足當諸侯百萬人也。」司馬貞《索隱》：「虞喜云：百二者，得百之二，言倍之也。蓋言秦兵當二百萬也。」

〔滄海〕見三卷李益《喜見外弟》。

〔薊門〕《水經・㶟水》酈道元注：「昔周武王封堯後於薊，今城内西北隅有薊丘，因丘以名邑也。」蔣一葵《長安客話》：「古薊門亦曰薊丘。」

〔袞職〕《後漢書・逸民傳》：「臣願聖朝，就加袞職。」章懷太子賢注《毛詩》曰：「袞職有闕，謂三公也。」按：唐諸鎮節度使多加中書令、平章事兼領内銜。

〔軍儲〕朱長孺云：「唐府兵之制，寓農於兵，軍糧皆所自給。今府兵法壞，軍需仰給餽餉，故云不自供。」

〔王相國〕《唐書・王縉傳》：「禄山亂，擢太原少尹，佐李光弼，以功加憲部侍郎。史朝義平，詔宣慰河北使。俄拜黄門侍郎、同中書門下平章事。進侍中，持節都統河南、淮西、山南東道諸節度行營事，加東都留守。歲餘，拜河南副元帥。」

〔銷金甲〕《家語・致思篇》：「回願得明王聖主輔相之，敷其五教，導之以禮樂，使民城郭不修，溝池不越，鑄劍戟以爲農器，放牛馬於原藪。」王融《三月三日曲水詩序》：「偃革辭軒，銷金罷刃。」

【批語】

〔一〕句見險固難恃。

〔二〕指淄青平盧軍李正己等。

〔三〕指幽州盧龍軍李懷僊等。朱云：「盡，如《王制》『東不盡東海』『西不盡流沙』之『盡』。」今按：語見朱鶴齡《杜工部詩集輯注》卷十三。所引《王制》二句，原作「北不盡恒山」「南不盡衡山」。

〔四〕起追憶安史陷京，下指河北藩鎮餘孽梗化，因傷轉輸不繼，而姑舉王縉以愧勵諸將，欲其修屯營之制也。結用忻動之詞，縉黨附元載，曰「稍喜」者，其人此一事猶堪節取耳。

【今校】

《全唐詩》卷二百三十，「盡」，注「一作覓」。四句下注：「時河北幽、嬴皆安史餘孽盤據。」「雖多預」，注「一作誰争補」。末句下注：「廣德二年，王縉以同平章事代李光弼都統行營。歲餘，遷河南副元帥。」

其四

迴首扶桑銅柱標，冥冥氛祲未全銷。越裳翡翠無消息，南海明珠久寂寥。殊錫曾爲大司馬，總戎皆插侍中貂。炎風朔雪天王地，只在忠良翊聖朝。

【原注】

〔扶桑〕見五卷王維《送晁監還日本》，此特借指南海耳。

〔銅柱〕見前張謂《杜侍御送貢物》。

〔越裳翡翠〕《後漢書·賈琮傳》：「舊交趾土多珍産，明璣、翠羽、犀、象、瑇瑁之屬，莫不自出。」按：交趾今爲越南國與南掌占城，皆古越裳氏地。

〔南海明珠〕劉恂《嶺表録異》：「廉州邊海中有洲島，島上有大池，謂之珠海，每年刺史修貢，自監珠户入池，采珠以充貢賦。」按：珠池在廣東廉州府合浦縣東南八十里海中。

〔侍中貂〕《續漢書·輿服志》：「武冠，侍中、中常侍加黄金璫，附蟬爲文，貂尾爲飾。」《唐書·百官志》：「門下省侍中二人，掌出納，帝命相禮儀，皆金蟬珥貂，左散騎與侍中爲左貂，右散騎與中書令爲右貂，謂之八貂。」

【批語】

此言南荒不靖，貢獻久闕，由諸將膺異寵、擁高官而不盡綏遠之道耳。故於忠良有厚望焉。結用開曉之詞，朔雪兼帶上章。

【今校】

《全唐詩》卷二百三十，「未」，注「一作不」。「良」作「臣」，注「一作良」。詩末注：「錢謙益曰：此深戒朝廷不當使中官出將也。楊思勗討安南五溪，殘酷好殺，故越裳不貢。吕太一收珠南海，阻兵作亂，故南海不靖。李輔國以中官拜大司馬，所謂殊錫也。魚朝恩等以中官爲觀軍容使，所謂總戎也。炎風朔雪，皆天王之地，只當精求忠良，以翊聖朝，安得偏信一二中人，據將帥之重任，自取潰僨乎！」

其五

錦江春色逐人來〔一〕，巫峽清秋萬壑哀〔二〕。正憶往時嚴僕射，共迎中使望鄉臺〔三〕。主恩前後三持節〔四〕，軍令分明數舉杯〔五〕。西蜀地形天下險，安危須仗出羣材〔六〕。

【原注】

〔錦江〕見二卷《春夜喜雨》。

〔巫峽〕見前《秋興》。

〔嚴僕射〕《唐書·嚴武傳》：「永泰初卒，贈尚書左僕射。」

〔望鄉臺〕樂史《太平寰宇記》：「《益州記》云：『昇遷亭夾路有二臺，一名望鄉臺，在成都縣北九里。』」

【批語】

〔一〕指依嚴武時。

〔二〕今無復往時之春色。

〔三〕公爲武幕佐，故云共迎。

〔四〕武一鎮東川，再鎮劍南。

〔五〕惟軍令分明，故得餘閒舉杯相樂，七字有雅歌投壺氣象。

〔六〕此思嚴武，傷武後諸將鎮蜀者皆非其人也。結用想望之詞。五詩以議論爲敘事，其感憤處反覆唱嘆，動盪淋漓，而每篇結末尤致丁寧，所謂言之者無罪，聞之者足以爲戒。

【今校】

《全唐詩》卷二百三十，五句下注：「嚴武一鎮東川，兩鎮劍南。」

詠懷古跡

杜　甫

摇落深知宋玉悲，風流儒雅亦吾師。悵望千秋一灑淚，蕭條異代不同時〔一〕。江山故宅空文藻，雲雨荒臺豈夢思〔二〕。最是楚宫俱泯滅，舟人指點到今疑〔三〕。

【原注】

〔題〕謂借古跡以詠懷也。

〔宋玉悲〕《楚詞·宋玉·九辯》：「悲哉秋之爲氣也，蕭瑟兮草木摇落而變衰。」

〔故宅〕姚寬《西溪叢語》：「庾信《哀江南賦》云：『誅茅宋玉之宅。』然子美移居夔州，《入宅》詩云：『宋玉歸州宅，雲通白帝城。』蓋歸州亦有宋玉宅，非止荆州也。」

〔荒臺〕見二卷李白《久别離》。

〔楚宫〕樂史《太平寰宇記》：「楚宫在巫山縣西二百步陽臺古城内，即襄王所遊之地。」

【批語】

〔一〕流水對，謂與宋同一蕭條而隔於異代，所以悵望也。悵望、蕭條，疊韻。

〔二〕言斯人雖往，文藻猶存，高唐之遊，豈真有夢。上二句申知悲意，此二句申吾師意。

〔三〕此因宋玉而有感於平生著述之情也。蔣紹孟云：「《高唐賦》乃假託以諷淫惑，而至今行舟指點，猶疑爲真。玉之心，將有不白於千秋異代者。公詩凡若此者多矣，故特三致意焉。」

【今校】

《全唐詩》卷二百三十爲五首，題下注：「吴若本作《詠懷》一章、《古跡》四首。」此處選三首，其二、其三、其五。其一：「支離東北風塵際，漂泊西南天地間。三峽樓臺淹日月，五溪衣服共雲山。羯胡事主終無賴，詞客哀時且未還。庾信平生最蕭瑟，暮年詩賦動江關。」其四：「蜀主窺吴幸三峽，崩年亦在永安宫。翠華想像空山裏，玉殿虚無野寺中。古廟杉松巢水鶴，歲時伏臘走邨翁。武侯祠屋常隣近，一體君臣祭祀同。」「宋玉」注「一作爲主」。

羣山萬壑赴荆門，生長明妃尚有村〔一〕。一去紫臺連朔漠，獨留青塚向黄昏。畫圖省識春風面，環佩空歸夜月魂〔二〕。千載琵琶作胡語，分明怨恨曲中論〔三〕。

【原注】

〔荆門〕《續漢書・郡國志》：「南郡夷陵有荆門虎牙山。」按：荆門在江之南荆州府宜都縣，虎牙在江之北宜昌府東湖縣，兩山相對，爲大江絶險處，名曰江關。

〔明妃村〕按：村在今宜昌府歸州東北。

〔紫臺〕江淹《恨賦》：「若夫明妃去時仰天太息，紫臺稍遠，關山無極。」李善注：「紫臺，猶紫宫也。」

〔青塚〕蔡邕《琴操》：「單于死，子世達繼立，凡爲胡者，父死妻母，昭君乃吞藥自殺，單于舉葬之，胡中多白草，而此塚獨青。」按：塚在今歸化城南。

〔畫圖〕葛洪《西京雜記》：「元帝後宫既多，不得常見，乃使畫工圖形，案圖召幸之，諸宫人皆賂畫工，獨王嬙不肯，遂不得見。後匈奴入朝求美人爲閼氏，於是上案圖以昭君行。及去，召見，貌爲後宫第一。帝悔之，乃窮案其事，畫工皆棄市。」

〔琵琶〕石崇《王明君辭序》：「王明君者，本是王昭君，以觸文帝諱，改焉。匈奴盛請昏於漢元帝，以後宫良家子昭君配焉。昔公主嫁烏孫，令琵琶馬上作樂，以慰其道路之思，其送明君亦必爾也。其新造曲，多哀怨之聲。」

【批語】

〔一〕言爲山川靈氣所鍾。起亦有山巒奔赴之勢。

〔二〕省識，猶略識。浦云：「省識，只在畫圖，正謂不省也。」今按：語見《讀杜心解》卷四之二。

〔三〕山倉云：「『怨恨』二字通篇歸宿處。『一去』，怨恨之始；『獨留』，怨恨所結。『畫圖識面』，生前失寵之怨恨；『環珮歸魂』，死後無依之怨恨。末即借出塞聲點明。」今按：山倉，浦起龍號。此評見《讀杜心解》卷四之二。原作：「結語『怨恨』二字，乃一詩歸宿處……『一去』，怨恨之始也。『獨留』，怨恨所結也。『畫圖省識』，生前失寵之怨恨可知；『環珮歸魂』，死後無依之怨恨何極！末即借出塞聲點明。」

【今校】

此爲其三。《全唐詩》卷二百三十，「怨」，注「一作愁」。

諸葛大名垂宇宙，宗臣遺像肅清高。三分割據紆籌策，萬古雲霄一羽毛〔一〕。伯仲之間見伊呂，指揮若定失蕭曹〔二〕。運移漢祚終難復，志決身殲軍務勞〔三〕。

【原注】

〔宗臣〕《蜀志·諸葛亮傳》裴松之注：「張儼作《默記》，其《述佐篇》論亮與司馬宣王書曰：亦一國之宗臣，霸王之賢佐也。」《漢書·蕭何曹參傳》注：「師古曰：言爲後世之所尊仰，故曰宗臣也。」

〔三分〕諸葛亮《出師表》：「今天下三分。」李興《代劉宏祭諸葛武侯文》：「固所以三分我漢鼎，跨帶我邊荒。」

〔伊吕〕《蜀志·彭羕傳》：「《與諸葛亮書》曰：足下當世伊吕也。」

〔蕭曹〕《蜀志·諸葛亮傳》：「評曰：可謂識治之良才，管、蕭之亞匹矣。」

【批語】

〔一〕二句言其業則限於三分，其人則爲法萬古，不可以成敗論也。一羽毛即易其羽可用爲儀之義。一云紆字，正從武侯一生謹慎處看出。

〔二〕義門云：「直判定千年大公案，不特無一字無來處。」今按：語見《義門讀書記》卷五十五。

〔三〕後四句言以彼其才，實堪伯仲，伊吕向使滿其能事，蕭曹且不足云，而顧區區此割據之爲者，天實爲之耳，末句即「鞠躬盡瘁，死而後已」意。

【今校】

此爲其五。《全唐詩》卷二百三十，五句下注：「張輔《樂葛優劣論》：孔明將與伊、吕争儔，豈與樂毅爲伍。」六句下注：「崔浩《典論》云：諸葛亮不能與蕭、曹匹亞。」「運」作「福」，注「一作運」。「終難」作「難恢」，注「一作終難」。

野人送朱櫻

杜甫

西蜀櫻桃也自紅〔一〕，野人相贈滿筠籠。數回細寫愁仍破，萬顆匀圓訝許同〔二〕。憶昨賜霑門下省，退朝擎出大明宮。金盤玉筯無消息，此日嘗新任轉蓬〔三〕。

【原注】

〔寫〕《禮·曲禮上》：「器之溉者不寫，其餘皆寫。」按：寫去聲，謂傳置他器。

〔門下省〕《唐書·百官志》：「門下省左拾遺六人。」《杜甫傳》：「至德二載，拜左拾遺。」李綽《秦中歲時記》：「四月一日，内園薦櫻桃寢廟，薦訖，頒賜各有差。」

〔大明宮〕見前王維詩題注。

〔轉蓬〕見五卷《贈哥舒開府》。

【批語】

〔一〕李雨村云：「三字無限感慨悲涼。」今按：李調元，號雨村。引文見《雨村詩話》卷下。原作：「『也自紅』三字，感慨悲涼，令人低徊不已。」（《清詩話續編》第三册）

〔二〕「也自紅」「愁仍破」「訝許同」，俱對「賜霑」下筆。細寫、匀圓，雙聲。

〔三〕開手擎此，動彼下半。「憶昨」縱開，「此日」收轉，託興深遠，俯仰淋漓，真龍跳虎卧之筆。何云：「曰轉蓬，則又將不止居蜀也。」今按：語見《義門讀書記》卷五十四。

小寒食舟中作　杜甫

佳辰强飲食猶寒，隱几蕭條戴鶡冠〔一〕。春水船如天上坐，老年花似霧中看〔二〕。娟娟戲蝶過閒幔，片片輕鷗下急湍〔三〕。雲白山青萬餘里，愁看直北是長安〔四〕。

【原注】

〔題〕寒食，次日爲小寒食，注見七卷韓翃詩。

〔鶡冠〕《漢書·藝文志》：「鶡冠子，楚人居深山，以鶡爲冠。」注：「師古曰：以鶡鳥羽爲冠。」

【批語】

〔一〕《舊注》：「隱几，倚舟中之几也。」

〔二〕倒承一二句，寫舟中春況。

〔三〕倒承三四句，言物皆自適，反興己欲歸長安而不得也。

〔四〕雲山空望，所以對景生愁。結有遠神。兩「看」字複。

【今校】
《全唐詩》卷二百三十三，「飲」作「飯」，注「一作飲」。「間」，注「一作開」。「直」，注「一作西」。

使次安陸寄友人

劉長卿

新年草色遠萋萋，久客將歸問路蹊。暮雨不知涓口處，春風只到穆陵西〔一〕。孤城盡日空花落，三户無人自鳥啼〔二〕。君在江南相憶否，門前五柳幾枝低〔三〕。

【原注】
〔題〕《唐書·地理志》：「淮南道安州安陸郡。」按：今湖北德安府。
〔涓口〕《水經·涓水》酈道元注：「涓水又南，分爲二水，東通灄水，西入於沔，謂之涓口也。」按：涓音云，其入漢處在漢陽府漢川縣東南。
〔穆陵〕《唐書·地理志》：「淮南道黄州齊安郡麻城，西北有木陵關，在木陵山上。」按：《梁書·夏侯夔傳》作「穆陵關」。
〔三户〕《史記·項羽記》：「楚雖三户，亡秦必楚也。」裴駰《集解》：「瓚曰：『楚人怨秦，雖三户猶足以亡秦也。』」司馬貞《索隱》：「韋昭以爲三户，楚三大姓，昭、屈、景也。」
〔五柳〕陶潛《五柳先生傳》：「先生不知何許人也，亦不詳其姓字，宅邊有五柳樹，因以爲號焉。」

【批語】

〔一〕肅、代時，穆陵以東，蓋苦兵擾，其西差安静，故云。

〔二〕以上六句次安陸。

〔三〕二句寄友人，言春柳低垂，如陶之高致，何其適也。

【今校】

《全唐詩》卷一百五十一，「問」作「失」，注「一作問」。「潩」，注「一作須」。「只」，注「一作共」。

登餘干古縣城

劉長卿

孤城上與白雲齊，萬古荒涼楚水西〔一〕。官舍已空秋草緑，女牆猶在夜烏啼〔二〕。平江渺渺迷人遠，落日亭亭向客低〔三〕。飛鳥不知陵谷變，朝來暮去弋陽溪〔四〕。

【原注】

〔題〕《唐書・地理志》：「江南道饒州鄱陽郡餘干。」按：故城在今江西饒州府餘干縣東北。

〔女牆〕劉熙《釋名・釋宫室》：「城上垣曰睥睨，言於其孔中睥睨非常也。亦曰女牆，言其卑小，比之於城，若女子之於丈夫也。」

〔弋陽溪〕齊召南《水道提綱·入江巨川》：「上饒江，又西北曰葛溪，有弋陽溪自東北來注之，又北至餘干縣東南境。」

【批語】

〔一〕古城。

〔二〕承寫荒涼，纏綿悱惻，所謂陵谷變也。

〔三〕二句就登望遠景言。

〔四〕落句從對面用筆，言人不等於飛鳥之無知也。

【今校】

《全唐詩》卷一百五十一，「上與白」，注「一作迢遰楚」。「荒涼」，注「一作蕭條」。「迷」作「來」。「遠」，注「一作夕」。「來」作「飛」，注「一作還」。「去」，注「一作往」。

長沙過賈誼宅

劉長卿

三年謫宦此棲遲〔一〕，萬古唯留楚客悲〔二〕。秋草獨尋人去後，寒林空見日斜時〔三〕。漢文有道恩猶薄，湘水無情弔豈知〔四〕。寂寂江山摇落處，憐君何事到天涯〔五〕。

【原注】

〔題〕《史記・賈生傳》：「賈生，名誼，雒陽人也。孝文皇帝初立，賈生以爲漢興至孝文二十餘年，天下和洽，而固當改正朔，易服色，定官名，興禮樂，悉更秦之法。於是天子議以爲賈生任公卿之位，絳、灌之屬盡害之，乃短賈生曰：『少年初學，專欲擅權，紛亂諸事。』於是天子後亦疏之，不用其議，乃以賈生爲長沙王太傅。賈生既辭往行，意不自得。及渡湘水，爲賦以弔屈原。」《水經・湘水》酈道元注：「秦滅，楚立長沙郡，郡廨西有陶侃廟，云舊是賈誼宅地。」

〔湘水〕《漢書・地理志》：「長沙國臨湘。」注：「應劭曰：湘水出零陵山。」按：見後盧綸《晚次鄂州》。

【批語】

〔一〕賈宅。

〔二〕客遊於楚者。

〔三〕化用《鵩鳥賦》「庚子日斜，主人將去」二語，渾然無跡。嚴滄浪所謂「著鹽水中，飲水方知鹽味」者也。今按：此句不見《滄浪詩話》，蓋美中誤記。《苕溪漁隱叢話》前集卷十引《西清詩話》云：「杜少陵云：『作詩用事，要如禪家語：「水中着鹽，飲水乃知鹽味。」此説詩家祕密藏也。』」《詩人玉屑》卷七引亦同。「秘密藏」作「秘要藏」。

〔四〕言有道之漢文待君尚薄，彼無情之湘水，豈知致君情於屈原乎？措語激烈愴摧。

〔五〕文房以吴仲孺誣奏，貶潘州南巴尉，因借賈以自吊也。結句不言被讒而云「何事」，含情不盡。

【今校】

《全唐詩》卷一百五十一，「客」，注「一作國」。「獨」，注「一作漸」。「摇落處」，注「一作正摇落」。

闕下贈裴舍人

錢起

二月黄鸝飛上林〔一〕，春城紫禁曉陰陰〔二〕。長樂鐘聲花外盡〔三〕，龍池柳色雨中深〔四〕。陽和不散窮途恨，霄漢常懸捧日心〔五〕。獻賦十年猶未遇〔六〕，羞將白髮對華簪〔七〕。

【原注】

〔上林〕見前王維詩。無名氏《三輔黄圖》：「漢上林苑即秦之舊苑也。周袤三百里，離宫七十所。」

〔紫禁〕謝莊《宋孝武宣貴妃誄》李善注：「王者之宮，以象紫微，故謂宮中爲紫禁。」

〔長樂〕無名氏《三輔黄圖》：「鐘室在長樂宮。」徐陵《玉台新詠序》：「厭長樂之疏鐘。」按：宮在今陝西西安府長安縣西北故城中。

〔龍池〕在今西安府咸寧縣東南。注見二卷杜甫《丹青引》。

〔捧日〕《魏志·程昱傳》裴松之注：「《魏書》曰：昱少時嘗夢上泰山，兩手捧日，以語荀彧，以白太祖，太祖曰：『卿當終爲吾腹心。』」

〔華簪〕陶潛《和郭主簿》：「聊用忘華簪。」左思《招隱詩》李善注：「《蒼頡篇》曰：『簪，笄也，所以持冠也。』」

【批語】

〔一〕興而比也。

〔二〕闕下。

〔三〕言不出花外。

〔四〕言蒙澤獨渥。

〔五〕轉入自己。

〔六〕即所云窮途。

〔七〕華簪謂裴。此贈裴舍人承恩闕下而自傷不遇，因諷之引薦也。

【今校】

《全唐詩》卷二百三十九，「闕下贈」作「贈闕下」，「鸝」作「鴬」，注「一作鸝」。「禁」，注「一作陌」。「陰陰」，注「一作沈沈。一本二句倒用。」「懸」作「懷」，注「一作懸」。

寄李儋元錫

韋應物

去年花裏逢君別，今日花開又一年。世事茫茫難自料〔一〕，春愁黯黯獨成眠〔二〕。身多疾病思田里，邑有流亡媿俸錢〔三〕。聞道欲來相問訊，西樓望月幾回圓〔四〕。

【批語】

〔一〕承上。

〔二〕起下句，近閨情。

〔三〕不負心語，讀之惻惻動人，宜朱文公盛稱不置也。

〔四〕結「寄」字。

【今校】

《全唐詩》卷一百八十八，「黯黯」，注「一作忽忽」。

贈別嚴士元

李嘉祐

春風倚棹闔閭城〔一〕，水國春寒陰復晴。細雨濕衣看不見，閒花落地聽無聲〔二〕。日斜江上孤帆影，草緑湖南萬里情〔三〕。東道若逢相識問，青袍今已誤儒生〔四〕。

【原注】

〔闔閭城〕陸廣微《吴地記》：「闔閭城，周敬王六年，伍子胥築。」按：即今江蘇蘇州府城。

〔青袍〕《唐書·車服志》：「八品、九品青衣。」又，「深青爲八品之服，淺青爲九品之服」。

【批語】

〔一〕別。

〔二〕二句分寫陰晴之景。舊評：「上喻讒言之漸漬，下喻君子之投間。」殊嫌穿鑿。

〔三〕二句贈別。

〔四〕青袍誤人，欲其遍訴相識，感慨無窮。

【今校】

一作劉長卿詩。《全唐詩》卷一百五十一，「別」，注「一作送」。題下注：「一作送嚴員外，一作吴中贈別嚴士元，一作李嘉祐詩。」「水國春」之「春」，注「一作猶」。次句一作「水閣天寒暗復晴」，又作「水國春深陰復晴」。「看」，注「一作人」。「情」，注「一作程」。「東道」，注「一作君去」。「已」作「日」，注「一作已」。

長安春望

盧綸

東風吹雨過青山，却望千門草色閒〔一〕。家在夢中何日到〔二〕，春來江上幾人還〔三〕。川原繚繞浮雲外，宮闕參差落照間〔四〕。誰念爲儒逢世難〔五〕，獨將衰鬢客秦關〔六〕。

【原注】

〔題〕注見一卷李白《子夜吴歌》。

〔秦關〕見一卷岑參《登慈恩寺浮圖》。

【批語】

〔一〕「千門」五字，是雨後之景，卻又是亂後之景，從七句「逢世難」三字生出。

〔二〕嘆己之不得歸。

〔三〕羡他人之得歸。二句春望之情。

〔四〕二句長安之景，一遠一近。繚繞，疊韻；參差，雙聲。

〔五〕遭亂意，上皆藴含，至此點出。

〔六〕夷猶綽約，一語百媚。

【今校】

《全唐詩》卷二百七十九，「草」，注「一作柳」。「來」作「生」，注「一作歸，又作來」。「逢世難」，注「一作多失意」。

晚次鄂州

盧綸

雲開遠見漢陽城，猶是孤帆一日程〔一〕。估客晝眠知浪靜，舟人夜語覺潮生〔二〕。三湘愁鬢逢秋色，萬里歸心對月明。舊業已隨征戰盡，更堪江上鼓鼙聲〔三〕。

【原注】

〔題〕《唐書·地理志》：「江南道鄂州江夏郡漢陽。」按：鄂州，今湖北武昌府；漢陽，今漢陽府治。

〔三湘〕陳士元《江漢叢談》：「湘水，又有三湘之名，蓋湘水發源廣西興安縣界，流至永州，與瀟水合曰瀟湘，至衡陽與蒸水合曰蒸湘，至沅州與沅水合曰沅湘，而岳州城南又有三湘浦。」又《一統志》以長沙屬縣有湘潭、湘陰、湘鄉，亦稱三湘焉。

【批語】

〔一〕鄂州、漢陽相對，中隔大江。一日程，謂明日方得到也。二句鄂州。

〔二〕二句晚次。

〔三〕此應自洞庭南來，將西入漢而暫泊鄂州，觀五六句可見。朱東嵒云：「通篇寫急歸神理，後四句文法倒捲，言吾之所以急欲歸者，爲舊業已經蕩盡，江上更聞鼓鼙，心馳萬里之外，鬢對三湘之間，不能一日少留耳。」今按：語見《唐詩鼓吹箋注》卷五（古講堂藏版）。

【今校】

《全唐詩》卷二百七十九，「愁」作「衰」，注「一作愁」。

至德中途中書事卻寄李僴

盧綸

亂離無處不傷情，況復看碑對古城〔一〕。路遶寒山人獨去〔二〕，月臨秋水雁空驚〔三〕。顏衰重喜歸鄉國，身賤多慚問姓名〔四〕。今日主人還共醉，應憐世故一儒生〔五〕。

【批語】

〔題〕《唐書・肅宗紀》：「天寶十五載即皇帝位於靈武，改元至德。」

〔一〕廖文炳云：「對古城讀殘碑，感世事之興廢也。」今按：廖文炳，新會人。有《唐詩鼓吹注解大全》。

〔二〕行蹤孤寂。

〔三〕景物淒清。對照寓顧影自憐意。

〔四〕一喜一慚，起下共醉應憐。

〔五〕朱云：「通首不見寄詩意。」主人當指李言。與《長安春望》詩對看，前是欲歸不得，此是始得還鄉也。今按：語出《唐詩鼓吹箋注》卷五，「首」作「篇」。

鹽州過五原至飲馬泉

李　益

緑楊著水草含煙〔一〕，舊是胡兒飲馬泉〔二〕。幾處吹笳明月夜〔三〕，何人倚劍白雲天〔四〕。從來凍合關山路，今日分流漢使前〔五〕。莫遣行人照容鬢，恐驚憔悴入新年。

【原注】

〔題〕《唐書·地理志》：「關内道鹽州五原郡。」按：故郡城在今甘肅寧夏府靈州東北。

〔吹笳〕李陵《答蘇武書》：「胡笳互動，牧馬悲鳴。」

〔倚劍〕宋玉《大言賦》：「長劍耿耿倚天外。」

【批語】

〔一〕紀時。

〔二〕點地。

〔三〕憂煙塵之未静。

〔四〕嘆備邊之無人。

〔五〕來時凍合，今日分流，風塵憔悴，則已經冬歷春矣。與起句相應，與結句相呼。

【今校】

《全唐詩》卷二百八十三，題作「鹽州過胡兒飲馬泉」，注「一作過五原胡兒飲馬泉」。次句下注：「鸊鵜泉在豐州城北，胡人飲馬於此。」

登柳州城樓寄漳汀封連四州刺史

柳宗元

城上高樓接大荒，海天愁思正茫茫〔一〕。驚風亂颭芙蓉水，密雨斜侵薜荔牆。嶺樹重遮千里目，江流曲似九迴腸〔二〕。共來百越文身地，猶自音書滯一鄉〔三〕。

【原注】

〔題〕柳州，見一卷《溪居》。四州刺史謂漳州韓泰，汀州韓曄，封州陳諫，連州劉禹錫。

〔大荒〕左思《吴都賦》劉逵注：「大荒，謂海外也。」

〔颭〕許慎《説文》新附字：「颭，風吹浪動也。隻冉切。」張自烈《正字通》：「凡風動，物與物受風摇曳者，皆謂之颭。」

〔百越〕賈誼《過秦論》：「南取百越之地以爲桂林、象郡。」李善注：《漢書音義》曰：「百越非一種，若今言百蠻也。」

〔文身〕《莊子・内篇・逍遥遊》：「越人斷髮文身。」《漢書・地理志》注：「應劭曰：常在水中，故斷其髮，文其身，以象龍子，故不見傷害也。」

【批語】

〔一〕起筆意境闊達，通篇情景俱倒攝二句中。

〔二〕三四句賦中比體，借寓震撼危疑之意，不露痕跡，五句喻君門之遥，六句喻臣心之苦。

〔三〕同徙遠地而音問久疏，思之至，正愁之深也。以寄四州結。

【今校】

《全唐詩》卷三百五十一，「嶺樹重遮千里目」，注「一作雲駛去如千里馬」。

别舍弟宗一

柳宗元

零落殘魂倍黯然，雙垂别淚越江邊。一身去國六千里〔一〕，萬死投荒十二年〔二〕。

桂嶺瘴來雲似墨〔三〕，洞庭春盡水如天〔四〕。欲知此後相思夢，長在荆門郢樹煙〔五〕。

【原注】

〔六千里〕杜佑《通典·州郡門》：「柳州龍城郡，去西京五千四百七里。」

〔十二年〕按：子厚永貞元年貶永州司馬，元和十年徙柳州刺史，此詩當作於元和丙申歲。

〔桂嶺〕范成大《桂海虞衡志·雜志》：「桂嶺，舊不知的實所在。城北五里有尋丈小坡，立石其上，刻曰桂嶺。賀州自有桂嶺縣，相傳名始安嶺在其地，今小坡非也。」又「瘴，二廣惟桂林無之，自是而南，皆瘴鄉矣。其中人如瘧狀。」

〔洞庭〕見三卷孟浩然詩。

〔荆郢〕《唐書·地理志》：「山南道江陵郡，武德七年以章山隸郢州。八年，省章山入長林。荆門，貞元二十一年析長林置。」

【批語】

〔一〕言其遠。

〔二〕言其久。

〔三〕已羈柳州。

〔四〕弟之荆楚。一句承上，一句起下，悲壯纏綿。

〔五〕煙字趁韻。

【今校】

《全唐詩》卷三百五十二，「魂」作「紅」，注「一作魂」。

西塞山懷古

劉禹錫

王濬樓船下益州，金陵王氣黯然收。千尋鐵鎖沈江底，一片降幡出石頭〔一〕。人世幾回傷往事，山形依舊枕寒流〔二〕。今逢四海爲家日〔三〕，故壘蕭蕭蘆荻秋〔四〕。

【原注】

〔題〕陸游《入蜀記》：「晚過道士磯，石壁數百尺，色正青。自過小孤，臨江峰嶂無出其右。磯一名西塞山。」按：山在今湖北武昌府大冶縣東九十里。

〔王濬樓船〕《晉書·王濬傳》：「羊祜雅知濬有奇略，於是重拜益州刺史。武帝謀伐吴，詔濬修舟艦，乃作大船連舫，以木爲城，起樓櫓，開四出門，其上皆得馳馬往來。太康元年，濬發自成都，吴人於江險磧要害之處，並以鐵鎖横截之，濬乃作火炬長十餘丈，大數十圍，灌以麻油，在船前，遇鎖，然炬燒之。須臾，融液斷絶，於是船無所礙。濬自發蜀，兵不血刃，攻無堅城，夏口、武昌，無相支抗。於是順流鼓棹，入於石頭，皓乃備亡國之禮，肉袒面縛，造於壘門，濬躬解其縛，送於京師。」按：益州治四川成都府，石頭城在今江蘇江寧府上元縣西石頭山下。

〔王氣〕見二卷《金陵懷古》。

【批語】

〔一〕起手如高秋鷹隼側翅而下。「一片」句見地利不足恃。

〔二〕紀云：「前四句但説得吴。第五句括過六朝，是爲簡練。第六句折到西塞山，是爲圓熟。」今按：語見《瀛奎律髓彙評》卷三，「第五句」下原有「七字」，「第六句」下原有「一筆」。

〔三〕別於三分割據。

〔四〕託醒上句，見不事戰争也。白樂天云驪珠已得，所餘皆鱗爪耳。

【今校】

《全唐詩》卷三百五十九，「王濬」作「西晉」，注「一作王濬」。「黯」，注「一作漠」。五句，注「一作荒苑至今生茂草」。「寒」作「江」，注「一作寒」。「今逢」，注「一作從今」。尾聯注「一作而今四海歸皇化，兩岸蕭蕭蘆荻秋」。

始聞秋風

劉禹錫

昔看黃菊與君別，今聽元蟬我獨回。五夜颼飀枕前覺，一年形狀鏡中來〔一〕。馬思邊草拳毛動，鵰眄青雲倦眼開。天地肅清堪四望，爲君扶病上高臺〔二〕。

【原注】

〔題〕題下脱寄某人字，觀首末四句可見。

〔五夜〕衛宏《漢舊儀》：「晝漏盡，夜漏起，省中用火，中黄門持五夜相傳授：甲夜、乙夜、丙夜、丁夜、戊夜也。」

【批語】

〔一〕四句從「寄」字逆入「聞」字。

〔二〕四句從旁面托足「聞」字，收歸「寄」字，英氣勃發，顧盼非常。

【今校】

《全唐詩》卷三百五十九，「獨」作「卻」。

八月十五夜禁中獨直對月憶元九

白居易

銀臺金闕〔一〕夕沈沈〔二〕，獨宿相思在翰林〔三〕。三五夜中新月色〔四〕，二千里外故人心〔五〕。渚宫東面煙波冷〔六〕，浴殿西頭鐘漏深〔七〕。猶恐清光不同見，江陵卑濕足秋陰〔八〕。

【原注】

〔銀臺〕韋執誼《翰林院故事》：「翰林院者，在銀臺門内，麟德殿西，重廊之後。」

〔金闕〕《史記·封禪書》：「使人入海求蓬萊、方丈、瀛洲，此三神山者，黄金銀爲宫闕。」

〔渚宫〕《左傳·文公十年》：「王在渚宫。」孔穎達《正義》：「渚宫當郢都之南。」

〔浴殿〕沈括《夢溪筆談》：「故事，學士院北扉者，爲其在浴堂之南，便於應召。」元稹《承旨學士院記》：「乘輿奉郊廟，輒得乘廄馬，自浴殿由内朝以從。」

〔江陵〕見前柳完元《别舍弟宗一》。

〔卑濕〕《史記·貨殖傳》：「江南卑濕，丈夫早夭。」

【批語】

〔一〕禁中。

〔二〕夜。

〔三〕獨直。

〔四〕中秋對月。

〔五〕憶元九。

〔六〕元時貶江陵士曹。

〔七〕白時爲翰林學士。

〔八〕次聯本色，語極清真，結意尤沈摯。

【今校】

《全唐詩》卷四百三十七，題中「憶」注「一作寄」。

題宣州開元寺水閣閣下宛溪夾溪居人　杜牧

六朝文物草連空，天澹雲閒今古同。鳥去鳥來山色裏，人歌人哭水聲中〔一〕。深秋簾幕千家雨，落日樓臺一笛風。惆悵無因見范蠡，參差煙樹五湖東〔二〕。

【原注】

〔題〕注見三卷李白《秋登宣城謝朓北樓》。《明一統志·南京·寧國府·寺觀》：「景德寺，在府城内，本晉永安寺，唐改開元，宋又改今名。」

〔六朝〕見後羅隱《金陵夜泊》。

〔范蠡〕《國語·越下》：「遂滅吴，反至五湖，范蠡辭於王曰：『君王勉之，臣不復入於越國矣。』遂乘輕舟以浮於五湖，莫知其所終極。」韋昭注：「五湖，今太湖也。」按：太湖跨江蘇蘇州、常州及浙江湖州三府界。虞翻云：「是湖有五道，故曰五湖。」

【批語】

〔一〕山色、水聲，雙聲。

〔二〕文物荒草，興廢何常，惟天雲與閣前之山水同無盡耳。深秋落日，曷勝遲暮之悲，故以思范望湖作結也。「簾幕」五字須知不是寫雨，「樓臺」五字須知不是寫風。

【今校】

《全唐詩》卷五百二十二，「見」，注「一作逢」。

早雁

杜　牧

金河秋半虜弦開〔一〕，雲外驚飛四散哀。仙掌月明孤影過，長門燈暗數聲來〔二〕。須知胡騎紛紛在，豈逐春風一一迴〔三〕。莫厭瀟湘少人處，水多菰米岸莓苔〔四〕。

【原注】

〔金河〕《唐書·地理志》：「關内道單于大都護府金河，天寶四年置。」按：在今歸化城土默特旗。

〔仙掌〕王涯《太華仙掌辯》：「西嶽太華，華之首峰，有五岩比壑破岩而列，自下遠而望之，偶爲掌形。」

〔長門〕無名氏《三輔皇圖》：「長門宫，離宫，在長安城。孝武陳皇后得幸，頗妒，居長門宫。」

【批語】

〔一〕通首從此句生出。

〔二〕二句承四散。

〔三〕言春期未可遽回也。

〔四〕前四句敘其來，後四句囑其去，寄意深遠，有相教慎出入意。

【今校】

《全唐詩》卷五百二十二，「外」，注「一作際」。「須知」句，注「一作雖隨胡馬翩翩去」。「莫厭」，注「一作好是」。

籌筆驛

李商隱

猿鳥猶疑畏簡書〔一〕，風雲常爲護儲胥〔二〕。徒令上將揮神筆，終見降王走傳車。管樂有才真不忝，關張無命欲何如。他年錦里經祠廟〔三〕，梁父吟成恨有餘〔四〕。

【原注】

〔題〕祝穆《方輿勝覽》：「籌筆驛在綿州綿谷縣北，蜀諸葛武侯出師，嘗駐軍籌畫於此。」

按：綿谷，今四川保寧府廣元縣。

〔簡書〕《詩·小雅·出車篇》毛亨傳：「簡書戒命也。」按：此蓋指軍中法令約束言。

〔儲胥〕揚雄《長楊賦》李善注：「顔師古曰：『胥，須也。言有儲蓄以待所須也。』韋昭曰：『儲胥，蕃落之類也。』」

〔降王〕《蜀志·後主傳》：「艾至城北，後主輿櫬自縛，詣軍壘門。」裴松之注：「《晉諸公贊》曰：劉禪乘騾車詣艾，不具亡國之禮。」潘岳《西征賦》：「作降王於路左。」《漢書·高帝紀》注：「師古曰：傳者，若今之驛，古者以車，謂之傳車，其後又單置馬謂之驛騎。傳，張戀反。」

〔管樂〕《蜀志·諸葛亮傳》：「亮躬畊隴畝，好爲《梁父吟》，每自比於管仲、樂毅。」

〔關張〕《蜀志·關張傳》：「羽率衆攻曹仁於樊，曹公遣于禁助仁。禁降羽，羽又斬將軍龐德，威震華夏。曹公議徙許都以避其鋭，司馬宣王、蔣濟以爲，關羽得志，孫權必不願也，可遣人勸權躡其後。曹公從之，權遣將逆擊羽，斬羽及子平於臨沮。先主伐吴，飛當率兵萬人，自閬中會江州。臨發，其帳下將張達、范彊殺飛，持其首，順流而奔孫權。評曰：『關羽、張飛皆稱萬人敵，爲世虎將。』」

〔錦里祠廟〕見前杜甫《登樓》。

【批語】

〔一〕「簡書」切「籌筆」。

〔二〕「儲胥」切「驛」。

〔三〕句對「驛」。

〔四〕句對「籌筆」。紀云：「起二句，斗然一揚。三四句，斗然一抑。首尾幾於橫決，然後以五句解明，起二句以六句解明，三四句機軸絶奇，由意中先有此一解，故敢如此離奇用筆也。末二句言當年經其祠廟，尚有餘恨，況今日親見行兵之地哉。亦加一倍法。」通篇沉鬱頓挫，絶似少陵。今按：語見《瀛奎律髓彙評》卷四。原作：「起二句斗然抬起，三四句斗然抹倒，然後以五句解首聯，六句解次聯，此真殺活在手之本領，筆筆有龍跳虎卧之勢。」又云：「『他年』乃當年之謂，言他時經其祠廟，恨尚有餘，況今日親見行兵之地乎？亦加一倍法，通篇無一鈍置語。」

【今校】

《全唐詩》卷五百三十九，「猿」，注「一作魚」。「真」作「終」，注「一作真」。「欲」，注「一作復」。

按：薛能、羅隱等人皆有同名作。

隋宫

李商隱

紫泉宫殿鎖煙霞，欲取蕪城作帝家〔一〕。玉璽不緣歸日角，錦帆應是到天涯〔二〕。

于今腐草無螢火，終古垂楊有暮鴉。地下若逢陳後主，豈宜重問後庭花〔三〕。

【原注】

〔題〕故址在今江蘇揚州府甘泉縣西七里。

〔紫泉〕司馬相如《上林賦》：「丹水更其南，紫淵徑其北。」按：唐人諱淵曰泉。

〔蕪城〕鮑照《蕪城賦》李善注：「《四言集》云：『登廣陵故城。』」按：在今揚州府江都縣。司馬光《資治通鑑·隋紀》：「煬帝大業元年，自長安至江都，置離宮四十餘所。」

〔日角〕《唐書·唐儉傳》：「高祖嘗召訪之，儉曰：『公日角龍庭，姓協圖讖，係天下望久矣。』」《後漢書·光武帝紀》章懷太子賢注：「鄭玄《尚書中候》注云：『日角謂庭中骨起，狀如日。』」《唐書·高祖紀》：「義寧二年，隋帝遜於位，奉皇帝璽紱於唐。」

〔錦帆〕無名氏《開河記》：「龍舟既成，泛江沿淮而下，錦帆過處，香聞百里。」

〔螢火〕《隋書·煬帝紀》：「上於景華宮徵求螢火，得數斛，夜出遊山放之，光遍巖谷。」

〔垂楊〕《隋書·食貨志》：「又自板渚引河達於淮海，謂之御河。河畔築御道，樹以柳。」《開河記》：「時恐盛暑，翰林學士虞世基獻計，請用垂柳栽於汴渠兩隄上。栽畢，帝御筆寫賜垂柳姓楊，曰楊柳也。」

〔陳後主〕顏師古《大業拾遺記》：「帝在江都，嘗遊吴公宅雞臺，恍忽與陳後主遇。後主舞女數十，中一人迥美，帝屢目之，後主云：『即麗華也。』因請麗華舞《玉樹後庭花》，麗華徐起，終一曲。後主問帝：『龍舟之遊，樂乎？始謂殿下致治在堯舜之上，今日復此逸遊，曩時何見罪之深耶？三十六封書至今使人怏怏不悦。』帝忽悟，叱之，倪然不見。」

【批語】

〔一〕發端先言虚關中以授他人，便已呼起第三句。

〔二〕言天命若不歸唐，遊幸豈止江都而已。用筆靈活。

〔三〕何義門云：「前半展拓得開，直説出狂王抵死不悟，方見江都之禍非出於偶然，後半諷刺更覺有力。腹聯慷慨，三四尤得少陵骨髓。」今按：語見《義門讀書記》卷五十七。「偶然」下原有「不幸」二字。「腹聯慷慨」原無，「少陵」原作「杜家」。

重有感

李商隱

玉帳牙旗得上游，安危須共主君憂〔一〕。竇融表已來關右〔二〕，陶侃軍宜次石頭〔三〕。豈有蛟龍愁失水，更無鷹隼擊高秋〔四〕。晝號夜哭兼幽顯〔五〕，早晚星關雪涕收〔六〕。

【原注】

〔題〕感甘露之變也。前有長律二首，注見五卷。

〔玉帳〕張淏《雲谷雜記》：「《藝文志》有《玉帳經》一卷，乃兵家厭勝之方位，謂主將於其方置軍帳，則堅不可犯。其法出於黄帝遁甲以月建前三位取之，如正月建寅，則巳爲玉帳，主將宜居。」

〔牙旗〕張衡《東京賦》薛綜注：「兵書曰，牙旗者，將軍之旌。」

〔上游〕《史記·項羽紀》：「古之帝者，地方千里，必居上游。」裴駰《集解》：「文穎曰：『居水之上流也。』游或作流。」

〔竇融〕《後漢書·竇融傳》：「帝聞河西完富，地接隴、蜀，常欲招之以逼囂、述，因授融爲涼州牧。融既深知帝意，乃與隗囂書責讓之，囂不納。融砥厲兵馬，上疏請師期，帝深嘉美之。」《唐書·劉從諫傳》：「李訓約從諫誅鄭注，及甘露事，宰相皆夷族，傳言死非其罪。從諫不平，三上書譏切中人。時宦豎得志，天子弱，鄭覃、李石新執政，藉其論執以立權綱，中人憚而怨之。」

〔陶侃〕《晉書·陶侃傳》：「蘇峻作逆，京都不守，平南將軍温嶠要侃同赴朝廷。因推爲盟主。於是便戎服登舟，與温嶠、庾亮等俱會石頭，諸軍與峻戰陳陵東，斬峻於陣。」

〔蛟龍〕《管子·形勢解》：「蛟龍，水蟲之神者也。乘於水則神立，失於水則神廢。人主，天下之有威者也，得民則威立，失民則威廢。」

〔鷹隼〕《漢書·孫寶傳》：「以立秋日，署侯文東部督郵敕曰：『今日鷹隼始擊，當順天氣取姦惡，以成嚴霜之誅。』」

〔星關〕揚雄《長楊賦》李善注：「天官星占曰北辰，一名天關。」《晉書·天文志》：「東方角二星爲天關，其間天門也，其内天庭也。故黄道經其中，房四星爲明堂，天子布政之宫也。中間爲天衢，爲天關，黄道之所經也。」按：詩以喻皇居。

【批語】

〔一〕宦官族誅大臣，時王茂元爲涇原節度使，故曰上游。

〔二〕謂昭義節度使劉從諫上疏，請王涯等罪名。

〔三〕謂茂元宜出兵相助。

〔四〕「豈有」「更無」，開合相應，上句言無受制家奴之理，下句解受制之故也。

〔五〕言神人共憤。

〔六〕仍有望於擁兵上游者。

全詩：義正詞嚴，忠憤如見。

【今校】

《全唐詩》卷五百四十，「愁」，注「一作曾，一作長」。

曲江

李商隱

望斷平時翠輦過，空聞子夜鬼悲歌。金輿不返傾城色，玉殿猶分下苑波。死憶華亭聞唳鶴，老憂王室泣銅駝。天荒地變心雖折，若比陽春意未多。

【原注】

〔題〕注見二卷杜甫《哀江頭》。《唐書・鄭注傳》：「李訓既附注進，日日議論帝前，相倡和，謀鉏翦中官，帝惑之。又言秦、雍災，當興役厭之。帝嘗詠杜甫《曲江辭》，有『宫殿千門』語，意天寶時環江有觀榭宫室，聞注言，即詔兩神策治曲江、昆明，作紫雲樓、采霞亭，詔公卿得列舍隄上。」

〔子夜歌〕《晉書・樂志》：「子夜歌者，女子名子夜，造此聲。孝武太元中，瑯琊王軻之家，有鬼歌《子夜》。」

〔傾城〕見七卷王昌齡《春宫曲》。

〔下苑〕《漢書・元帝紀》注：「師古曰：宜春下苑即今京城東南隅曲江池是。」

〔唳鶴〕劉義慶《世説新語・尤悔門》：「陸平原河橋敗，爲盧志所讒，被誅，臨刑嘆曰：『欲聞華寧鶴唳，可復得乎？』」

〔銅駝〕《晉書・索靖傳》：「靖有先識遠量，知天下將亂，指洛陽宫門銅駞嘆曰：『會見汝在荆棘中耳。』」

【批語】

此借明皇詠《曲江》，傷王涯等被甘露之禍而作，前半追感天寶臨幸事，第四句折入本題，五六宕開，七八收轉，言陸機、索靖雖有天荒地變之悲，猶未及此日之感時傷亂也。

【今校】

《全唐詩》卷五百四十一，「陽」，注「一作傷」。

淚

李商隱

永巷長年怨綺羅，離情終日思風波。湘江竹上痕無限，峴首碑前灑幾多。人去紫臺秋入塞，兵殘楚帳夜聞歌。朝來灞水橋邊問，未抵青袍送玉珂。

【原注】

〔永巷〕無名氏《三輔黄圖》：「永巷，宫中之長巷，幽閉宫女之有罪者。」

〔湘江竹〕見二卷李白《遠别離》。

〔峴首碑〕見三卷孟浩然《登峴山》。

〔紫臺〕見前杜甫《詠懷古跡》。

〔楚帳〕《史記・項羽紀》：「項王軍壁垓下，兵少食盡，夜聞漢軍四面皆楚歌，乃大驚曰：『漢皆已得楚乎？是何楚人之多也！』項王則夜起飲帳中，歌數闋，美人和之，項王泣數行下。」

〔灞橋〕王仁裕《開元天寶遺事》：「長安東灞陵有橋，來迎去送皆至此橋，爲離别之地，故人呼之爲銷魂橋也。」

〔玉珂〕張華《輕薄篇》：「乘馬鳴玉軻。」服虔《通俗文》：「凡勒飾曰珂。」

【批語】

以古人之淚形送別之淚，正意只於結句一點，體格獨創。馮定遠云：「句句是淚，不是哭。」

今按：語見《二馮先生評閱才調集》。

蘇武廟

温庭筠

蘇武魂銷漢使前〔一〕，古祠高樹兩茫然。雲邊雁斷胡天月〔二〕，隴上羊歸塞草煙〔三〕。回日樓臺非甲帳，去時冠劍是丁年〔四〕。茂陵不見封侯印，空向秋波哭逝川〔五〕。

【原注】

〔題〕《漢書·蘇建傳》：「有三子，中子武最知名，字子卿。」

〔雁〕《漢書·蘇武傳》：「昭帝即位數年，匈奴與漢和親，漢求武等，匈奴詭言武死。常惠教使者謂單于，言天子射上林中，得雁足有係帛書，言武等在某澤中。使者大喜，如惠語以讓單于。單于視左右而驚，謝漢使。」

〔羊〕又「乃徙武北海上無人處，使牧羝，羝乳乃得歸。武既至海上，杖漢節牧羊，卧起操持，節旄盡落。」注：「師古曰：羝，牡羊也。羝不當産乳，故設此言示絶。」

〔甲帳〕班固（漢書）《漢武故事》：「上起神屋，以琉璃珠玉、明月夜光，雜錯天下珍寶爲甲帳，其次爲乙帳，甲以居神，乙上自御之。」今按：「漢書」二字誤衍。

〔丁年〕李陵《答蘇武書》：「丁年奉使，皓首而歸。」李善注：「丁年，謂丁壯之年也。」

〔茂陵〕《漢書・武帝紀》：「葬茂陵。」《蘇武傳》：「上崩，武聞之，南鄉號哭，歐血。昭帝即位，漢求武等，武以元始六年春至京師，詔武奉一太牢謁武帝園廟，拜爲典屬國。」李陵《答蘇武書》：「陵謂足下當享茅土之薦，受千乘之賞，聞子之歸，賜不過二百萬，位不過典屬國。子尚如此，陵復何望哉！」

【批語】

〔一〕照結二句意起。

〔二〕帛書虛寄。

〔三〕漢節苦持。

〔四〕《説詩晬語》云：「二句與義山『此日六軍同駐馬，當時七夕笑牽牛』俱屬逆挽法，律詩得此，化板滯爲跳脱矣。」今按：語見沈德潛《説詩晬語》。《唐詩別裁集》卷十五亦引，文字略異。

〔五〕哭逝川，哭武帝也。此體子卿心事語。

【今校】

《全唐詩》卷五百八十二，「使」，注「一作史」。「斷」，注「一作落」。「劍」，注「一作蓋」。

經五丈原

温庭筠

鐵馬雲雕久絶塵，柳陰高壓漢營春。天清殺氣屯關右〔一〕，夜半妖星照渭濱〔二〕。下國卧龍空寤主〔三〕，中原得鹿不由人〔四〕。象牀寶帳無言語，從此譙周是老臣〔五〕。

【原注】

〔題〕《蜀志·諸葛亮傳》：「建興十二年春，亮悉大衆由斜谷出，據武功五丈原，與司馬宣王對於渭南。八月，卒於軍。」按：五丈原，在陝西鳳翔府郿縣西南二十五里。

〔柳陰〕次句一作「柳營高壓漢宫春」。「柳營」，見三卷王維《觀獵》。

〔關右〕本詩曾益注：「《地理志》雍州在函谷關西，一名關右。」

〔妖星〕《蜀志·諸葛亮傳》裴松之注：「《晉陽秋》曰：有星赤而芒角，自東北西南流，投於亮營，三投再還，往大還小。俄而亮卒。」

〔卧龍〕《諸葛傳》：「徐庶謂先主曰：諸葛孔明者，卧龍也。」

〔得鹿〕見一卷魏徵《述懷》。

〔譙周〕《蜀志·譙周傳》：「亮卒於敵庭，周在家聞問，即便奔赴。徙爲中散大夫，後遷光禄大夫，位亞九列。周雖不與政事，以儒行見禮，時訪大議，輒據經以對。」《蜀志·後主傳》：「景耀六年冬，鄧艾破衛將軍諸葛瞻於緜竹，用光禄大夫譙周策，降於艾。」王應麟《困學紀聞》：「君子小人之天壽，可以占世道之否泰。諸葛孔明止五十四，法孝直纔四十五，龐士元僅三十六，而年過七十者，乃奉書乞降之譙周也，天果厭漢德哉？」

【批語】

〔一〕承上。

〔二〕轉下。

〔三〕《出師》二表是也。

〔四〕天意不可知。

〔五〕誚之比於痛罵，亦深慨於天道也。

【今校】

《全唐詩》卷五百七十八，題作「過五丈原」，「過」，注「一作經」。「雕」，注「一作騅」，「久」，注「一作共」。「營」，注「一作宫」。「清」作「晴」，注「一作清」。「寤」作「誤」，注「一作寤」。「得」作「逐」，注「一作得」。「由」作「因」，注「一作由」。「寶」作「錦」，注「一作寶」。「老」，注「一作舊」。

過陳琳墓

温庭筠

曾於青史見遺文，今日飄蓬過此墳。詞客有靈應識我，霸才無主始憐君〔一〕。石麟埋没藏秋草，銅雀荒凉對暮雲〔二〕。莫怪臨風倍惆悵，欲將書劍學從軍〔三〕。

【原注】

〔題〕《魏志·王衛二劉傳》：「廣陵陳琳字孔璋，陳留阮瑀字元瑜。琳避難冀州，袁紹使典文章。袁氏敗，琳歸太祖，太祖並以琳、瑀爲司空軍謀祭酒，管記室，軍國書檄多琳、瑀所作也。」按：琳墓在今江蘇徐州府邳州。

〔石麟〕任昉《述異記》：「傳曰：秦、漢間，公卿墓以石麒麟鎮之。」

〔銅雀〕見三卷沈佺期詩。

【批語】

〔一〕原評：「『詞客』指陳，『霸才』自謂。」實則彼此互文。「應」字極兀傲，「始」字極沉痛，通首以此二語爲骨，純是自感，非弔孔璋也。

〔二〕言魏武亦難保其荒臺矣。「對」活。埋没，雙聲；荒凉，疊韻。

〔三〕儒冠流落，異代同悲，「詞客」「霸才」四字，俱結入七字中。

【今校】

《全唐詩》卷五百七十八，「蓬」，注「一作零」。「此」作「古」，注「一作此」。「始」，注「一作亦」。「秋」作「春」，注「一作秋」。

南海府罷南康阻淺行侶稍稍登陸主人燕餞至頻暮宿東溪

許渾

暗灘水落漲虛沙〔一〕，灘去秦吴萬里賒〔二〕。馬上折殘江北柳〔三〕，舟中開盡嶺南花〔四〕。離歌不斷如留客〔五〕，歸夢初驚似到家〔六〕。山鳥一聲人未起，半牀春月在天涯〔七〕。

【原注】

〔題〕《唐書·地理志》：「嶺南道廣州南海郡，江南道虔州南康郡南康。」按：南海郡，今廣東廣州府；南康縣，今屬江西南安府。東溪，一名東江，在廣東曲江縣東南雄州東南，源出南安府南大庾嶺下。

〔秦吴〕江淹《别賦》：「況秦吴兮絶國，復燕趙兮千里。」

〔折柳〕見三卷張籍《薊北旅思》。

【批語】

〔一〕阻淺。

〔二〕登陸。

〔三〕燕餞。

〔四〕見留滯之久。

〔五〕至頻。

〔六〕暮宿。

〔七〕春鳥破夢，依舊天涯，即《卧病》詩所云「夢裏還家不當歸」者也。

【今校】

《全唐詩》卷五百三十三，「暗」，注「一作晴」。「賒」，注「一作斜」。「不斷」，注「一作漸怨」。「歸」，注「一作鄉」。「到」，注「一作別」。「起」，注「一作覺」。「春」，注「一作風」。

曲江春望懷江南故人

趙　嘏

杜若洲邊人未歸〔一〕，水寒煙暖想柴扉〔二〕。故園何處風吹柳，新雁南來雪滿衣〔三〕。目極思隨原草遍〔四〕，浪高書到海門稀〔五〕。此時愁望情多少，萬里春流遶釣磯〔六〕！

【原注】

〔題〕曲江，見二卷杜甫《哀江頭》。

【批語】

〔一〕曲江。

〔二〕江南。

〔三〕柳已受風，雁猶銜雪，是眼望曲江而心在江南也。衣指雁之羽毛言，暗入懷人無迹。

〔四〕春望懷人。

〔五〕江南。

〔六〕春水東流，愁情亦如是而已。

【今校】

《全唐詩》卷五百四十九，「新」，注「一作一」。

春陰

唐彦謙

一寸迴腸百慮侵，旅愁危涕兩争禁。天涯已有銷魂别，樓上寧無擁鼻吟。感事不關河裏笛，傷心應倍雍門琴。春雲更覺愁於我，閒蓋低村作暝陰。

【原注】

〔危涕〕江淹《恨賦》：「或有孤臣危涕，孽子墜心。」李善注：「心當云危，涕當云墜，江氏愛奇，故互文以見義。」

〔銷魂別〕江淹《別賦》：「黯然銷魂者，唯別而已矣。」

〔擁鼻吟〕劉義慶《世説新語·雅量門》劉孝標注：「按：宋明帝《文章志》曰：謝安能作洛下書生詠，而少有鼻疾，語音濁。後名流多斆其詠，弗能及，手掩鼻而吟焉。」

〔河裏笛〕向秀《思舊賦序》：「余與嵇康、吕安居止接近，其後各以事見法，經其舊廬，鄰人有吹笛者。追思曩昔遊宴之好，感音而嘆，故作賦云：濟黄河以汎舟兮，經山陽之舊居。」李善注：「《漢書》曰：河内郡有山陽縣。」

〔雍門琴〕劉向《説苑·善説篇》：「雍門子周以琴見乎孟嘗君，孟嘗君曰：『先生鼓琴，亦能令文悲乎？』雍門子周曰：『雖有善鼓琴者，固未能令足下悲也。然臣之所爲足下悲者，事也，天下未嘗無事，不從則横。從成則楚王，横成則秦帝。楚王秦帝而報讎於弱薛，譬之猶摩蕭斧而伐朝菌也。千秋萬歲之後，高臺既以壞，曲池既以壍，墳墓以下而青廷矣，嬰兒豎子、樵採新蕘者蹢躅其足而歌其上，衆人見之，爲足下悲之曰：「夫以孟嘗君尊貴，乃可使若此乎？」』」於是孟嘗君泫然泣涕。雍門子周徐動宫徵，微揮羽角，切終而成曲。孟嘗涕浪汗增，欷而就之曰：『先生之鼓琴，令文若破國亡邑之人也。』」

【批語】前六句無一字露春陰，而句句是春陰意境。末二句乃倒點，開後人無限法門。

湖口送友人

李　頻

中流欲暮見湘煙，岸葦無窮接楚天〔一〕。去雁遠銜雲夢雪，離人獨上洞庭船〔二〕。風波盡日依山轉，星漢通霄向水懸〔三〕。零落梅花過殘臘，故園歸去又新年〔四〕。

【原注】〔題〕舊注：湖口，即洞庭湖。

【批語】〔一〕二句湖口。

〔二〕以去雁引起離人，言雁銜雪，已不勝寒，人登孤舟，銷魂殆甚。二句送友人。

〔三〕二句舟行晝夜之景。

〔四〕臘盡春初，可到故園，言外見己之歸期未卜也。

【今校】

《全唐詩》卷五百八十七，題作《湘口送友人》。「天」作「田」，注「一作天」。「雪」，注「一作澤」。七句注「一作回首羨君偏有我」。「去又」作「醉及」，注「一作去醉，一作去又」。

春夕旅懷

崔塗

水流花謝兩無情，送盡東風過楚城〔一〕。蝴蝶夢中家萬里，杜鵑枝上月三更。故園書動經年絶，華髮春惟滿鏡生。自是不歸歸便得，五湖煙景有誰争〔二〕？

【原注】

〔蝴蝶夢〕見一卷李白《古風》。

〔杜鵑枝〕《禽經》：「巂周，子規也。啼必北嚮，蜀右曰杜宇。」張華注：「甌越間曰怨鳥，夜啼達旦，血漬草木，啼苦則倒懸於樹。」按：又見三卷王維《送楊長史》。

〔五湖〕見前杜牧《題宣州開元寺水閣》。謝靈運《述祖德詩》：「高揖七州外，拂衣五湖裏。」

【批語】

〔一〕見不爲旅人少住也。

〔二〕三四句寫盡旅情，五句下一「動」字，六句下一「惟」字，已是路絶心窮矣。七八句忽地擺脱，自寬自慰，文心變幻。

【今校】

《全唐詩》卷六百七十九，題作《春夕》，注「一本下有旅懷二字。」「杜鵑」作「子規」，注「一作杜鵑」。「經」，注「一作多」。「絶」，注「一作别」。「惟」，注「一作移」。「滿鏡」，注「一作兩鬢」。

金陵夜泊

羅隱

冷煙輕靄傍衰叢，此夕秦淮駐斷蓬〔一〕。棲雁遠驚沽酒火〔二〕，亂鴉高避落帆風〔三〕。地銷王氣波聲急，山帶秋陰樹影空〔四〕。六代精靈人不見〔五〕，思量應在月明中〔六〕。

【原注】

〔題〕注見三卷劉禹錫詩。

〔秦淮〕徐堅《初學記·地部》：「孫盛《晉陽秋》曰：『秦始皇東遊，望氣者云五百年後金陵有天子氣，於是始皇於方山掘流，西入江，亦曰淮。今在潤州江寧縣，土俗亦號曰秦淮。』」按：在江蘇江寧府上元縣東南三里。

〔王氣〕庾信《哀江南賦·序》：「將非江表王氣終於三百年乎？」《隋書·薛道衡傳》：「郭

璞有云：『江東偏王三百年，還與中國合。』」

〔六代〕徐堅《初學記・州郡部》：「江寧縣，楚之金陵邑也。吴、晉、宋、齊、梁、陳，六代都之。」

【批語】

〔一〕默庵云：「金陵夜泊。」今按：馮舒，號默菴。語見氏著《二馮評點才調集》。

〔二〕夜。

〔三〕泊。

〔四〕上二句夜泊之景，此二句景中含情，即起末二句。

〔五〕金陵。

〔六〕夜泊。

【今校】

《全唐詩》卷六百五十六，「靄」，作「澹」，注「一作靄，一作雨」。「雁」，注「一作鳥」。「六」，注「一作數」。

綿谷迴寄蔡氏昆仲

羅隱

一年兩度錦江遊〔一〕，前值東風後值秋。芳草有情皆礙馬，好雲無處不遮樓〔二〕。

山牽別恨和腸斷，水帶離聲入夢流〔三〕。今日因君試回首，澹煙喬木隔綿州〔四〕。

【原注】

〔題〕《唐書·地理志》：「山南道利州益昌郡綿谷。」按：綿谷，今四川保寧府廣元縣。

〔錦江〕見三卷杜甫《春夜喜雨》。

〔綿州〕《唐書·地理志》：「劍南道綿州巴西郡。」

【批語】

〔一〕綿谷迴。

〔二〕分承春、秋，綽約多姿。

〔三〕二句因遠遊之況入寄懷之情。

〔四〕情韻絶佳。

【今校】

《全唐詩》卷六百六十，題作《魏城逢故人》，注「一題作綿谷迴寄蔡氏昆仲。」「江」，注「一作城」。「因君試回首」，注「一作不堪回首望」。「澹」，注「一作古」。「喬」，注「一作高」。

登夏州城樓

羅　隱

寒城獵獵戍旗風〔一〕，獨倚危欄悵望中〔二〕。萬里山川唐土地〔三〕，千年魂魄晉英雄〔四〕。離心不忍聽邊馬〔五〕，往事應須問塞鴻〔六〕。好脱儒冠從校尉，一枝長戟六鈞弓〔七〕。

【原注】

〔題〕《唐書·地理志》：「關内道夏州朔方郡中都督府，長慶四年節度使李祐築烏延、宥州、臨塞、陰河、陶子等城於蘆子關北，以護塞外。」按：今陝西榆林府。

〔獵獵〕鮑照《還都道中作》：「獵獵晚風道。」

〔晉英雄〕《晉書·赫連勃勃載記》：「赫連勃勃，匈奴右賢王去卑之後，鎮朔方，義熙三年，僭稱天王大單于，國稱大夏。」

〔校尉〕見二卷高適《燕歌行》。

〔六鈞弓〕《左傳·定公八年》：「顔高之弓六鈞。」杜預《集解》：「三十斤爲鈞。」

【批語】

〔一〕城。

〔二〕登樓。

〔三〕境臨邊塞。

〔四〕赫連勃勃所都。二句從悵望落下，一撫今，一懷古。

〔五〕頂三句。
〔六〕頂四句。
〔七〕此即班定遠「大丈夫當立功異域，安能久事筆硯」意，昭諫十上不第，故有慨乎其言之。

【今校】

《全唐詩》卷六百五十七，「川」作「河」，注「一作川」。

中秋禁直

韓偓

星斗疏明禁漏殘〔一〕，紫泥封後獨憑欄〔二〕。露和玉屑金盤冷，月射珠光貝闕寒〔三〕。天襯樓臺籠苑外，風吹歌管下雲端〔四〕。長卿祇爲長門賦，未識君臣際會難〔五〕。

【原注】

〔紫泥封〕衛宏《漢舊儀》：「皇帝六璽，皆以武都紫泥封，青囊白素裹。」李肇《翰林志》：「元和初置，書詔印學士院主之。」
〔金盤〕見前杜甫《秋興》。
〔貝闕〕《楚詞·九歌·河伯》：「魚鱗屋兮龍堂，紫貝闕兮朱宮。」王逸《章句》：「言河伯所居，以魚鱗蓋屋，紫貝作闕。」

〔長門賦〕司馬相如《長門賦·序》：「孝武皇帝陳皇后頗妒，別在長門宫，愁悶悲思，聞蜀郡成都司馬相如天下工爲文，奉黄金百斤，爲相如文君取酒，而相如爲文，以悟主上，皇后復得幸。」其詞曰：「日黄昏而望絶兮，悵獨託於空堂，懸明月以自照兮，徂清夜於洞房。」

【批語】

〔一〕中秋。

〔二〕禁直。

〔三〕二句寫景。

〔四〕二句寓情，苑外見其遠，雲端見其高，暗起結意，有神無迹。

〔五〕結出禁直之情，沉摯深厚。

亂後春日途經野塘

韓偓

世亂他鄉見落梅，野塘晴暖獨徘徊。船衝水鳥飛還住，袖拂楊花去又來。季重舊遊多喪逝，子山新賦枉悲哀。眼看朝市成陵谷，始信昆明有劫灰。

【原注】

〔季重〕吴質《答魏太子牋》：「昔侍左右，厠坐衆賢，出有微行之遊，入有管絃之懽。置酒樂飲，賦詩稱壽，自謂可終始相保，並騁材力，效節明主，何意數年之間，死喪略盡，臣獨何德以堪久長。」按：質字季重。

〔子山〕《周書·庾信傳》：「字子山，侯景作亂，信奔於江陵，來聘於我。屬大軍南討，遂留長安。信雖位望通顯，常有鄉關之思，乃作《哀江南賦》以致其意云。其詞曰：『追爲此賦，聊以記言，不無危苦之辭，唯以悲哀爲主。』」

〔劫灰〕無名氏《三輔黄圖》：「漢昆明池，武帝初，穿池得黑土，帝問東方朔，朔曰：『西域胡人知。』乃問胡人，胡人曰：『劫燒之餘灰也。』」干寶《搜神記》：「《經》云天地大劫將盡則劫燒。」

【批語】

前半野塘所見，後半亂後所感，極悲凉沉鬱之致。

【今校】

《全唐詩》卷六百八十一，「住」，注「一作止」。「又」作「卻」，注「一作又」。「有」作「是」，注「一作有」。「枉」，原注「一作極」，《全唐詩》作「極」。

憶昔

韋莊

昔年曾向五陵游〔一〕，午夜清歌月滿樓〔二〕。銀燭樹前長似晝，露桃花下不知秋〔三〕。西園公子名無忌，南國佳人字莫愁〔四〕。今日亂離俱是夢〔五〕，夕陽唯見水東流〔六〕。

【原注】

〔五陵〕見一卷岑參《登慈恩寺浮圖》。

〔午夜〕李賀《七夕詩》王琦注：「午夜謂半夜，如日午之謂。」

〔西園公子〕曹植《公讌詩》：「公子敬愛客，終宴不知疲。清夜遊西園，飛蓋相追隨。」李善注：「公子謂文帝。」

〔無忌〕殷于上云：「以當時公子縱心遊樂，故直名之爲無忌耳，非誤認曹丕爲信陵君也。」

〔南國佳人〕曹植《雜詩》：「南國有佳人，容華若桃李。」李善注：「南國，謂江南也。」

〔莫愁〕見一卷温庭筠《西洲曲》，又前沈佺期《古意》。

【批語】

〔一〕遊之地。

〔二〕遊之時。

〔三〕遊之景。程湘蘅云：「不知秋，謂不知有秋也。」

〔四〕遊之人。

〔五〕一句折轉，昔年今日，緊相呼應。

〔六〕此遭亂離而追憶昔時之作。夕陽以比衰暮，水東流言其已往也。

【今校】

《全唐詩》卷六百九十六，「下」作「里」，注「一作下」。

咸陽懷古

韋莊

城邊人倚夕陽樓，城上雲凝萬古愁。山色不知秦苑廢，水聲空傍漢宮流〔一〕。李斯不向倉中悟，徐福應無物外遊〔二〕。莫怪楚吟偏斷骨，野煙蹤跡似東周〔三〕。

【原注】

〔題〕《史記·高祖紀》司馬貞《索隱》：「按：《關中記》云：『孝公都咸陽，今渭城是，在渭北。始皇都咸陽，今城南大城是也。』名咸陽者，山南曰陽，水北亦曰陽，其地在渭水之北，又在九嵕山之南，故曰咸陽。」按：故城在今陝西西安府咸陽縣東。

〔李斯〕《史記·李斯傳》：「少年時爲郡小吏，見吏舍厠中鼠食不潔，近人犬，數驚恐之。斯入倉，觀倉中鼠食積粟，居大廡之下，不見人犬之憂。於是李斯嘆曰：『人之賢不肖譬如鼠矣，在所自處耳！』乃從荀卿學帝王之術。」

〔徐福〕《史記·秦始皇紀》：「於是遣徐市發童男女數千人，入海求僊人。」方以智《通雅·姓名類》：「徐市即徐福，市即古芾字，故與福音通。」

【批語】

〔一〕漢之宮苑，半因秦舊，四句專指秦而言。

〔二〕原評：二句言任用非人，致有識者遠遁。蓋借比也。

〔三〕此唐末傷亂之作，託其詞於懷古也，末二句自分明。勝許渾劉滄處，在五六不蹈空。

【今校】

《全唐詩》卷七百，「悟」，注「一作死」。

塞下曲

沈　彬

塞葉聲悲秋欲霜，寒山數點下牛羊。映霞旅雁隨疏雨，向磧行人帶夕陽。邊騎不來沙路失，國恩深後海城荒。胡兒向化新成長，猶自千回問漢王。

【原注】

〔題〕注見三卷李白詩。

〔牛羊〕無名氏《勅勒歌》：「勅勒川，陰山下，天似穹廬，籠蓋四野，天蒼蒼，野茫茫，風吹草低見牛羊。」

【批語】

前寫塞下之景，中言武備廢弛，結以胡兒之向化，反形邊臣之辜恩，筆意婉曲，不同粗豪一派。

【今校】

此爲三首其一。其二：「貴主和親殺氣沈，燕山閑獵鼓鼙音。旗分雪草偷邊馬，箭入寒雲落塞禽。隴月盡牽鄉思動，戰衣誰寄淚痕深。金釵謾作封侯别，劈破佳人萬里心。」其三：「月冷榆關過雁行，將軍寒笛老思鄉。二師骨恨千夫壯，李廣魂飛一劍長。戍角就沙催落日，陰雲分磧護飛霜。誰知漢武輕中國，閑奪天山草木荒。」

唐詩中聲集卷五

五言長律

早度蒲津

明皇帝

鐘鼓嚴更曙〔一〕，山河野望通。鳴鑾下蒲坂，飛旆入秦中〔二〕。地險關逾壯，天平鎮尚雄〔三〕。春來津樹合，月落戍樓空。馬色分朝景，雞聲逐曉風〔四〕。所希常道泰，非復候繻同〔五〕。

【原注】

〔題〕《唐書·地理志》：「河東道河中府河東郡。」河西有蒲津關，一名蒲坂。按：陝西同州府朝邑縣東大慶關，即古蒲津關。

〔嚴更〕張衡《西京賦》薛綜注：「嚴更督行夜鼓。」

〔秦中〕見四卷杜甫《秋興》。

〔天平〕《漢書·武五子傳》：「故天平地安，陰陽和調。」

〔候繻〕《漢書·終軍傳》：「初軍從濟南當詣博士，步入關，關吏予軍繻，軍問：『以此何爲？』吏曰：『爲復傳，還當以合符。』軍曰：『大丈夫西遊，終不復傳還。』棄繻而去。」注：「張晏曰：『繻，音須，書帛裂而分之，若券契矣。』蘇林曰：『繻，帛邊也。舊關出入皆以傳，傳煩，因裂繻頭，合以爲符信也。』」

【批語】

〔一〕早。

〔二〕度。朱子云：「二語可識天子氣象。」

〔三〕蒲津關。

〔四〕鍾云：「四事寫早度之景，有響有光。」「戍樓空」言守備不事，所謂道泰也。今按：語見《唐詩歸》卷六。原無「寫早度之景」五字。

〔五〕以久安長治自勵。結言關門無阻，不必候繻以爲信也。莊重謹嚴，王半山《百家詩選》取以壓卷。

【今校】

《全唐詩》卷三，「來」，注「一作深」。「候」，注「一作俟，又作棄」。

西使兼送孟學士南遊

盧照鄰

地道巴陵北〔一〕，天山弱水東〔二〕。相看萬餘里，共倚一征蓬〔三〕。零雨悲王粲〔四〕，清尊別孔融〔五〕。徘徊聞夜鶴，悵望待秋鴻〔六〕。骨肉胡秦外，風塵關塞中〔七〕。唯餘劍鋒在，耿耿氣成虹〔八〕。

【原注】

〔地道〕《水經·湘水》酈道元注：「君山有石穴，潛通吳之包山，郭景純所謂巴陵地道者也。」按：巴陵，見七卷賈至《泛洞庭湖》。

〔天山〕見二卷岑參《白雪歌》。

〔弱水〕《書·禹貢》：「弱水既西。」按：源出甘肅甘州府山丹縣西南窮石山。

〔王粲〕王粲《贈蔡子篤詩》：「風流雲散，一別如雨。」

〔孔融〕《後漢書·孔融傳》：「性寬容好士，喜誘益後進，賓客日盈其門，常嘆曰：『坐上客恒滿，尊中酒不空。吾無憂矣。』」

〔胡秦〕蘇武《古詩》：「骨肉緣枝葉，結交亦相因。四海皆兄弟，誰爲行路人。況我連枝樹，與子同一身。昔者長相近，邈若胡與秦。」

〔耿耿〕宋玉《大言賦》：「長劍耿耿倚天外。」崔豹《古今注·輿服類》：「吴大皇帝有寶劍六，一曰白虹。」

【批語】

〔一〕南遊。

〔二〕西使。

〔三〕總承。

〔四〕自謂。

〔五〕孟學士。

〔六〕二句別情。徘徊、悵望，疊韻。

〔七〕離家遠行，慨嘆起下。

〔八〕自許作結，一氣承接，起語尤雄渾。

【今校】

《全唐詩》卷四十二，「倚」，注「一作以」。

送秘書晁監還日本

王維

積水不可極，安知滄海東〔一〕。九州何處遠〔二〕，萬里若乘空〔三〕。向國唯看日，歸帆但信風〔四〕。鰲身映天黑，魚眼射波紅〔五〕。鄉樹扶桑外，主人孤島中〔六〕。别離方異域，音信若爲通〔七〕。

【原注】

〔題〕《唐書·東夷傳》：「日本，倭奴也。在海中島而居。使者自言，國近日所出，以爲名。長安元年，遣朝臣真人粟田貢方物。開元初，粟田復朝，其副朝臣仲滿慕華不肯去，易姓名曰朝衡，久乃還。」按：晁，音潮，古與朝通。

〔積水〕《荀子·儒效篇》：「積水而爲海。」

〔九州〕《史記·孟子荀卿傳》：「中國名曰赤縣神州，内自有九州，禹之序九州是也，不得爲州數。中國外如赤縣神州者九，乃所謂九州也。」

〔鼇身〕《列子·湯問篇》：「渤海之東有大壑焉，名曰歸墟，其中有五山焉，常隨潮波上下往還，帝恐流於西極，使巨鼇十五舉首而戴之，五山始峙。」

〔魚眼〕《大智度論》：「昔有五百估客下海採寶，值摩伽羅魚王開口，見三日出，一是實日，兩是魚眼。」

〔扶桑〕《淮南子·天文訓》：「日出於暘谷，拂於扶桑。」東方朔《海内十洲記》：「扶桑在東海之東岸，東復有碧海，地多林木，葉皆如桑，長者數千丈，樹兩兩同根偶生，更相依倚，是以名爲扶桑。」

【批語】

〔一〕日本。發端突兀得勢，以下直如破竹。

〔二〕九州以外無更有遠於是者。

〔三〕承出「還」字。

〔四〕二句正寫還日本。

〔五〕二句海中之景。

〔六〕二句還後，主人即指晁監。

〔七〕以送别之情結。李雨村云：「『若爲』猶云『如何』也。」奇警稱題。

【今校】

《全唐詩》卷一百二十七，詩前有序：「舜覲羣后，有苗不格。禹會諸侯，防風後至。動干戚之舞，興斧鉞之誅。乃貢九牧之金，始頒五瑞之玉。我開元天地大寶聖文神武應道皇帝，大道之行，先天布化。乾元廣運，涵育無垠。若華爲東道之標，戴勝爲西門之候。豈甘心於筇杖，非徵貢於包茅。亦由呼耶來朝，舍於葡萄之館；卑彌遣使，報以蛟龍之錦。犧牲玉帛，以將厚意。服食器用，不寶遠物。百神受職，五老告期。況乎戴髮含齒，得不稽顙屈膝。海東國，日本爲大。服聖人之訓，有君子之風。正朔本乎夏時，衣裳同乎漢制。歷歲方達，繼舊好於行人；滔天無涯，貢方物於天子。同儀加等，位在王侯之先。掌次改觀，不居蠻夷之邸。我無爾詐，爾無我虞。彼以好來，廢關弛禁。上敷文教，虛至實歸。故人民雜居，往來如市，晁司馬結髮遊聖，負笈辭親。問禮於老聃，學詩於子夏。魯借車馬，孔丘遂適於宗周；鄭獻縞衣，季札始通於上國。名成太學，官至客卿。必齊之姜，不歸娶於高國；在楚猶晉，亦何獨於由余。遊宦三年，願以君羹遺母；不居一國，欲其晝錦還鄉。莊舄既顯而思歸，關羽報恩而終去。於是稽首北闕，裹足東轅。篋命賜之衣，懷敬問之詔。金簡玉字，傳道經於絶域之人。方鼎彝尊，致分器於異姓之國。琅琊臺上，回望龍門；碣石館前，夐然鳥逝。鯨魚噴浪，則萬里倒回；鷁首乘雲，則八風却走。扶桑若薺，鬱島如萍。沃白日而簸三山，浮蒼天而吞九域。黄雀之風動地，黑蜃之氣成雲。淼不知其所之，何相思之可寄。嘻！去帝鄉之故舊，謁本朝之君臣。詠七子之詩，佩兩國之印。恢我王度，諭彼蕃臣。三寸猶在，樂毅辭燕而未老；十年在外，信陵歸魏而逾尊。子其行乎，余贈言者。」「遠」作「還」，注「一作所」。「帆」，注「一作途」。「魚」，注「一作蜃」。詩末注：「姚合稱此詩及送丘爲下第、觀獵三首，爲詩家射鵰手。而以此篇壓卷。」

送柴司户充劉卿判官之嶺外

高　適

嶺外資雄鎮，朝端寵節旄〔一〕。月卿臨幕府〔二〕，星使出詞曹〔三〕。海對羊城闊，山連象郡高〔四〕。風霜驅瘴癘，忠信涉波濤〔五〕。别恨隨流水，交情脱寶刀〔六〕。有才無不適，行矣莫徒勞〔七〕。

【原注】

〔題〕《後漢書·馬援傳》：「交阯女子徵側寇略嶺外六十餘城。」《唐書·地理志》：「嶺南道，蓋古揚州之南境，漢南海、鬱林、蒼梧、珠崖、儋耳、交趾、合浦、九真、日南等郡。」

〔月卿〕《書·洪範》：「卿士惟月。」孔安國傳：「卿士各有所掌，如月之有别。」

〔幕府〕《史記·廉頗藺相如傳》司馬貞《索隱》：「崔浩云：『古者出征爲將帥軍，還則罷，理無常處，以幕帟爲府署，故曰幕府。』」

〔星使〕《晉書·天文志》：「流星天使也。」又「畢附耳南八星曰天節，主使臣之所持者也。」

〔詞曹〕《晉書·羊祜傳》：「荆州人爲祜諱名，屋室皆以門爲稱，改户曹爲詞曹焉。」

〔羊城〕樂史《太平寰宇記》：「《續南越志》云：『舊説有五仙人騎五色羊至，至今呼五羊城。』按：今廣東廣州府城。」

〔象郡〕按：象郡，今廣東廉州、雷州、廣西懷遠、太平諸府及越南國皆是。注見四卷柳宗元《登柳州城樓》。

〔風霜〕孔稚圭《北山移文》：「風情張日，霜氣橫秋。」

〔瘴癘〕《吳志·陸胤傳》：「蒼梧、南海，歲有癘風障氣之害。」按：原作「舊風」，此從類書引改。障，本山嵐之氣，後乃轉爲「瘴」字。

〔忠信〕《家語·致思篇》：「孔子自衛反魯，息駕於河梁而觀焉。有懸水三十仞，圜流九十里，有一丈夫，方將厲之，孔子使人並涯止之，丈夫不以措意，遂度而出。孔子問之曰：『巧乎？有道術乎？』丈夫對曰：『始吾之入也，先以忠信，及吾之出也，又從以忠信，忠信措吾軀於波流，而吾不敢以用私，所以能入而復出也。』孔子謂弟子曰：『二三子識之，水且猶可以忠信成身親之，而況於人乎？』」

〔寶刀〕《晉書·王祥傳》：「初吕虔有佩刀，工相之，以爲必登三公，可服此刀。虔謂祥曰：『苟非其人，刀或爲害，卿有公輔之量，故以相與。』」

【批語】

〔一〕唐云：「以嶺外冒起，言雄鎮爲嶺外所重，節旄爲朝廷所寵。」今按：語見《唐詩解》卷四十九。原作：「嶺外之使劉鄉當行，時有所避，則以司户充判官而往。故言鎮爲嶺外所重，節爲朝廷所寵」。

〔二〕劉卿。
〔三〕司户充判官。
〔四〕承嶺外。
〔五〕承之嶺外。
〔六〕二句送。
〔七〕勉慰作結。

【今校】

《全唐詩》卷二百十四，題中「卿」，注「一作鄉」。

早秋與諸子登虢州西亭觀眺

岑參

亭高出鳥外〔一〕，客到與雲齊〔二〕。樹點千家小，天圍萬嶺低〔三〕。殘虹挂陝北，急雨過關西〔四〕。酒榼緣青壁，瓜田傍緑溪〔五〕。微官何足道，愛客且相携〔六〕。唯有鄉園處，依依望不迷〔七〕。

【原注】

〔題〕《唐書·地理志》：「河南道虢州弘農郡。」按：今河南陝州靈寶縣爲唐虢州治，函谷關在其南。

〔酒榼〕許慎《説文解字》：「榼，酒器也。從木盍聲。」

〔青壁〕左思《吴都賦》張銑注：「青壁，山壁色青也。」

【批語】

〔一〕西亭。

〔二〕登。起手如高山墜石，令人驚絶。

〔三〕承高字。

〔四〕雄闊。

〔五〕四句早秋登眺，上二寫景之遠，此二紀地之幽。

〔六〕二句言居官不如同群之樂。

〔七〕以望故鄉結，思日與同人徜徉山水間也。

送儲邕之武昌

李白

黄鶴西樓月，長江萬里情。春風三十度，空憶武昌城〔一〕。送爾難爲別，銜杯惜未傾〔二〕。湖連張樂地，山逐泛舟行〔三〕。諾爲楚人重，詩傳謝朓清〔四〕。滄浪吾有曲，寄入棹歌聲〔五〕。

【原注】

〔題〕注見一卷温庭筠《西洲曲》。

〔黄鶴樓〕見四卷崔顥詩。

〔張樂〕《莊子·外篇·天運》：「帝張咸池之樂於洞庭之野。」

〔諸重〕見一卷魏徵《述懷》。

〔詩清〕《齊書·謝朓傳》：「字玄暉，文章清麗，長五言詩，沈約嘗云『二百年來無此詩』也。」

謝朓《新亭渚别范零陵詩》：「洞庭張樂地，瀟湘帝子遊。雲去蒼梧野，水還江漢流。」

【批語】

〔一〕王翼雲云：「先自言憶武昌，反將送友意入中間，此少陵所謂『飄然不羣』者。」今按：語見《古唐詩合解》卷十二。原詩末評作：「此詩前解止寫懷武昌，反將送友意入中解。」四句下云：「此解才情勝而不拘格律，子美所云『飄然思不群』者，此類是也。」

〔二〕二句送儲。

〔三〕二句紀所經之地，所見之景。

〔四〕二句言邕之武昌，亦必如季布、玄暉也。

〔五〕應起處結。沈云：「以古風起法，運作長律，仙才不拘繩墨乃爾。」今按：語見《唐詩別裁集》卷十七。「起結」原作「起法」，「仙才」原作「太白天才」。

【今校】

《全唐詩》卷二百七十七，「西」，注「一作高」。

謁先主廟

杜　甫

慘澹風雲會，乘時各有人〔一〕。力侔分社稷〔二〕，志屈偃經綸〔三〕。復漢留長策，中原仗老臣。雜耕心未已，歐血事酸辛〔四〕。霸氣西南歇，雄圖歷數屯。錦江元過楚，劍閣復通秦〔五〕。舊俗存祠廟，空山立鬼神。虛簷交鳥道〔六〕，枯木半龍鱗〔七〕。竹送清溪月，苔移玉座春〔八〕。閭閻兒女換，歌舞歲時新〔九〕。絶域歸舟遠，荒城繫馬頻。如何對搖落，況乃久風塵。孰與關張并，功臨耿鄧親。應天才不小，得士契無隣。遲暮堪帷幄，飄零且釣緡。向來憂國淚，寂寞灑衣巾〔十〕。

【原注】

〔題〕舊注：「廟在四川夔州府奉節縣東六里。」

〔復漢〕諸葛亮《出師表》：「興復漢室，還於舊都。」

〔中原〕又：「當獎帥三軍，北定中原。」

〔雜耕〕《蜀志・諸葛亮傳》：「與司馬宣王對於渭南，亮每患糧不繼，是以分兵屯田，爲久住之基。耕者雜於渭濱居民之間，而百姓安堵，軍無私焉。」

〔歐血〕又裴松之注：「《魏書》曰：『亮糧盡勢窮，憂恚嘔血，一夕燒營遁走，入谷，道發病卒。』臣松之以爲，亮在渭濱，魏人躡跡，勝負之形，未可測量，而云嘔血，蓋因亮自亡而自誇大也。」

〔錦江〕見三卷《春夜喜雨》。

〔劍閣〕見二卷李白《蜀道難》。

〔玉座〕謝朓《同謝諮議銅雀臺》詩：「玉座猶寂寞。」

〔關張〕《蜀志・關張傳》：「關羽、張飛皆稱萬人之敵，爲世虎將。」

〔耿鄧〕《後漢書・耿弇傳》：「字伯昭，光武即位，拜弇爲建威大將軍，建武二年，更封好時侯。」《鄧禹傳》：「字仲華，建武十三年，天下平定，諸功臣皆增户邑，定封禹爲高密侯。」

〔應天〕《蜀志・先主傳》：「譙周等上言：臣聞聖王先天而不違，後天而奉天時，願大王應天順民，速即洪業，以寧海内。」

〔得士〕《蜀志・諸葛亮傳》：「於是與亮情好日密，關羽、張飛等不悦，先主解之曰：『孤之有孔明，猶魚之有水也。願諸君勿復言。』」〔帷幄〕《鄧析子·無厚篇》：「廟算千里帷幄之奇。」《漢書·高帝紀》：「上曰：『夫運籌帷幄之中，決勝千里之外，吾不如子房。』」

【批語】

〔一〕言爾時立國者，各有人才，直呼後半「孰」字。

〔二〕起「復漢」二句。

〔三〕起「雜耕」二句。開局雄渾賅括。

〔四〕四句言任用武侯。

〔五〕四句傷漢運已終，而見併於晉。

〔六〕謂廟在山中。

〔七〕鳥道，疊韻；龍鱗，雙聲。

〔八〕含「新」字「换」字。

〔九〕言人代數易而歲享不絕。八句還題。

〔十〕此因謁廟而自抒懷抱也。言今風塵未靖，寄闖無人，使有英主應天而出，得士相契，則吾雖遲暮猶堪共謀帷幄，無如飄零不偶，所以憂國之淚不能自已也。仇滄柱云：「以弔古之情，寫用世之志，激昂悲壯，感慨淋漓。」今按：仇語見《杜詩詳注》卷十五。原作：「此篇若無起段之激昂悲壯，則開端少力量；若無後段之感慨淋漓，則收結少精神。能以弔古之情，寫用世之志。」

浦山偷云：「前路須注定先主委心於一德之臣，若單粘武侯著解，便顧子失母。」今按：語見《讀杜心解》卷五之三。原作：「舊説此詩，前後都黏定武侯身上著解。此固先主廟也，不爲顧子失母乎？其以君臣契合立論者，總由世亂身窮，慨得時遇主之難。而先主能委心一德，是可興感也。」

【今校】

《全唐詩》卷二百二十九，題下注「劉昭烈廟，在奉節東六里」。八句下注：「雜耕、嘔血皆諸葛亮事。」「立」，注「一作泣」。「交」，注「一作扶」。「道」，注「一作過」。「清」，注「一作青」。「孰」，注「一作勢」。「應」，注「一作繼」。「土」，注「一作土」。

行次昭陵

杜甫

舊俗疲庸主，羣雄問獨夫。讖歸龍鳳質，威定虎狼都〔一〕。天屬尊堯典〔二〕，神功協禹謨〔三〕。風雲隨絶足，日月繼高衢。文物多師古，朝廷半老儒。直詞寧戮辱，賢路不崎嶇〔四〕。往者災猶降，蒼生喘未蘇。指麾安率土，盪滌撫洪鑪〔五〕。壯士悲陵邑，幽人拜鼎湖〔六〕。玉衣晨自舉，鐵馬汗常趨〔七〕。松柏瞻虚殿〔八〕，塵沙立暝途〔九〕。

寂寥開國日，流恨滿山隅〔十〕。

【原注】

〔題〕《唐書·高宗紀》：「貞觀二十三年八月，葬文皇帝於昭陵。」按：在今陝西西安府醴泉縣東北。《全唐詩》題下注：「唐太宗昭陵在醴泉縣九嵕山西北。時甫詔許之鄜州視家，道里所經。」

〔龍鳳質〕《唐書·太宗紀》：「方四歲，有書生謁高祖，及見太宗，曰：『龍鳳之姿，天日之表，其年幾冠，必能濟世安民。』」

〔虎狼都〕顧炎武《日知録》：「『威定虎狼都』句注引《蘇秦傳》『秦虎狼之國』，甚爲無理。此乃用《秦本紀贊》：『據狼弧，蹈參伐。』參爲白虎，秦之分星也。」按：舊注：太宗得天下，根本在先據關中。

〔天屬〕《莊子·外篇·山木》：「林回棄千金之璧，負赤子而趨，彼以利合，此以天屬也。」

〔絶足〕孔融《薦禰衡表》：「飛兔騕褭，絶足奔放。」

〔高衢〕王粲《登樓賦》李善注：「高衢，大道也。」

〔洪鑪〕《後漢書·何進傳》：「此猶鼓洪爐，燎毛髮耳。」

〔陵邑〕班固《西都賦》：「三選七遷，充奉陵邑。」

〔鼎湖〕《史記·封禪書》：「黄帝采首山銅，鑄鼎於荆山下。鼎既成，有龍垂胡髯下迎黄帝，黄帝上騎，羣臣後宫從上者七十餘人。故後世因名其處曰鼎湖。」

〔玉衣〕《列子·周穆王篇》：「日日獻玉衣。」《漢書·霍光傳》：「光薨，賜玉衣。」注：「師古曰：漢儀注以玉爲襦，如鎧狀連綴之，以黄金爲縷。」

〔鐵馬〕陸倕《石闕銘·序》李善注：「鐵馬，鐵甲之馬。」

〔松柏〕班固《白虎通義》：「《春秋含文嘉》曰：『天子墳高三仞，樹以松，諸侯半之，樹以柏。』」

【批語】

〔一〕「庸主」「獨夫」謂隋煬帝，「羣雄」謂李密、竇建德輩。隋主昏庸，羣雄割據，唐宗受命，四語包括何等筆力。

〔二〕以高祖禪位言。

〔三〕太宗樂有九功舞。

〔四〕六句言從龍之盛，復旦之休，稽古右文，聽言造士，無美不臻，賅一部《貞觀政要》。浦云：「此段正與首句對照，蓋至是一起舊俗之疲也。」戮辱，疊韻；崎嶇，雙聲。今按：浦語見《讀杜心解》卷五之一。前文「言從龍之盛」以下，亦是浦評。

〔五〕四句言隋末之災再見於天寶，安得太宗靈祐，指麾盪滌之。

〔六〕點陵。

〔七〕沈云：「二語猶《楚詞》所云『神之來兮夾兩旗』，言神靈陟降也。」今按：語見《唐詩別裁集》卷十七。「楚詞」作「騷」。

〔八〕行次。

〔九〕言徘徊不能去。

〔十〕嘆無人能繼太宗之功也。楊西河云：「前半裔皇典重，後半沉鬱悲涼，是以正雅之體裁，寫變雅之情緒者。」今按：楊倫，字西河。語見《杜詩鏡銓》卷四。「前半」下，原有「頌昭陵」三字。「後半」下，原有「慨時事」三字。「是」上原有「當」字。「也」原作「者」。

【今校】

《全唐詩》卷二百二十五，五句下注：「唐高祖謚神堯，以其傳位如讓禪也。」「絶」，注「一作逸」。「繼」，注「一作享」。「鐵」，注「一作石」。二十句下注：「潼關之戰，賊兵時見黃旗軍掠陣，是日奏昭陵前石人馬俱流汗。」「虛」，注「一作靈」。「暝」，注「一作暗」。

重經昭陵

杜　甫

草昧英雄起，謳歌曆數歸。風塵三尺劍，社稷一戎衣〔一〕。翼亮貞文德，丕承戢武威。聖圖天廣大，宗祀日光輝〔二〕。陵寢盤空曲，熊羆守翠微〔三〕。再窺松柏路〔四〕，還見五雲飛〔五〕。

【原注】

〔三尺劍〕《史記·高祖紀》：「吾以布衣提三尺劍取天下，此非天命乎？」

〔翼亮〕石崇《大雅吟》：「啓土萬里，志在翼亮，三分有二，周文是尚。」

〔陵寢〕《續漢書·祭祀志》：「古不墓祭，漢諸陵皆有園寢，説者以爲古有二宗廟，前制廟，後制寢，秦始出寢起於墓側，漢因而弗改。」

〔熊羆〕《書·康王之誥》：「則亦有熊羆之士。」按：詩指守陵之軍士言。

〔翠微〕見一卷李白《下終南山》。

〔五雲〕葛洪《西京雜記》：「仲舒曰：太平之世，雲則五色而爲慶，三色而成矞。」《宋書·符瑞志》：「宋明帝太始四年，宣太后陵明堂，前後數有光及五色雲。」

【批語】

〔一〕四句言武功定天下，專詠太宗也。

〔二〕上言創業，此言垂統。浦云：「四句，兩句轉意。『貞文』、『戢武』，神注子孫之晏安致禍。『聖圖』、『宗祀』，神注今日之光復舊物。」今按：語見《讀杜心解》卷五之二。原作：「中四，則兩句轉意。其言『貞文』、『神武』，神注子孫之晏安致禍矣。故曰『丕承』，指後代言也。其言『聖圖』『宗祀』，神注今日之光復舊物矣。故曰『圖』曰『祀』，言靈長也。」

〔三〕點陵。

〔四〕點重經。

〔五〕俞旅農云：「前篇傷亂，此篇望治，故以五雲爲結，即五陵佳氣，無時無意。」今按：語見浦起龍《讀杜心解》卷五之二。

【今校】

《全唐詩》卷二百二十五，「見」，注「一作有」。

投贈哥舒開府翰二十韻

杜　甫

今代麒麟閣，何人第一功。君王自神武，駕馭必英雄〔一〕。開府當朝傑，論兵邁古風。先鋒百勝在，略地兩隅空。青海無傳箭，天山早挂弓。廉頗仍走敵，魏絳已和戎〔二〕。每惜河湟棄，新兼節制通。智謀垂睿想，出入冠諸公。日月低秦樹〔三〕，乾坤邊漢宫〔四〕。胡人愁逐北，宛馬又從東〔五〕。受命邊沙遠，歸來御席同。軒墀曾寵鶴，畋獵舊非熊。茅土加名數，山河誓始終。策行遺戰伐，契合動昭融〔六〕。勳業青冥上，交親氣概中〔七〕。未爲珠履客，已見白頭翁〔八〕。壯節初題柱，生涯獨轉蓬。幾年春草歇〔九〕，今日暮途窮〔十〕。軍事留孫楚，行間識吕蒙〔十一〕。防身一長劍，將欲倚崆峒〔十二〕。

【原注】

〔題〕《唐書·哥舒翰傳》：「天寶十一載，加開府儀同三司。」

〔麒麟閣〕《漢書·蘇武傳》：「甘露三年，上思股肱之美，乃圖畫其人於麒麟閣，法其形貌，署其官爵姓名。」

〔「先鋒」二句〕《唐書·哥舒翰傳》：「游河西，事節度使王倕。倕攻沂城，使翰經略，王忠嗣更使討吐蕃，遷左衛郎將。吐蕃盜邊，與翰遇苦拔海，翰持半段槍迎擊，所嚮輒披靡，擢授右武衛將軍，副隴右節度，吐蕃以五千騎入塞，翰自城中馳至，虜駭走，追北，悉殺之，隻馬無還者。」按：兩隅，謂河西、隴右。

〔青海〕《哥舒翰傳》：「築神威軍青海上，吐蕃攻破之，更築於龍駒島，謫罪人二千戍之，由是吐蕃不敢近青海。」按：《舊注》：寇兵起，則傳箭爲號。

〔天山〕《唐書·地理志》：「隴右道西州交河郡，有天山軍，開元二年置。」按：挂弓，猶言櫜弓也。

〔廉頗〕《史記·廉頗傳》：「廉頗爲趙將，伐齊大破之，取陽晉，攻魏之防陵、安陽，拔之，大破燕軍於鄗，殺栗腹。」

〔魏絳〕《左傳·襄公四年》：「無終子嘉父使孟樂如晉，因魏莊子納虎豹之皮，以請和諸戎。魏絳曰：『和戎有五利焉。』公説，使魏絳盟諸戎。」

〔河湟〕《唐書・吐蕃傳》：「吐蕃，本西羌屬，蓋百有五十種，散處河湟江岷間。」《中宗紀》：「景龍四年，以河源九曲予吐蕃。」

〔節制〕《哥舒翰傳》：「進封涼國公，兼河西節度使。攻破吐蕃洪濟、大莫門等城，收黃河九曲，以其地置洮陽郡。」

〔宛馬〕《史記・大宛傳》：「宛有善馬在貳師城，匿不肯與漢使，天子既好宛馬，拜李廣利爲貳師將軍，伐宛，宛乃出其善馬，令漢自擇之。」漢樂府《天馬歌》：「經千里，循東道。」

〔御席〕《哥舒翰傳》：「翰素與安禄山、安思順不平，帝每欲和解之，會三人俱來朝，帝使驃騎大將軍高力士宴城東。」

〔「軒墀」二句〕《左傳・閔公二年》：「衛懿公好鶴，鶴有乘軒者。」《史記・齊太公世家》：「西伯將軍出獵，卜之，曰『所獲非龍非彲，非虎非羆；所獲霸王之輔』。果遇太公於渭之陽。」《宋書・符瑞志》：「王將畋，史徧卜之曰：『將大獲，非熊非羆。』」按：牧齋云：「寵鶴以衛懿諷玄宗，言禄山、思順，軒墀之鶴耳。豈如翰爲文王畋獵之非熊乎？」義門云：「軒鶴、畋熊，皆指翰言之，只敘寵眷，非所刺，六朝用事皆然。」韓子蒼云：「軒墀誤，當作軒車。」

〔茅土〕《逸周書・作雒解》：「乃建大社於國中。其壝，東青土，南赤土，西白土，北驪土，中央舋以黃土。將建諸侯，鑿取其方一面之土，燾以黃土，苴以白茅，以爲土封。」孔晁注：「燾，覆也。茅苴裹土封之爲社也。」

〔名數〕《漢書·高帝紀》：「不書名數。」注：「師古曰：名數，謂户籍也。」

〔山河〕《史記·高祖功臣侯年表》：「封爵之誓曰：『使河如帶，泰山若厲。國以永寧，爰及苗裔。』」《哥舒翰傳》：「進封西平郡王，賜音樂田園，又賜一子五品官。」

〔朱履客〕《史記·春申君傳》：「春申君客三千餘人，其上客皆躡珠履。」

〔題柱〕常璩《華陽國志·蜀志》：「城北十里有昇仙橋，司馬相如初入長安，題市門曰：『不乘赤車駟馬，不過汝下也。』」按：《太平御覽·地部》引作「題橋柱曰：不乘駟馬高車，不復過此橋」。

〔轉蓬〕曹植《雜詩》：「轉蓬離本根，飄颻隨長風。」

〔孫楚〕《晉書·孫楚傳》：「楚後遷佐著作郎，復參石苞驃騎軍事。」

〔吕蒙〕《吴志·吴主傳》：「納魯肅於凡品，是其聰也；拔吕蒙於行陣，是其明也。」

〔長劍〕宋玉《大言賦》：「長劍耿耿倚天外。」

〔崆峒〕《唐書·地理志》：「隴右道岷州和政郡溢樂，本臨洮，西有崆峒山。按：溢樂，今岷州，屬甘肅鞏昌府，唐時正當吐蕃出入之路。

【批語】

〔一〕起四句尊帝，簡得體，有高屋建瓴之勢。

〔二〕以上括翰大概，以下另提大事説。

〔三〕言朝廷清明。

〔四〕言四方效順。

〔五〕十六句頌勳伐。

〔六〕言册命之行，自有獨契天心處，不徒以戰功顯也。舊注：昭融，天也。八句紀錫命。

〔七〕結上。

〔八〕轉下。

〔九〕言年光虚擲。

〔十〕以上陳情。

〔十一〕二句謂文武惟所驅策耳。

〔十二〕氣岸不凡，首尾工力悉敵。胡元瑞云：「闔闢馳驟，如飛龍行雲，鱗鬣爪甲，自中矩度。又如淮陰用兵，百萬掌握，變化無方，極長律之能事。」今按：胡應麟，字元瑞。語見《詩藪》卷四。「極長律之能事」原作「雖時有險樸，無害大家。」

【今校】

《全唐詩》卷二百二十四，詩前有序：「翰乃突騎施首領哥舒部落之裔。蕃人多以部落爲氏。初爲王忠嗣衙將，後代爲節度，屢著功河西，進封平西郡王。」「麒麟」，注「一作騏驎」。「勝」，注「一作戰」。「略地」，注「一作妙略」。「無」，注「一作飛」。「睿」，注「一作眷」。「邊沙」，注「一作軍麾」。「遺」，注「一作宜」。「見」，注「一作是」。「軍事」兩句，注「一作鄉曲輕周處，將軍拔呂蒙」，下注：「嚴武、高適輩皆共軍事，魯炅、曲環輩皆其部將。」末二句，注「一作腰間有長劍，聊欲倚崆峒」。

有感

李商隱

其一

九服歸元化，三靈叶睿圖。如何本初輩，自取屈氂誅〔一〕。有甚當車泣，因勞下殿趨。何成奏雲物，直是滅萑苻〔二〕。證逮符書密，辭連性命俱〔三〕。竟緣尊漢相，不早辨胡雛〔四〕。鬼籙分朝部，軍烽照上都〔五〕。敢云堪痛哭，未免怨洪爐〔六〕。

【原注】

〔題〕自注：「乙卯年有感，丙辰年詩成。」《唐書·李訓傳》：「質狀魁梧，敏於辯論，多大言，坐武昭獄，流象州。文宗嗣位，更赦還，厚結鄭注，注喜，介之謁王守澄。善遇之，並薦於帝。訓起流人，一歲至宰相，謂遭時，其志可行，欲先誅宦豎，意果而謀淺。天子以爲然。十一月壬戌，帝御紫宸殿，韓約奏甘露降金吾左仗樹，帝顧中尉仇士良、魚志弘等驗之，宦人至仗所，會風動廡幕，見執兵者，士良等驚出走，訓急連呼金吾兵縱擊，宦官死者數十人。會士良遣神策副使劉泰倫等率衛士五百挺兵出，所值殺捕訓黨千餘人。王涯實不知謀，既而士良白涯與訓謀逆，將立鄭注，帝逼宦官。於是，下詔暴訓、涯等罪，皆腰斬梟首以徇。」按：事在文宗太和九年。

〔九服〕《周禮·夏官·職方氏》：「乃辨九服之邦國。」按：九服，即大司馬之九畿也。

〔三靈〕揚雄《羽獵賦》：「方將上獵三靈之流。」李善注：「如淳曰：三靈，日、月、星，垂象之應也。」

〔本初〕《後漢書·何進傳》：「進素知中官天下所疾，陰規誅之。袁紹亦素有謀，因進親客張津勸之，遂與紹定籌。策頗泄，張讓乃率常侍段珪、畢嵐等數十人持兵斬進於嘉德殿前，紹遂閉北宫門，勒兵捕宦者，無少長皆殺之。」按：本初，紹字。

〔屈氂〕《漢書·劉屈氂傳》：「是時治巫蠱獄急，内者令郭穰告丞相夫人，使巫祠社，祝詛主上，及與貳師共禱祠，欲令昌邑王爲帝。有詔載屈氂廚車以徇，要斬東市。」按：氂，林移切，音離。

〔當車泣〕《漢書·袁盎傳》：「上朝東宫，趙談驂乘，盎伏車前曰：『陛下獨奈何與刀鋸之餘共載？』於是上笑，下趙談，談泣下車。」按：馮孟亭云：「盎止令談泣而下車，今訓之用意大有甚也。」

〔下殿趨〕《後漢書·虞詡傳》：「時中常侍張防特用權執，每請託受取，詡輒案之，防流涕訴帝，詡坐論輸左校，宦者孫程、張賢等乃相率奏曰：『常侍張防臧罪明正，反構忠良。今客星守羽林，其占宫中有姦臣，宜急收防送獄，以塞天變。』時防立在帝後，程乃叱防曰：『何不下殿？』防不得已，趨就東箱。」按：馮云：「以趨就東廂，比士良等至左仗也。」

〔雲物〕《左傳·僖公五年》：「凡分至啓閉，必書雲物爲備故也。」杜預《集解》：「雲物，氣色災變也。」

〔萑苻〕《左傳·昭公二十年》：「興徒兵以攻萑苻之盜，盡殺之。」按：謂詭稱甘露，實欲聚而殺之也。萑苻，音完蒲，澤名。

〔漢相〕《漢書·王商傳》：「身體鴻大，容貌甚過絶人。單于來朝，大畏之，天子聞而嘆曰：『此真漢相矣。』」

〔胡雛〕《晉書·石勒載記》：「年十四，倚嘯上東門，王衍見而異之，顧謂左右曰：『向者胡雛，吾觀其聲視有奇志，恐將爲天下之患。』馳遣收之，會勒已去。」

〔洪爐〕《莊子·内篇·大宗師》：「今以天地爲大鑪，以造化爲大冶。」

【批語】

〔一〕紀云：「四句言人心天命猶然在唐，雖宦官操柄，未遽有宗社之憂，何必自取誅夷。」今按：見《李商隱詩歌集解》引，「四句」作「起二句」，字句有異同。

〔二〕四句敘當日之變。

〔三〕二句言蔓累之慘。

〔四〕二句點明誤任匪人之過。

〔五〕總束上文。

〔六〕田簣山云：「歸禍於天，風人之旨。」

其二

丹陛猶敷奏，彤庭欻戰爭〔一〕。臨危對盧植，始悔用龐萌〔二〕。御仗收前殿〔三〕，兇徒劇背城〔四〕。蒼黃五色棒〔五〕，掩遏一陽生〔六〕。古有清君側，今非乏老成。素心雖未易，此舉太無名〔七〕。誰瞑銜冤目〔八〕，寧吞欲絶聲〔九〕。近聞開壽讌，不廢用咸英〔十〕。

【原注】

〔欻〕張衡《思玄賦》章懷太子賢注：「欻，疾貌也。音許勿反。」

〔盧植〕《後漢書·盧植傳》：「大將軍何進謀誅中官，乃召并州牧董卓以懼太后。植知卓凶悍難制，必生後患，固止之，進不從。」

〔龐萌〕《後漢書·劉永傳》：「龐萌爲人遜順，甚見信愛，拜爲平狄將軍，與蓋延共擊董憲。時詔書獨下延而不及萌，萌以爲延譖己，自疑，遂反。帝聞之，大怒，乃自將討萌。與諸將書曰：

『吾嘗以龐萌社稷之臣，將軍得無笑其言乎？』」

〔背城〕《左傳·成公二年》：「背城借一。」杜預《集解》：「欲於城下復借一戰。」

〔五色棒〕《魏志·武帝紀》：「除洛陽北部尉。」裴松之注：「《曹瞞傳》曰：『造五色棒縣門左右，各十餘枚，有犯禁者，不避豪彊，皆棒殺之。』」

〔清軍側〕《公羊傳·定公十三年》：「晉趙鞅取晉陽之甲以逐荀寅與士吉射，曷爲者也？君側之惡人也。」

〔開讌〕《唐書·令狐楚傳》：「開成元年上巳，賜羣臣宴曲江，楚以新誅大臣，暴骸未收，怨沴感結，稱疾不出。」

〔咸英〕傅毅《舞賦》：「夫咸池六英，所以陳清廟，協神人也。」李善注：「《樂動聲儀》曰：『黄帝樂曰咸池，顓頊樂曰五英，帝嚳樂曰六英。』」

【批語】

〔一〕即事直入。

〔二〕按是晚獨召故相彭陽公補令狐楚事，即折入本意。

〔三〕謂文宗入内。

〔四〕謂士良率兵自内出。

〔五〕謂金吾衛士、臺府從人上殿拒擊。

〔六〕時當冬至。蒼黄，疊韻；掩遏，雙聲。

〔七〕四句兩開兩合，言晉陽之甲，非訓、注所當行，即使心果無他，謀實不善。

〔八〕被禍者。

〔九〕飲恨者。

〔十〕馮孟亭云：「《舊唐書》文宗以樂府之音，鄭衛太甚，命王涯等采開元時雅樂，制《雲韶法曲》，是則《咸英》由其所定，今能無聞之而悲哉。」今按：語見《玉溪生詩集箋注》卷一。「舊唐書」原作「舊書王涯傳」。「命王涯等」下，原作「命涯詢於舊工，取開元時雅樂，選樂童按之，名曰《雲韶樂》。樂成，上悦，賜涯等錦綵。是則《咸英》由其所定，今能無聞樂而悲哉！」

二詩慨訓、注之輕舉，文宗之誤任，致宰相王涯等無辜蒙冤也。錢木庵云：「用意精嚴，立論婉摯，少陵又何加焉。」今按：《李商隱詩歌集解》引爲朱彝尊語，此從馮箋所引。

【今校】

《全唐詩》卷五百四十，三句下注「原注：是晚獨召故相彭陽公入」。「殿」，注「一作隊」。「兇」作「兵」，注「一作兇」。

唐詩中聲集卷六

五言絶句

渡漢江

宋之問

嶺外音書斷，經冬復歷春。近鄉情更怯，不敢問來人。

【原注】

〔題〕《書・禹貢》：「嶓冢導漾，東流爲漢。」按：漢水，出陝西漢中府寧羌州北嶓冢山，是爲東漢水，至湖北漢陽縣東北漢口，入於江。

〔嶺外〕見五卷高適《柴司户》。《唐書・文藝傳》：「宋之問與閻朝隱、沈佺期傾心媚附張易之，及敗，貶瀧州。」按：瀧州，今廣東羅定州。

【批語】
反説意深，即少陵「反畏消息來」意。

蜀道後期

張　説

客心争日月，來往預期程。秋風不相待，先到洛陽城。

【原注】
〔洛陽〕見二卷李白《憶舊遊》。

【批語】
以風之先到，形己之後期，烘託入妙。徐子能云：「『争』字奇，『不相待』更奇。」今按：徐增，字子益，一字子能。今按：語見《而庵説唐詩》卷七，上「奇」字前有「固」字。

賦得自君之出矣

張九齡

自君之出矣，不復理殘機。思君如滿月，夜夜減清輝。

【原注】

〔題〕吴兢《樂府古題要解》：「《自君之出矣》，出漢徐幹《室思詩》。」

【批語】

從「滿」字生出「減」字，巧心濬發。

鹿柴

王維

空山不見人，但聞人語響。返景入深林，復照青苔上。

【原注】

〔題〕王維《輞川集·序》：「余别業在輞川山谷，其遊止有孟城坳、華子岡、文杏館、廳竹嶺、鹿柴。」趙殿成注：「柴，士邁切，音與砦同，柵也。一作寨。凡師行野次，立木爲區落，謂之柴。别墅有籬落者亦謂之柴。」

〔返景〕徐堅《初學記·天部》：「《纂要》曰：『西落光反照於東，謂之反景。』」

【批語】

静而動，動復静，一片空明，别有領悟，誠將淵明「結廬在人境，而無車馬喧」二語對照，便解脱化之妙。

臨高臺送黎拾遺

王　維

相送臨高臺，川原杳無極。日暮飛鳥還，行人去不息。

【原注】

〔題〕吴兢《樂府古題要解》：「《臨高臺》，古詞，大略言『臨高臺，下有清水清且寒，江有香草目以蘭，黄鵠高飛離哉翻。關弓射鵠，令吾主壽萬年。』若齊謝脁『千里常思歸』，但言臨望傷情而已。」

【批語】

唐仲言云：「寫離情能不露，情態最高。」正喻相形法。今按：語見《唐詩解》卷二十二。原作：「寫居人之思，不露情態，是五絶最高處。」

送別

王　維

山中相送罷，日暮掩柴扉。春草年年緑，王孫歸不歸。

【原注】

〔王孫〕《楚詞·招隱士》：「王孫遊兮不歸，春草生兮萋萋。」

【批語】草緑有時，歸期難必，「送」字從題後繳醒。

雜詠　王維

君自故鄉來，應知故鄉事。來日綺窗前，寒梅著花未。

【批語】如話。

【今校】此爲三首其二，其一云：「家住孟津河，門對孟津口。常有江南船，寄書家中否。」其三云：「已見寒梅發，復聞啼鳥聲。心心視春草，畏向堦前生。」

春曉　孟浩然

春眠不覺曉，處處聞啼鳥。夜來風雨聲，花落知多少。

【批語】寫「曉」字，卻翻轉「夜來」，筆意靈妙。唐云：「二句有惜春意。」今按：語見《唐詩解》卷二十二。「二句」原作「下聯」。

【今校】

《全唐詩》卷一百六十，末二句注「一作欲知昨夜風，花落無多少」。

長干行

崔顥

君家何處住，妾住在橫塘。停船暫借問，或恐是同鄉〔一〕。

家臨九江水，來去九江側。同是長干人，生小不相識〔二〕。

【原注】

〔題〕注見一卷李白詩。

〔橫塘〕左思《吴都賦》劉逵注：「橫塘，在淮水南，緣江築長隄，謂之橫塘。」

〔九江〕《漢書·地理志》：「九江郡，秦置，屬揚州。」注：「應劭曰：江自廬江尋陽，分爲九。」按：九江府今屬江西。

【批語】

〔一〕鍾退谷云：「急口遥問語，覺一字未添。」今按：語見《唐詩歸》卷十二。

〔二〕此答前問詞。「生小」字，妙。言生長干時尚小，長則以舟販爲事，寓居九江，是以雖同鄉而不相識也。

【今校】《全唐詩》卷一百三十，題下注「一作江南曲」。「何處住」，注「一作家何處」。「恐」，注「一作可」。此爲四首其一、其二，其三云：「下渚多風浪，蓮舟漸覺稀。那能不相待，獨自逆潮歸。」其四云：「三江潮水急，五湖風浪湧。由來花性輕，莫畏蓮舟重。」

怨詞

崔國輔

妾有羅衣裳，秦王在時作。爲舞春風多，秋來不堪著。

【原注】〔秦王〕吴兢《樂府古題要解》：「《秦王卷衣曲》，言咸陽春景及宫闕之美，秦王卷衣以贈所歡也。」

【批語】亦似深明新舊乘除之理者，不怨之怨，妙絶。

【今校】此爲二首其一，其二云：「樓頭桃李疏，池上芙蓉落。織錦猶未成，蛩聲入羅幕。」

古意

崔國輔

净掃黄金階，飛霜皎如雪。下簾彈箜篌，不忍見秋月。

【原注】

〔題〕一作薛奇章詩。

〔箜篌〕杜佑《通典·樂門》：「箜篌，其形似瑟而小，七絃，用撥彈之，如琵琶也。」

【批語】

與太白「卻下水精簾，玲瓏望秋月」句相參，便得詩家脱化法。

【今校】

《全唐詩》卷一百一十九，「皎」，注「一作厚」。

玉階怨

李白

玉階生白露，夜久侵羅襪。卻下水精簾，玲瓏望秋月。

【批語】

露生而不至，惟望月抒情，怨深矣，卻無一字言怨，含蓄有味。

静夜思　李白

牀前看月光，疑是地上霜。舉頭望山月，低頭思故鄉。

【批語】

徐子能云：「因疑則望，因望則思，並無他念。」正濟南所謂不用意得之者。今按：説見《而庵説唐詩》卷七。「正濟南」一句，則出自唐汝詢《唐詩解》卷二。

勞勞亭　李白

天下傷心處，勞勞送客亭。春風知别苦，不遣柳條青。

【原注】

〔題〕舊注：「亭在江寧縣南十五里勞勞山上，古送別之所。」

〔柳條〕見三卷張籍《薊北旅思》。

【批語】

妙將傷別意，歸到春風上。

春怨

金昌緒

打起黄鶯兒，莫教枝上啼。啼時驚妾夢，不得到遼西。

【原注】

〔遼西〕《漢書·地理志》：「遼西郡，秦置，屬幽州。」按：今盛京錦州府。

【批語】

宋云：「真情發爲天籟，一句一意，仍一首如一句。」今按：語出《網師園唐詩箋注》卷十四。

【今校】

《全唐詩》卷七百六十八，詩題，注「一作《伊州歌》」。「打」，注「一作卻」。「啼時」，注「一作幾回」。

送方外上人

劉長卿

孤雲將野鶴，豈向人間住。莫買沃洲山，時人已知處。

【原注】

〔買山〕劉義慶《世説新語·排調門》：「支道林因人就深公買印山，深公答曰：『未聞巢、由買山而隱。』」

〔沃洲〕白居易《沃洲山禪院記》：「沃洲山在剡縣南三十里，初有羅漢僧西天竺人帛道猷居焉，次有高僧竺法潛、支道林居焉。高士名人或游焉，或止焉。」

【批語】

原評：即終南捷徑意。

題崔逸人山亭

錢　起

藥徑深紅蘚，山窗滿翠微。羨君花下醉，蝴蝶夢中飛。

【原注】

〔蝴蝶夢〕見一卷李白古風。

【批語】

李霽嵐云：「寫逸人，並寫到夢中亦逸，匪夷所思。」

【今校】

《全唐詩》卷一百三十九，「醉」作「酒」，注「一作醉」。

秋夜寄邱二十二員外丹

韋應物

懷君屬秋夜，散步詠涼天。山空松子落，幽人應未眠。

【批語】

幽絶言，亦必觸秋興懷也。

長信宫

劉方平

夢裏君王近〔一〕，宫中河漢高〔二〕。秋風能再熱，團扇不辭勞〔三〕。

【原注】

〔題〕無名氏《三輔黄圖》：「長信宫，漢太后常居之，后宫在西，秋之象也。秋主信，故宫殿皆以長信、長秋爲名。」《漢書·外戚傳》：「孝成班倢伃，帝初即位，始爲少使，俄而大幸，其後趙飛燕姊弟驕妒，倢伃恐久見危，求共養太后長信宫。」

〔團扇〕班婕妤《怨歌行》：「新製齊紈素，皎潔如霜雪。裁爲合歡扇，團團似明月。出入君懷袖，動摇微風發。常恐秋節至，涼飇奪炎熱。棄捐篋笥中，恩情中道絶。」

【批語】

〔一〕夢中。

〔二〕醒後。

〔三〕翻用古意，敦厚纏綿。

和張僕射塞下曲　盧綸

月黑雁飛高，單于遠遁逃。欲將輕騎逐，大雪滿弓刀。

【原注】

〔題〕注見三卷李白詩。

〔單于〕見一卷常建《弔王將軍》。

【批語】

雄健。

秋日

耿湋

返照入閭巷，愁來誰共語。古道無人行，秋風動禾黍。

【批語】

索居情景，摹寫淒涼。此種在當日自佳，然桃源再到，村落不殊矣。

【今校】

《全唐詩》卷二百六十九，「愁來共誰」作「尤來與誰」，注「一作愁來誰共」。「無」，注「一作少」。

拜新月

李端

開簾見新月，即便下階拜。細語人不聞，北風吹裙帶。

【批語】

拜月訴情，人雖不聞，早已被北風逗漏消息也。近《子夜歌》。

三閭大夫廟

戴叔倫

沅湘流不盡〔一〕，屈子怨何深。日暮秋風起，蕭蕭楓樹林。

【原注】

〔題〕王逸《楚詞離騷經序》：「屈原與楚同姓，仕於懷王，爲三閭大夫，三閭之職掌王族三姓，曰昭、屈、景。屈原序其譜屬，率其賢良，以厲國士。」

〔沅湘〕王嘉《拾遺記》：「屈原以忠見斥，隱於沅湘，乃赴清泠之水，楚人爲之立祠。」按：沅湘，見四卷盧綸《晚次鄂州》。

〔楓林〕《楚詞・招魂》：「湛湛江水兮上有楓，目極千里兮傷春心，魂兮歸來哀江南！」

【批語】

〔一〕妙於發端，極寫「深」字。

【今校】

《全唐詩》卷二百七十四，題作《過三閭廟》，注「一本無過字」。「子」作「宋」，注「一作子」。「風」作「煙」，注「一作風」。

入黄溪聞猿

柳宗元

溪路千里曲，哀猿何處鳴。孤臣淚已盡，虚作斷腸聲。

【原注】

〔題〕柳宗元《遊黄溪記》：「環永之治百里，其間名山水而村者以百數，黄溪最善。黄溪距州治七十里。」按：永州府屬湖南。

〔猿鳴〕見七卷李白《早發白帝城》。

【批語】

猿聲雖哀而無淚可滴，於古歌中翻出新意。

江雪

柳宗元

千山鳥飛絶，萬徑人蹤滅。孤舟蓑笠翁，獨釣寒江雪。

【批語】

清峭。一幅江天釣雪圖。

新嫁娘　王建

三日入廚下，洗手作羹湯。未諳姑食性，先遣小姑嘗。

【批語】極淺，極俗，極真，凡詩到真處，淺語亦深，俗語亦雅。

【今校】此爲《新嫁娘詞三首》其三。其一云：「鄰家人未識，牀上坐堆堆。郎來傍門户，滿口索錢財。」其二云：「錦幛兩邊橫，遮掩侍娘行。遣郎鋪簟席，相並拜親情。」《全唐詩》卷三百一，第二個「姑」字，注「一作娘」。

故行宫　元稹

寥落古行宮，宮花寂寞紅。白頭宮女在，閒坐説玄宗。

【原注】〔題〕左思《吴都賦》李善注：「天子行所立，名曰行宫。」

【批語】

語少意足，妙在説而不説，其味無窮。

宫詞

張　祜

故國三千里〔一〕，深宫二十年〔二〕。一聲何滿子，雙淚落君前〔三〕。

【原注】

〔河滿子〕白居易《聽歌河滿子》自注：「開元中，滄州有歌者河滿子，臨刑進此曲以贖死，上竟不免。」張祜《孟才人嘆序》：「武宗皇帝疾篤，孟才人以歌笙獲寵者，密侍左右。上目之曰：『吾當不諱，爾何哉？』指笙囊泣曰：『請以此就縊。』上憫然。復曰：『妾嘗藝歌，願對上歌一曲，以泄憤。』上許之。乃歌『一聲何滿子』，氣亟立殞。」

【批語】

〔一〕離鄉遠。

〔二〕承恩深。

〔三〕悽絶。

【今校】此爲《宫詞二首》其一。其二云：「自倚能歌日，先皇掌上憐。新聲何處唱，腸斷李延年。」

春閨思

張仲素

裊裊城邊柳，青青陌上桑。提籠忘采葉，昨夜夢漁陽。

【原注】〔漁陽〕《漢書·地理志》：「漁陽郡，秦置，屬幽州。」按：故城在今順天府密雲縣西南。

【批語】楊升庵云：「從《卷耳》詩首章翻出。」今按：語見《升菴集》卷五十八《唐詩近三百篇》，原作：「且舉唐人閨情詩云：『裊裊庭前柳……』，即《卷耳》詩首章之意也。」

登樂遊原

李商隱

向晚意不適，驅車登古原。夕陽無限好，只是近黄昏。

【原注】

〔題〕張禮《游城南記》：「樂遊原，在曲江之北，即秦宜春苑也。漢宣帝起樂遊廟，因以爲名。」按：在今陝西西安府咸寧縣南。

【批語】

遲暮之感，沉淪之痛，觸緒紛來，不作流連光景看。

塞下曲

許渾

夜戰桑乾雪，秦兵半不歸。朝來有鄉信，猶自寄寒衣。

【原注】

〔題〕注見三卷李白詩。

〔桑乾〕《漢書·地理志》「代郡桑乾」注：「孟康曰：乾，音干。」按：故城在今直隸宣化府蔚州東北。

【批語】

即陳陶「可憐無定河邊骨，猶是春閨夢裏人」意。

【今校】

《全唐詩》卷五百三十八，「雪」作「北」，注「一作雪」。「寒」作「征」。

小院　唐彥謙

小院無人夜，煙斜月轉明。清宵易惆悵，不必有離情。

【批語】

清宵無離情且易惆悵，況有離情耶？是加一倍寫法。

三月晦日送客　崔魯

野酌亂無巡，送君兼送春。明年春色至，莫作未歸人。

【原注】

〔題〕一作雍裕之詩。

【批語】

題妙矣，詩妙恰如題妙。

囉嗊曲

劉采春

不喜秦淮水，生憎江上船。載兒夫婿去，經歲又經年〔一〕。

那年離別日，只道往桐廬。桐廬人不見，今得廣州書〔二〕。

莫作商人婦，金釵當卜錢。朝朝江口望，錯認幾人船。

【原注】

〔題〕范攄《雲溪友議》：「元公《贈采春》詩曰『選詞能唱《望夫歌》』，《望夫歌》者即《囉嗊曲》也。」

〔秦淮〕見四卷羅隱《金陵夜泊》。

〔桐廬〕《唐書・地理志》：「江南道睦州新定郡桐廬。」按：今屬浙江嚴州府。

〔廣州〕見三卷岑參《送張子》。

〔卜錢〕《儀禮・士冠禮》賈公彦疏：「筮法，古用木畫地，今則用錢。以三少爲重錢，重錢則九也。三多爲交錢，交錢則六也。兩多一少爲單錢，單錢則七也。兩少一多爲拆錢，拆錢則八也。」

【批語】

〔一〕沈云：「『不喜』、『生憎』，『經歲』、『經年』，重複可笑，的是兒女子口角。」

今按：語見《唐詩別裁集》卷十九。

〔二〕言無定蹤也。

【今校】

《全唐詩》卷八百〇二，載六首，此爲六首其一、其四、其三。其二云：「借問東園柳，枯來得幾年。自無枝葉分，莫恐太陽偏。」其五云：「昨日勝今日，今年老去年。黃河清有日，白髮黑無緣。」其六云：「昨日北風寒，牽船浦裏安。潮來打纜斷，搖櫓始知難。」

哥舒歌

西鄙人

北斗七星高〔一〕，哥舒夜帶刀。至今窺牧馬，不敢過臨洮〔二〕。

【原注】

〔題〕注見五卷杜甫詩。

〔臨洮〕《漢書·地理志》：「隴西郡臨洮。」注：「師古曰：洮，吐高反。」按：今甘肅洮州廳，以地臨洮水，故名。

【批語】

〔一〕原評：先著此五字，比興極奇。

〔二〕蒼莽高古。

【今校】《全唐詩》卷七百八十四，題下注：「天寶中，哥舒翰爲安西節度使，控地數千里，甚著威令，故西鄙人歌此。」

唐詩中聲集卷七

七言絶句

回鄉偶書

賀知章

少小離鄉老大回，鄉音無改鬢毛摧。兒童相見不相識，笑問客從何處來。

【批語】

眼前景，口頭話。

【今校】

《全唐詩》卷一百一十二，「無」作「難」，「鬢」，注「一作面」。「摧」作「衰」。「笑」，注「一作借，一作卻」。

涼州詞

王翰

蒲桃美酒夜光杯，欲飲〔一〕琵琶馬上催〔二〕。醉卧沙場君莫笑，古來征戰幾人回〔三〕。

【原注】

〔題〕《唐書·地理志》：「隴右道涼州武威郡。」按：今甘肅涼州府。鄭綮《開天傳信記》：「西涼州俗好音樂，製新曲曰《涼州》，開元中列上獻之。」無名氏《大唐傳載》：「天寶中，樂章多以邊地爲名，若《涼州》、《甘州》、《伊州》之類是焉。」

〔蒲桃酒〕《史記·大宛傳》：「宛左右以蒲陶爲酒。」樂史《楊太真外傳》：「妃持玻璃七寶杯酌西涼州葡萄酒。」

〔夜光杯〕東方朔《海内十洲記》：「周穆王時，西胡獻夜光常滿杯，杯是白玉之精，光明夜照。」

【批語】

〔一〕一頓。

〔二〕又一頓。

【今校】

《全唐詩》卷一百二十八，題作《渭城曲》，注：「一作《送元二使安西》。」注云：「渭城一曰陽關，王維之所作也。本送人使安西詩，後遂被於歌。劉禹錫與歌者詩云：『舊人唯有何戡在，更與慇懃唱渭城。』白居易對酒詩云：『相逢且莫推辭醉，聽唱陽關第四聲。』即：『勸君更盡一杯酒，西出陽關無故人』也。渭城、陽關之名，蓋因辭云。」「青青」，注「一作依依」。「楊柳春」，注「一作柳色新」。

春宮曲

王昌齡

昨夜風開露井桃〔一〕，未央前殿月輪高。平陽歌舞新承寵，簾外春寒賜錦袍〔二〕。

【原注】

〔露井桃〕《漢相和曲·雞鳴篇》：「桃生露井上。」

〔未央前殿〕《漢書·高帝紀》：「七年，蕭何治未央宮，立東闕、北闕、前殿。」

〔平陽歌舞〕《史記·外戚世家》：「衛皇后字子夫，爲平陽主謳者。武帝祓霸上還，因過平陽主。子夫侍尚衣軒中，得幸。主因奏子夫奉送入宮，有寵。陳皇后驕貴，聞衛子夫大幸，恚，幾死者數矣。」《漢書·外戚傳》：「孝武李夫人，本以倡進，初夫人兄延年性知音，善歌舞。侍上起舞，歌曰：『北方有佳人，絶世而獨立，一顧傾人城，再顧傾人國。寧不知傾城與傾國，佳人難再得。』上歎息曰：『世豈有此人乎？』平陽主因言延年有女弟，上乃召見之，實妙麗善舞，由是得幸。」

【批語】

〔一〕興宮人之承寵者。

〔二〕《説詩晬語》云：「只説他人承寵，而己之失寵悠然可思，此求響於絃指外也。」今按：語見沈德潛《説詩晬語》上卷一一九條，「承寵」上原有「之」字。

【今校】

《全唐詩》一百四十三，題下注：「《唐人絶句》作殿前曲」。「新承」，注「一作承新」。

西宮春怨

王昌齡

西宮夜静百花香，欲捲珠簾春恨長。斜抱雲和深見月〔一〕，朦朧樹色隱昭陽〔二〕。

【原注】

〔題〕西宮，即長信宮。

〔雲和〕《周禮·春官·大司農》：「雲和之琴瑟。」鄭玄注：「鄭司農：『雲和，地名也。』玄謂雲和山名。」

〔昭陽〕《漢書·外戚傳》：「孝成趙皇后號曰飛燕，有女弟爲昭儀，居昭陽舍，姊弟顓寵十餘年。」

【批語】

〔一〕月係隔簾而見，故下一「深」字。

〔二〕李云：「簾欲捲而未捲，瑟欲彈而不彈，心中眼底，無非昭陽承寵之人，出神入化之筆。」

【今校】

《全唐詩》卷一百四十三，「西」，注「一作空」。「深」，注「一作渾」。「朦」，注「一作朧」。「隱」，注「一作隔」。

長信秋詞

王昌齡

奉帚平明秋殿開〔一〕，且將團扇共徘徊。玉顔不及寒鴉色，猶帶昭陽日影來〔二〕。

【原注】

〔團扇〕見六卷劉方平《長信宫》。

〔昭陽〕見上首。

【批語】

〔一〕默庵云：「『秋』字映帶團扇。」今按：馮舒，字默庵。語出《二馮評點才調集》。

〔二〕用意微婉，使人一唱三歎。

【今校】

《全唐詩》卷一百四十三，「秋」作「金」，注「一作秋」。「共」作「暫」，注「一作共」。此爲五首其三，其一云：「金井梧桐秋葉黄，珠簾不捲夜來霜。熏籠玉枕無顔色，卧聽南宫清漏長。」其二云：「高樓秋砧響夜闌，霜深猶憶御衣寒。銀燈青瑣裁縫歇，還向金城明主看。」其四云：「真成薄命久尋思，夢見君王覺後疑。火照西宫知夜飲，分明複道奉恩時。」其五云：「長信宫中秋月明，昭陽殿下擣衣聲。白露堂中細草跡，紅羅帳裏不勝情。」

出塞

王昌齡

秦時明月漢時關，萬里長征人未還。但使龍城飛將在，不教胡馬度陰山。

【原注】

〔題〕注見一卷杜甫詩。

〔龍城飛將〕《史記·衛將軍傳》：「元光五年，青爲車騎將軍，擊匈奴，出上谷，衛尉李廣爲驍騎將軍，出雁門，青至蘢城，斬首虜數百。」按：「龍城」見三卷沈佺期《雜詩》。「飛將」見一卷常建《弔王將軍》。

〔陰山〕《漢書·匈奴傳》：「臣聞北邊塞至遼東，外有陰山，東西千餘里，草木茂盛，多禽獸，本冒頓單于依阻其中，治作弓矢，來出爲寇。」按：陰山，橫障漢北，起寧夏府賀蘭山，當河套，北亘吴喇忒歸化城之境，蜿蜒而東，蓋數千里。

【批語】

慨邊將之任非其人也，須知更含得古者天子守在四夷一層意在，氣勢雄渾，李于鱗推爲唐絶第一。築城備邊，實始於秦。「秦月」「漢關」，特詩中互文耳。今按：李攀龍《唐詩選》卷七評：「此詩，唐人絶句中第一。」

【今校】

《全唐詩》卷一百四十三，「長征人」，注「一作征夫尚」。此爲二首其一，其二云：「騮馬新跨白玉鞍，戰罷沙場月色寒。城頭鐵鼓聲猶振，匣裏金刀血未乾。」

塞上聞笛

高適

胡兒吹笛戍樓間，樓上蕭條海月閒。借問梅花何處落，風吹一夜滿關山。

【原注】

〔題〕一作宋濟詩。

〔梅花〕段安節《樂府雜録》：「笛羌樂也。古有《落梅花》曲。」

【批語】

落句深遠。

【今校】

《全唐詩》卷四百七十二，題下注「一作和王一度玉門關上吹笛」。

逢入京使

岑參

故園東望路漫漫，雙袖龍鍾淚不乾。馬上相逢無紙筆，憑君傳語報平安。

【原注】

〔龍鍾〕方以智《通雅·釋詁》：「杜弼爲侯景檄梁曰『龍鍾稚子』，王褒《與周弘正書》『龍鍾橫集』。裴度曰：『見我龍鍾，或言老，或言淚，總皆狀其潦倒笨累耳。』」

【批語】

慰家正以傷己也。人人胸臆中語，卻成絶唱。

春夢

岑 參

洞房昨夜春風起，遥憶美人湘江水。枕上片時春夢中，行盡江南數千里。

【批語】

紀云：「妙語可思，嘉州難得此情致語。」今按：語見《删正二馮評閱才調集》。

【今校】

《全唐詩》卷二百〇一，「房」，注「一作庭」。「遥憶美人」作「故人尚隔」，注「一作遥憶美人」。

涼州詞

王之涣

黄河遠上白雲間，一片孤城萬仞山。羌笛何須怨楊柳，春風不度玉門關。

【原注】

〔題〕注見前王翰詩。

〔黄河〕《爾雅·釋水》：「河出崑崙虚，色白。所渠并千七百，一川色黄。」

〔楊柳〕見一卷杜甫《後出塞》題注。

〔玉門關〕《漢書·西域傳》:「東則接漢,阸以玉門陽關。」按:玉門關在今甘肅安西州敦煌縣西北。

【批語】

河出雲上,城在山中,真春光不到之處。春不到則柳不生,其寒苦爲何如耶?言外寓君門萬里恩澤不被意。

【今校】

《全唐詩》卷二百五十三,「黄河遠」下注:「一本次句爲第一句,『黄河遠上』作『黄沙直上』。」詩前有序:「《集異記》云:開元中,之涣與王昌齡、高適齊名,共詣旗亭,貰酒小飲,有梨園伶官十數人會宴。三人因避席隈映,擁鑪以觀焉。俄有妙妓四輩奏樂,皆當時名部。昌齡等私相約曰:『我輩各擅詩名,每不自定甲乙。今者可以密觀諸伶所謳,若詩入歌詞之多者爲優。』初謳昌齡詩,次謳適詩,又次復謳昌齡詩。之涣自以得名已久,因指諸妓中最佳者曰:『待此子所唱,如非我詩,即終身不敢與子争衡。』次至雙鬟發聲,果謳黄河云云,因大諧笑。諸伶詣問,語其事,乃競拜乞就筵席。三人從之,飲醉竟日。」此爲二首其一,其二云:「單于北望拂雲堆,殺馬登壇祭幾回。漢家天子今神武,不肯和親歸去來。」

初至巴陵與李十二裴九泛洞庭湖

賈　至

楓岸紛紛落葉多，洞庭秋水晚來波。乘興輕舟無近遠，白雲明月弔湘娥。

【原注】

〔題〕《唐書・地理志》：「江南道岳州巴陵郡巴陵，有洞庭山，在洞庭湖中。」

〔落葉〕《楚詞・九歌・湘夫人》：「嫋嫋兮秋風，洞庭波兮木葉下。」

〔湘娥〕張衡《西京賦》：「感河馮懷湘娥。」《史記・秦始皇紀》：「浮江至湘山祠上，問博士曰：『湘君何神？』博士對曰：『聞之堯女、舜之妻而葬此。』」

【批語】

此逐臣託興之微詞，「白雲明月」爲太白「不知何處弔湘君」句下一注脚。

【今校】

此爲三首其二。其一云：「江上相逢皆舊遊，湘山永望不堪愁。明月秋風洞庭水，孤鴻落葉一扁舟。」其三云：「江畔楓葉初帶霜，渚邊菊花亦已黃。輕舟落日興不盡，三湘五湖意何長。」

早發白帝城

李　白

朝辭白帝彩雲間，千里江陵一日還。兩岸猿聲啼不盡，輕舟已過萬重山。

【原注】

〔題〕常璩《華陽國志·巴志》：「魚復縣郡治，公孫述更名白帝，章武二年，改曰永安。」按：故城在今四川夔州府奉節縣東。

〔千里猿聲〕《水經·江水》酈道元注：「自三峽七百里中，兩岸連山，略無闕處。至於夏水襄陵，沿泝阻絶，或王命急宣，有時朝發白帝，暮到江陵，其間千二百里，雖乘奔御風，不以疾也。每至晴初霜旦，林寒澗肅，常有高猿長嘯，屢引淒異，故漁者歌曰：『巴東三峽巫峽長，猿鳴三聲淚沾裳。』」《漢書·地理志》：「南郡江陵，故楚郢都。」按：屬湖北荆州府。

【批語】

一片化機，飛舞而下，得力在三句一墊，文勢乃不徑直，此古人用意處。

【今校】

《全唐詩》卷一百八十一，題下注「一作白帝下江陵」。

秋下荆門

李　白

霜落荆門江樹空，布帆無恙挂秋風。此行不爲鱸魚鱠，自愛名山入剡中。

【原注】

〔題〕注見四卷杜甫《詠懷古跡》。

〔布帆〕劉義慶《世説新語·排調門》：「顧長康作殷荆州佐，請假還東，爾時例不給布颿，顧苦求之，乃得。發至破冢，遭風大敗。作牋與殷云：『行人安穩，布颿無恙。』」

〔鱸魚膾〕又《識鑒門》：「張季鷹辟齊王東曹掾，在洛，見秋風起，因思吴中菰菜羹、鱸魚膾，曰：『人生貴得適意爾，何能羈宧數千里以要名爵？』遂命駕便歸。俄而齊王敗，時人皆謂爲見機。」

〔剡中〕見二卷《夢遊天姥》，剡音閃。

【批語】

將懼亂歸隱之意推開，託訪名山，詞旨深微乃爾。

横江詞

李　白

横江館前津吏迎，向余東指海雲生。郎今欲渡緣何事，如此風波不可行。

【原注】

〔題〕樂史《太平寰宇記》：「横江浦，在和州歷陽縣東南二十六里，對江南岸之采石，往來濟渡處。」按：明初以和州治歷陽縣省入，今隸安徽。

〔津吏〕《唐書·百官志》：「上津置尉一人，掌舟梁之事。永徽中，廢津尉，上關置津吏八人。永泰元年，中關置津吏六人，下關四人。」

【批語】

喻仕途之艱難也。託興遠，寄感深。胡元瑞云：「樂府古調。」今按：《唐宋詩醇》卷五引胡應麟曰：「尚是樂府古調。」

【今校】

此爲五首其四。其一：「人道横江好，儂道横江惡。一風三日吹倒山，白浪高於瓦宫閣。海潮南去過潯陽，牛渚由來險馬當。横江欲渡風波惡，一水牽愁萬里長。」其二：「横江西望阻西秦，漢水東連揚子津。白浪如山那可渡，狂風愁殺峭帆人。」其三：「海神來過惡風迴，浪打天門石壁開。浙江八月何如此，濤似連山噴雪來。」其五：「月暈天風霧不開，海鯨東蹙百川迴。驚波一起三山動，公無渡河歸去來。」

春夜洛城聞笛

李　白

誰家玉笛暗飛聲，散入春風滿洛城。此夜曲中聞折柳，何人不起故園情。

【原注】

〔題〕洛城，見二卷《憶舊遊》。

〔折柳〕見一卷杜甫《後出塞》題注，三卷張籍《薊北旅思》。

【批語】

「折柳」所以贈別，二字通首關楔。

聞王昌齡左遷龍標遥有此寄

李　白

楊花落盡子規啼，聞道龍標過五溪。我寄愁心與明月，隨風直到夜郎西。

【原注】

〔題〕《唐書·文藝傳》：「王昌齡，字少伯，第進士，補秘書郎，又中宏辭，遷汜水尉，不護細行，貶龍標尉。」《地理志》：「江南道敘州潭陽郡龍標。武德七年置，貞觀八年析置夜郎、朗溪、思微三縣，九年省思微。」按：今湖南沅州府黔陽縣。

〔五溪〕《水經·沅水》酈道元注：「武陵有五谿，謂雄谿、滿谿、無谿、西谿，辰谿其一焉。」按：在今湖南辰州、沅州、永順諸府。

〔夜郎〕見題注。按：唐初夜郎有二，一在今沅州府界，一即今貴州遵義府桐梓縣。

【批語】

梅禹金云：「即齊澣『將心託明月，流影入君懷』意，出以摇曳之筆。」語意一新。今按：梅鼎祚，字禹金。引文見《唐詩廣選》卷七引。

【今校】

《全唐詩》一百七十二，「楊花落盡」，注「一作揚州花落」。

春怨

劉方平

紗窗日落漸黄昏，金屋無人見淚痕。寂寞空庭春欲晚，梨花滿地不開門。

【原注】

〔金屋〕班固《漢武故事》：「帝年四歲，立爲膠東王，長公主抱置膝上，問曰：『兒欲得婦否？』指左右長御百餘人，皆云不用，指其女阿嬌『好否』？笑對曰：『若得阿嬌作婦，當作金屋貯之。』長主大悦。苦要上，遂成婚焉。」

【批語】

不忍見花之零落也。

【今校】

《全唐詩》卷二百五十一，「欲」，注「一作又」。

寒食

韓　翃（一作翊）

春城無處不飛花，寒食東風御柳斜。日暮漢宮傳蠟燭，輕煙散入五侯家。

【原注】

〔題〕宗懔《荆楚歲時記》：「去冬節一百五日，即有疾風甚雨，謂之寒食，禁火三日。」杜公瞻注：「據歷合在清明前二日，亦有去冬至一百六日者。案：《周官司烜氏》：『仲春以木鐸脩火禁於國中。』注云：『爲季春將出火也。』今寒食準節氣，是仲春之末，清明是三月之初。然則禁火蓋周之舊制。」

〔傳燭〕宋敏求《求春明退朝録》：「《周禮》四時變國火，而唐時惟清明取榆柳火，以賜近臣戚里。」

〔五侯〕《漢書・元后傳》：「河平二年，上悉封舅譚爲平阿侯，商成都侯，立紅陽侯，根曲陽侯，逢時高平侯，五人同日封，故世謂之『五侯』。」

【批語】

言外寓貧賤之感，與龍標「昨夜風開露井桃」詩同一運意。

【今校】

《全唐詩》卷二百四十五，題下注「一作寒食日即事」。「城無」，注「一作風何」。「飛」，注「一作開」。「日暮」，注「一作一夜」。「輕」，注「一作青」。

峽口送友人

司空曙

峽口花飛欲盡春，天涯去住淚沾巾。來時萬里同爲客，今日翻成送故人。

【原注】

〔題〕《水經・江水》酈道元注：「《宜都記》曰：『自黃牛灘東入西陵界，至峽口，百許里，山水紆曲。』」按：在今湖北宜昌府東湖縣西北。

【批語】

客中送客，淡語有味。

江南行　張　潮

茨菰葉爛別西灣，蓮子花開猶未還。妾夢不離江上水，人傳郎在鳳凰山。

【原注】

〔茨菰〕李時珍《本草綱目·果部》：「慈姑一根歲生十二子，如慈姑之乳諸子，故以名之。作『茨菰』者，非矣。三月生苗，葉如燕尾。」

〔鳳凰山〕按：此山南北無慮十餘處，難臆定所指。

【批語】

「妾夢」「人傳」，總非實境。

【今校】

《全唐詩》卷一百十四，「茨」，注「一作芘」。「開」，注「一作新」。「水上」，注「一作上水」。

從軍北征　李　益

天山雪後海風寒〔一〕，橫笛偏吹行路難。磧裏征人三十萬，一時回首月中看〔二〕。

【原注】

〔天山〕見二卷岑參《白雪歌》。

〔行路難〕吴兢《樂府古題要解》：「《行路難》，備言世路艱難及離别悲傷之意。」

〔磧〕見二卷高適《燕歌行》。

【批語】

〔一〕行路難矣。

〔二〕看謂看吹笛之人。描寫入神，龍標氣調。

【今校】

《全唐詩》卷二百八十三，「首」作「向」，注「一作首」。「中」作「明」，注「一作中」。

夜上受降城聞笛

李益

回樂峯前沙似雪，受降城外月如霜。不知何處吹蘆管，一夜征人盡望鄉〔一〕。

【原注】

〔題〕《漢書・武帝紀》：「太初元年，遣因杅將軍公孫敖築塞外受降城。」《唐書・地理志》：「關内道豐州九原郡。景雲三年，朔方軍總管張仁愿築三受降城。」按：漢受降城在今吴喇忒旗北，唐受降城見四卷杜甫《諸將》詩。

〔回樂〕《唐書·地理志》：「關内道靈州靈武郡回樂。」按：今甘肅寧夏府靈州地。

〔蘆管〕馬端臨《文獻通考·樂制門》：「蘆管，截蘆爲之，與觱篥相類，出於北國。」按：題中「笛」字，疑是「笳」之(之)訛。

【批語】

〔一〕七字總上三句。宋云：「藴藏宛轉，樂府絶唱。」今按：語出《網師園唐詩箋注》卷十六。「藴藏」作「藴藉」。

【今校】

《全唐詩》卷二百八十三，「峰」，注「一作烽」。「外」作「下」，注「一作上，一作外」。「管」，注「一作笛」。

次潼關先寄張十二閣老使君

韓　愈

荆山已去華山來，日照潼關四扇開。刺史莫辭迎候遠，相公親破蔡州回。

【原注】

〔題〕《唐書·地理志》：「關内道華州華陰郡華陰有潼關。」《水經·河水》酈道元注：「河在關内，南流潼激關山，因謂之潼關。」按：今陝西潼關廳。

〔荆山〕《唐書·地理志》：「河南道虢州弘農郡湖城有覆釜山，一名荆山。」按：山在今河南陝州閿鄉縣南。

〔華山〕《爾雅·釋山》：「華山爲西嶽。」按：在今陝西同州府華陰縣南。

〔蔡州〕見二卷李商隱《韓碑》。

【批語】

沈云：「没石飲羽之技，不得以尋常絶句法求之。」今按：語見《唐詩别裁集》卷二十，「不得」作「不必」。

【今校】

《全唐詩》卷三百四十四，題下注「張賈也」。「照」作「出」，注「一作照」。「扇」，注「一作面」。「辭」，注「一作嫌」。「新」，注「一作新」。

漁翁

柳宗元

漁翁夜傍西巖宿，曉汲清湘燃楚竹。煙銷日出不見人，欸乃一聲山水緑。

【原注】

〔欸乃〕方以智《通雅・釋詁》："「款乃，摇船聲也。陳氏曰：『款，音靄，乃如字。其云款者，欸之誤，欸有靄音也。』」

【批語】

從東坡節去原本末二語，餘情不盡。

今按：惠洪《冷齋夜話》引東坡評此詩云：「以奇趣爲宗，反常合道爲趣。熟味之，此詩有奇趣。其尾兩句，雖不必亦可。欸乃，舟人相呼聲相應也。」見《詩話總龜》卷八、《詩人玉屑》卷十、《詩林廣記》卷五引。《苕溪漁隱叢話》前集卷十九引作「冷齋詩話」者，蓋字誤。嚴羽《滄浪詩話》云：「柳子厚『漁翁夜傍西山宿』之詩，東坡删去後二句，使子厚復生，亦必心服。」美中故據以删。

【今校】

《全唐詩》卷三百五十三，非絶句，末句下尚有兩句：「迴看天際下中流，巖上無心雲相逐。」

石頭城

劉禹錫

山圍故國周遭在，潮打空城寂寞迴。淮水東邊舊時月，夜深還過女牆來。

【原注】

〔題〕《吴志·吴主傳》：「建安十六年，權徙治秣陵，明年城石頭。」按：在今江蘇江寧府上元縣西石頭山下。

〔淮水〕即秦淮水，見四卷羅隱《金陵夜泊》。

〔女牆〕見四卷劉長卿《登餘干城》。

【批語】

沈云：「只寫山水明月，而六代繁華俱歸烏有，令人於言外思之。」今按：語見《唐詩别裁集》卷二十。

烏衣巷

劉禹錫

朱雀橋邊野草花，烏衣巷口夕陽斜。舊時王謝堂前燕，飛入尋常百姓家。

【原注】

〔題〕劉義慶《世説新語·雅量門》劉孝標注：「《丹陽記》曰：『烏衣之起，吴時烏衣營處所也。江左初立，瑯邪諸王所居。』」《宋書·謝弘微傳》：「混風格高峻，少所交納，唯與族子靈運、瞻、曜、弘微並以文義賞會，嘗共宴處，居在烏衣巷，故謂之烏衣之遊。」

〔朱雀橋〕徐堅《初學記·地部》:「吴有朱雀橋,歷晉逮王敦反,後改爲乘雀橋。」按:在今江蘇江寧縣南。

【批語】

言王謝舊宅已爲民居也。用筆巧妙,唐人三昧。

【今校】

《全唐詩》卷三百六十五,「時」,注「一作來」。

聽舊宫中樂人穆氏唱歌

劉禹錫

曾隨織女渡天河,記得雲間第一歌。休唱貞元供奉曲,當時朝士已無多。

【原注】

〔雲間歌〕見二卷白居易《琵琶引》。

〔貞元〕《唐書·德宗紀》:「貞元元年正月丁酉,大赦改元。」

【批語】

夢得貞元九年與柳子厚等同舉進士。憲宗元和初,坐王叔文黨同徙遠州,歷二十四年。至文宗太和戊申,始入爲主客郎中,時同輩零落殆盡,不勝今昔盛衰之感云。

【今校】

《全唐詩》卷三百六十五，「當時」，注「一作如今」。

秋思

張籍

洛陽城裏見秋風，欲作家書意萬重。復恐匆匆説不盡，行人臨發又開封。

【批語】

與「馬上相逢無紙筆」一首同妙。

【今校】

《全唐詩》卷三百八十六，「家」作「歸」，注「一作家」。「復」作「忽」，注「一作復」。

十五夜望月

王建

中庭地白樹棲鴉，冷露無聲濕桂花。今夜月明人盡望，不知秋思在誰家。

【批語】

不明説己之感秋，性情在筆墨外。

【今校】

《全唐詩》卷三百〇一，「在」，注「一作落」。

渡桑乾　賈島

客舍並州已十霜，歸心日夜憶咸陽〔一〕。無端更渡桑乾水，卻望并州是故鄉〔二〕。

【原注】

〔題〕《水經·漯水》酈道元注：「漯水又東北流，左會桑乾水，上平洪源七輪，謂之桑乾泉，即溹涫水者也。」按：桑乾河源出山西朔平府朔州，逕大同宣化入順天府宛平縣境，爲蘆溝河，今名永定河。

〔并州〕見二卷李白《憶舊遊》。

〔咸陽〕見四卷韋莊詩。

【批語】

〔一〕三字通首主意。

〔二〕透過一層法，王麟洲云：「謂并州且不得久住，況歸咸陽乎？」仍是憶咸陽，非不忘并州也。今按：王世懋，别號麟洲。引文見《藝圃擷餘》（《歷代詩話》收録）。原無「謂」字、「久」字，

「況歸咸陽」原作「何況得歸咸陽」，「乎」字無。

楓橋夜泊

張　繼

月落烏啼霜滿天，江村漁火對愁眠。姑蘇城外寒山寺，夜半鐘聲到客船。

【原注】

〔題〕此首次於司空曙後。《明一統志·南京·蘇州府·關梁》：「楓橋在府城西七里，面山臨水，可以遊息，南北往來，必經於此。」

〔姑蘇〕范成大《吴郡志》：「隋平，陳改吴州爲蘇州，以姑蘇山爲名。」

〔寒山寺〕《明一統志·南京·蘇州府·寺觀》：「寒山寺在府城西一十里。」

〔夜半鐘〕姚寬《西溪叢語》：「齊丘仲孚，少好學，讀書常以中宵鐘鳴爲限，則半夜鐘其來久矣。」

【批語】

只是愁人夜半尚未眠耳，卻從鐘聲對面寫來，用筆曲折。

【今校】

《全唐詩》卷二百四十二，題下注「一作夜泊楓江」。「村」作「楓」。「火」作「父」，注「一作火」。

同李十一醉憶元九

白居易

花時同醉破春愁，醉折花枝當酒籌。忽憶故人天際去，計程今日到梁州。

【原注】

〔題〕孟棨《本事詩·徵異門》：「元相公稹爲御史，鞫獄梓潼，時白尚書在京，與名輩遊慈恩，小酌花下，爲詩寄元。」

〔梁州〕《唐書·地理志》：「劍南道，蓋古梁州之域。」

【批語】

住得恰好。

【今校】

《全唐詩》卷四百三十七，「梁」作「涼」，注「一作梁」。

竹枝詞

李涉

十二峰頭月欲低，空舲江上子規啼。孤舟一夜東歸客，泣向春風憶建溪。

【原注】

〔題〕《唐書·劉禹錫傳》:「斥朗州司馬,州接夜郎諸夷,風俗陋甚,家喜巫鬼,每祠,歌《竹枝》,鼓吹裴回,其聲傖儜。禹錫謂屈原居沅、湘間,作《九歌》,使楚人以迎送神,乃倚其聲作《竹枝辭》十餘篇。」

〔十二峰〕陸遊《入蜀記》:「巫山,峰巒上入霄漢,然十二峰者,不可悉見,惟神女峰最爲纖麗奇峭。」

〔空舲灘〕《水經·江水》酈道元注:「江水自建平至東界峽,盛弘之謂之空泠峽,峽甚高峻,勢交嶺表。」按:峽在今湖北宜昌府歸州東南,夏秋水漲,必空舲乃可上,故名。

〔建溪〕樂史《太平寰宇記》:「建溪在建州建陽縣東一百步,源出武夷山下。」按:建陽今屬福建建寧府。

【批語】

不淺不深,竹枝本色。

【今校】

《全唐詩》卷四百七十七,「舲」,注「一作濛」,又作「聆」。「春」,作「東」。

折楊柳

施肩吾

傷見路傍楊柳春，一枝折盡一重新。今年還折去年處，不送去年離別人。

【原注】

〔題〕見一卷杜甫《後出塞》題注。

〔送別〕見三卷張籍《薊北旅思》。

【今校】

《全唐詩》卷四百九十四，「傍」作「邊」，注「一作傍」。「一枝」作「一重」，注「一作一株」。

【批語】

情思曲折。

雨霖鈴 霖一作淋。

張祜

雨霖鈴夜却歸秦，猶見張徽一曲新。長説上皇和淚教，月明南内更無人。

【原注】

〔題〕樂史《楊太真外傳》：「上幸巴蜀，至斜谷，屬霖雨涉旬，於棧道雨中聞鈴聲，隔山相應，上既悼念貴妃，因採其聲爲《雨霖鈴》曲以寄恨焉。」

〔張徽〕樂史《楊太真外傳》：「至德二年，既收復西京，上自成都還，復幸華清宮，從官嬪御多非舊人，上於望京樓下命張野狐奏《雨霖鈴》曲，曲半，上四顧淒涼，不覺流涕。」按：野狐，張徽小名。

〔南内〕《唐書·玄宗紀》：「至自蜀郡，居於興慶宮。」《地理志》：「興慶宮在皇城東南，謂之南内。」

【批語】

情韻雙絶。

【今校】

《全唐詩》卷五百十一，「見」，注「一作是」。

江南春

杜牧

千里鶯啼緑映紅，水村山郭酒旗風。南朝四百八十寺，多少樓臺煙雨中。

【原注】

〔題〕吴兢《樂府古題要解》：「《江南曲》，古詞，蓋美其芳辰麗景，嬉遊得時。」

【批語】

一幅江南春景圖。

【今校】

《全唐詩》卷五百二十二，題作「江南春絶句」。

泊秦淮　杜牧

煙籠寒水月籠沙，夜泊秦淮近酒家。商女不知亡國恨，隔江猶唱後庭花。

【原注】

〔題〕注見四卷羅隱《金陵夜泊》。

〔後庭花〕見三卷劉禹錫《金陵懷古》。

【批語】

吴山民云：「國亡矣，而靡靡之曲深溺人心，孤泊驟聞，能無興感？」今按：吴山民即吴逸一。語見《唐詩正聲》引。「國」下有「已」字，「深溺」作「深入」，「能無興感」作「自然興慨」。

秋夕　杜牧

銀燭秋光冷畫屏，輕羅小扇撲流螢。天階夜色凉如水，坐看牽牛織女星。

【原注】

〔牽牛織女〕宗懍《荆楚歲時記》：「七月七日爲牽牛織女聚會之夜。」

【批語】

原評：層層布景，只「坐看」二字逗出情思，便通身靈動。

【今校】

《全唐詩》卷五百二十四，「銀」作「紅」，注「一作銀」。「天」，注「一作瑶」。「坐」，注「一作卧」。

寄令狐郎中

李商隱

嵩雲秦樹久離居，雙鯉迢迢一紙書。休問梁園舊賓客，茂陵秋雨病相如。

【原注】

〔雙鯉〕漢樂府《飲馬長城窟行》：「客從遠方來，遺我雙鯉魚。呼兒烹鯉魚，中有尺素書。」

〔梁園賓客〕無名氏《三輔黄圖》：「梁孝王好營宫室苑囿之樂，作曜華宫，築兔園。」《史記·司馬相如傳》：「梁孝王來朝，從游説之士齊人鄒陽、淮陰枚乘、吴莊忌夫子之徒，相如見而説之，因病免，客遊梁，梁孝王令與諸生同舍。」

〔茂陵〕《司馬相如傳》：「相如既病免，家居茂陵。」按：茂陵，武帝置，今陝西西安府興平縣。

【批語】義山少與令狐綯相善，已而有隙，此詩意在修好，蓋以楊得意望之也。一唱三嘆，格韻俱高。

夜雨寄北 北一作內。　李商隱

君問歸期未有期，巴山夜雨漲秋池。何當共剪西窗燭，却話巴山夜雨時。

【原注】按：巴山有二，大巴山在四川保寧府南江縣北二百里，接陜西漢中府南鄭縣界，小巴山在南江縣東北一百三十里。

【批語】此寄閨中之詩，採過一步作收，不言當下何如，而當下可想。

常娥　李商隱

雲母屏風燭影深，長河漸落曉星沈。常娥應悔偷靈藥，碧海青天夜夜心。

【原注】

〔雲母屏風〕《後漢書·鄭弘傳》章懷太子賢注：「以雲母飾屏風也。」

〔偷藥〕《淮南子·覽冥訓》：「羿請不死之藥於西王母，姮娥竊以奔月。」高誘注：「姮娥，羿妻，盜食之，得仙，奔入月中，爲月精。」

【批語】

此悼亡之作，孤寂景況從對面寫來，多少藴藉。

瑶瑟怨

温庭筠

冰簟銀牀夢不成，碧天如水夜雲輕。雁聲遠過瀟湘去，十二樓中月自明。

【原注】

〔雁〕郭茂倩《樂府詩集》：「《瑟調曲》，王僧虔《技録》云：『《卻東西門行》，荀《録》所載武帝《鴻雁》一篇，今不傳。』」

〔十二樓〕《史記·封禪書》：「方士有言，黄帝時爲五城十二樓，以候神人於執期，命曰迎年。」

【批語】

夜已深，雁已去，惟明月孤懸，觸動幽情而已。原評：通首布景，只「夢不成」三字露怨意，故情思深遠。

【今校】

《全唐詩》卷五百七十九，「遠」，注「一作還」。「過」，注「一作向」。

謝亭送别

許　渾

勞歌一曲解行舟，紅葉青山水急流。日暮酒醒人已遠，滿天風雨下西樓。

【原注】

〔題〕葉廷珪《海録碎事》：「謝公亭，在宣州，太守謝玄暉置，范雲爲零陵内史，謝送别於此，故有新亭送别詩。」按：在今安徽寧國府宣城縣北。

〔勞歌〕謝混《遊西池詩》：「悟彼蟋蟀唱，信此勞者歌。」李善注：「《韓詩》伐木廢，朋友之道缺，勞者歌其事。」

【批語】

對風雨下西樓，情之難堪，蓋有甚於别時者。

【今校】

《全唐詩》卷五百三十八，題中「别」，注「一作客」。「葉」，注「一作樹」。

宋氏林亭

薛能

地濕莎青雨後天，桃花紅近竹林邊。行人本是農家客，記得春深欲種田。

【批語】

真樸。

經汾陽舊宅

趙嘏

門前不改舊山河〔一〕，破虜曾輕馬伏波。今日獨經歌舞地，古槐疏冷夕陽多〔二〕。

【原注】

〔題〕《唐書·郭子儀傳》：「進封汾陽郡王，宅居親仁里。」

〔馬伏波〕《後漢書·馬援傳》：「交阯女子徵側，及女弟徵貳反，於是璽書拜援伏波將軍。」

【批語】

〔一〕起具全神，見山河如故，而恢復山河者憶不堪憑弔也。

〔二〕着意發端，故結句不覺其套。戴幼公《三閭大夫廟》詩「日暮楓林」已落窠臼，亦賴「沅湘流不盡」五字，意在筆先耳。

【今校】

《全唐詩》卷五百五十，「冷」，注「一作影」。

白蓮

陸龜蒙

素蘤多蒙別豔欺，此花端合在瑶池。無情有恨何人覺，月曉風清欲墮時。

【原注】

〔蘤〕烏鬼切，音委。顧野王《玉篇》：「花榮也。」

【批語】

遺貌取神，殆魯望借以自況耶。

【今校】

《全唐詩》卷六百二十八，「端」作「真」，注「一作端」。「無情」作「還應」，注「一作無情」。「何」作「無」，注「一作何」。

華清宮

崔魯

草遮回磴絶鳴鑾，雲樹深深碧殿寒。明月自來還自去，更無人倚玉欄干。

【原注】

〔題〕《唐書·地理志》：「關内道京兆府昭應，有宫在驪山下，咸亨二年，始名温泉宫，天寶六載，更温泉曰華清宫，治湯井爲池，環山列宫室。」按：宫在今陝西西安府臨潼縣南。

〔鳴鑾〕樂史《楊太真外傳》：「上每年冬十月幸華清宫，去即與貴妃同輦。」

〔倚闌干〕陳鴻《長恨歌傳》：「昔天寶十載，侍輦避暑驪山宫，秋七月，牽牛織女相見之夕，夜殆半，上憑肩而立，因仰天感牛女事，密相誓心，願世世爲夫婦，言畢，執手各嗚咽。」

【批語】

物是人非，不堪回首。

【今校】

此爲三首其一。其二云：「障掩金雞蓄禍機，翠華西拂蜀雲飛。珠簾一閉朝元閣，不見人歸見燕歸。」其三云：「門横金鎖悄無人，落日秋聲渭水濱。紅葉下山寒寂寂，濕雲如夢雨如塵。」

淮上與友人别

鄭　谷

揚子江頭楊柳春，楊花愁殺渡江人。數聲風笛離亭晚〔一〕，君向瀟湘我向秦〔二〕。

【原注】

〔題〕《書·禹貢》：「導淮自桐柏。」按：桐柏山在今河南南陽府桐柏縣西南，淮水所出，東流至江蘇淮安府清河縣之清口，與黄河會，東則刷河以入海，南則抵揚州府江都縣，入揚子江。

〔揚子江〕在江蘇揚州府儀徵縣南。

【批語】

〔一〕原評：風笛從楊柳生出，蓋古人折柳贈别，而笛曲有《折楊柳》也。

〔二〕王守溪云：「落句不言悵别，而離情溢於言外。」今按：王鏊，字濟之，吴人，别號守溪，晚更拙叟，學者稱「震澤先生」。生平見邵寶《大明故光禄大夫柱國少傅兼太子太傅户部尚書武英殿大學士致仕贈太傅謚文恪王公墓誌銘》(《容春堂集》續集卷十六)，又見《明史》卷一百八十一。引文見《震澤長語》卷下。「落句」二字原無，「離情」原作「悵别之意」。

臺城

韋　莊

江雨霏霏江草齊，六朝如夢鳥空啼。無情最是臺城柳，依舊煙籠十里堤。

【原注】

〔題〕洪邁《容齋續筆》：「晉宋間，謂朝廷禁省爲臺，故稱禁城爲臺城，官軍爲臺軍，使者爲臺使，法令爲臺格。劉夢得賦《金陵五詠》，故有《臺城》一篇。今人於他處指言建康爲臺城，則非也。」

〔六朝〕見四卷羅隱《金陵夜泊》。

【批語】

原評：送故迎新，柳之常態，詩殆爲唐臣附梁者而發。

和李秀才邊庭四時怨

盧弼

春風昨夜到榆關，故國煙花想已殘。少婦不知歸不得，朝朝應上望夫山〔一〕。

盧龍塞外草初肥，雁乳平蕪曉不飛。鄉國近來音信斷，至今猶自著寒衣。

八月飛霜柳遍黄，蓬根吹斷雁南翔。隴頭流水關山月，泣上龍堆望故鄉〔二〕。

朔風吹雪透刀瘢，飲馬長城窟更寒。半夜火來知有敵，一時齊保賀蘭山〔三〕。

【原注】

〔榆關〕《漢書·枚乘傳》：「昔者秦西舉胡戎之難，北備榆中之關。」注：「師古曰：即今所謂榆關也。」按：在今陜西榆林府西北邊外。

〔望夫山〕《太平御覽·地部》：「《宣城圖經》曰：『望夫山，昔人往楚，累歲不還，其妻登此山望夫，乃化爲石。』」

〔盧龍塞〕《水經·濡水》酈道元注：「盧龍塞道自無終縣東出，渡濡水，向林蘭陘，東至清陘。盧龍之險，峻坂縈折，故有九峥之名矣。」按：塞在今直隸永平府西北。

〔隴頭水〕漢無名氏《隴頭歌》：「隴頭流水，流離四下。念我行役，飄然曠野。隴頭流水，鳴聲幽咽。遥望秦川，肝腸斷絶。」

〔關山月〕吴兢《樂府古題要解》：「《關山月》，傷離别也。」庾信《小園賦》：「關山則風月悽愴，隴水則肝腸斷絶。」按：關山、隴坂，俱在今陜西鳳翔府隴州。

〔龍堆〕《漢書·地理志》：「敦煌郡，正西關外有白龍堆沙。」按：白龍堆，在今甘肅安西州敦煌縣西。

〔長城窟〕《水經·河水》酈道元注：「芒干水，又西南逕白道南谷口，有城在右，縈帶長城，自城北出有高阪，謂之白道嶺，沿路惟土穴，出泉，挹之不窮。余每讀《琴操》，見《琴慎相和雅歌録》云：《飲馬長城窟》及其跋涉斯途，始知信矣。」

〔賀蘭山〕程大昌《北邊備對》：「賀蘭山在靈州保静縣，山有林木青白，望如駮馬，北人呼駮馬爲賀蘭。」按：山在今甘肅寧夏府寧朔縣西北，盤踞數州。

【批語】

〔一〕此即張敬忠「即今河畔冰開日，正是長安花落時」意。今按：即張敬忠《邊詞》。

〔二〕秋景已觸鄉思，況復聽隴水《關山曲》耶？

〔三〕此時更不遑上隴堆望故鄉矣。四首皆開、寶音響，末二絶尤不減龍標。

秋塘曉望

吴商皓

鐘盡疏桐散曙鴉〔一〕，故山煙樹隔天涯〔二〕。西風一夜秋塘曉，零落幾多紅藕花〔三〕。

【批語】

〔一〕曉。

〔二〕望。

〔三〕秋塘。

雜詩

無名氏

無定河邊暮角聲，赫連臺畔旅人情。函關歸路千餘里，一夕秋風白髮生。

【原注】

〔無定河〕《唐書・地理志》：「關内道銀州銀川郡，儒林東北有無定河。」《水經・河水》酈道元注：「奢延水，西出奢延縣，赫連龍昇七年，於是水之北，黑水之南，改築大城名曰統萬。則今夏州治也。」按：奢延水，出陝西榆林府邊外，流逕綏德州米脂縣，又東南至清澗縣，入黄河，以潰沙急流，淺深不定，更名無定河。

〔赫連臺〕《晉書・赫連勃勃載記》：「傉檀率衆追之，勃勃乃勒衆逆擊，大敗之，殺傷萬計，斬其大將十餘人，以爲京觀，號『髑髏臺』。」

〔函關〕《漢書・武帝紀》：「元鼎三年，徙函谷關於新安，以故關爲弘農縣。」按：秦故關在今河南陝州靈寶縣南，新關在今河南府新安縣東北。

【批語】

聲情激越。

後序

是集之役，託始於嘉慶戊寅歲，年來疊次增删，至道光戊子始有定本。初止行間圈點勾勒而已，繼采諸家評語如唐仲言汝詢《唐詩解》、鍾伯敬惺、譚友夏元春《唐詩歸》、馮默庵舒、馮鈍吟班《才調集評》、沈文慤公德潛《别裁集》、紀文達公昀《瀛奎律髓刊誤》及坊間流行之本，而以鄙意附著其間。同學易松濤兆麟見之曰：「奚爲不箋其事實耶？」因檢閲家所有藏書，爲之注，凡再閲月而畢。間覽前人舊注，大半舛訛。古籍相同，反遺前而取後；原書久佚，仍標舊而棄新；文本不屬，任意膠黏，書無其辭，鑿空影撰，游談謬種，適足爲有識者盧胡耳。是編所引，必一一出自本原，詳列篇目，不似他家之販鬻。其字句間有不同者，皆係近日名流校勘善本。至地理，一以漢唐《志》爲斷，而確指爲今之某府縣，有疑則闕焉。美書。

慚巖積日惟牗窺，雖終日趺宕婆娑於文史間，亦祇類漫畫之鳥、蠹字之魚而已。疏誤良多，尚祈博雅正之。乙未春二月二十六日補録竣，時積雨初霽，臨東窗又書。

附《詩人姓字履貫考》

玄宗皇帝

選録詩二首。唐詩至開元而極盛，諸帝詩亦至明皇而始振，今冠於國初詞人之首，尊君也。且以見有開必先，著一代雲爛星陳之休也。

魏　徵

字玄成，鉅鹿人。初爲隱太子洗馬，太宗朝拜諫議大夫，晉侍中，封鄭國公，卒謚文貞。詩一首。

劉希夷

名庭芝，以字行，汝州人。詩一首。

盧照鄰

字昇之，范陽人。初授鄧王府典籤，調新都尉，因風疾投潁水卒。詩一首。

陳子昂

字伯玉，射洪人。文明初，舉進士第，武后授麟臺正字，轉右拾遺，後解官歸。縣令段簡以宿怨，因事收繫，憂憤卒。詩二首。

杜審言

字必簡，襄陽人。舉進士，授隰城尉。武后朝，累遷膳部員外郎。神龍初，坐通張易之兄弟，流峰州，尋入爲修文館學士。詩一首。

沈佺期

字雲卿，内黄人。舉進士，官至考功員外郎，坐贓流嶺表。神龍中，召授起居郎，歷中書舍人，太子詹事。詩三首。

宋之問

字延清，弘農人。武后時，召與楊炯分直内教，坐附張易之左遷瀧州參軍。武三思用事，起官考功員外郎，兼修文館學士。睿宗立，流欽州，旋賜死徙所。詩二首。

張　説

字道濟，洛陽人。垂拱中，策賢良方正第一，歷中宗、睿宗朝，累官中書侍郎。開元初，進中書令，封燕國公，卒謚文貞。詩一首。

張九齡

字子壽，韶州曲江人。登進士第，開元時累官中書令，知政事，卒謚文獻。詩四首。

賀知章

字季真，會稽人。擢進士，開元時遷禮部侍郎，兼集賢殿學士。天寶初，乞爲道士。詩一首。

王　翰

字子羽，晉陽人。第進士，官至駕部員外郎，坐事貶道州司馬。詩一首。

以上初唐十一人。

王　灣

洛陽人。先天進士，開元初，授滎陽主簿，終洛陽尉。詩一首。

張若虛

揚州人。開元時官兖州兵曹。詩一首。

王　維

字摩詰，河東人。開元初，擢進士第一。天寶中，官給事中。兩都陷，爲賊所得。賊平，定罪，以《凝碧池詩》聞於行在，特宥之。授太子中允，遷尚書右丞。詩十九首。

孟浩然

本名浩，以字行，襄陽人。張九齡鎮荆州，辟置幕府。開元末卒。詩九首。

儲光羲

兖州人。開元進士，官太祝，轉監察御史，坐受禄山僞署，貶死。詩二首。

李　頎

東川人。開元中進士，授新鄉尉。詩三首。

崔　顥

汴州人。開元中進士，歷官司勛員外郎。詩四首。

王昌齡

字少伯，江寧人。第進士，復中宏辭科，授汜水尉。以不矜細行，貶龍標尉。詩四首。

常　建

開元進士，大曆初官盱眙尉。詩三首。

高　適

字達夫，滄州人。舉有道科，歷官淮南、西川節度使，内轉左散騎常侍，封渤海縣侯，卒贈禮部尚書，謚曰忠。詩五首。

岑　參

南陽人。天寶中進士，累官右補闕，歷起居郎，至侍御史，出爲嘉州刺史。詩十一首。

王之涣

并州人。仕履未詳。詩一首。

崔國輔

吴郡人。開元時官許昌令，累遷集賢直學士，禮部員外郎。詩二首。

崔　曙

宋州人。開元中進士第。詩一首。

殷　遥

句容人。天寶間忠王府倉曹參軍。詩一首。

丁仙芝

曲阿人。開元時進士，官餘杭尉。詩一首。

張　巡

南陽人。第進士，官真源令。禄山反，與睢陽太守許遠嬰城固守，經年乏食，城陷遇害。詩一首。

賈　至

字幼鄰，洛陽人。擢明經第，歷官中書舍人，知制誥，累封信都縣伯，終散騎常侍。詩一首。

張　謂

字正言，河南人。登天寶進士第，大曆中，官至禮部侍郎。詩一首。

李　白

字太白，蜀人，涼武昭王暠之後。天寶初，以賀知章薦，詔供奉翰林，還山。後坐永王璘事，流夜郎，會赦還，依當塗縣令李陽冰。代宗立，以左拾遺召而已卒。詩二十九首。

杜　甫

字子美，襄陽審言孫。應舉不第。天寶末，獻《三大禮賦》，授右衛率府參軍。屬京師亂，肅宗靈武拜左拾遺，以直言出爲華州司功參軍，久之補京兆功曹，道梗不赴。劍南節度使嚴武表爲參謀，檢校工部員外郎，旋棄去，扁舟下荆楚，間寓居耒陽，卒。詩四十九首。

金昌緒

臨安人，仕履未詳。詩一首。

以上盛唐二十三人。（今按：實止22人，詩150首）

劉長卿

字文房，河間人。開元末進士，至德中，官鄂岳觀察使，爲吴仲孺奏貶，後終隨州刺史。詩七首。

錢　起

字仲文，吴郡人。登天寶進士第一，授秘書省校書郎。大曆中，官考功郎中。詩三首。

郎士元

字君胄，中山人。天寶末進士，寶曆初，詔補渭南尉，終郢州刺史。詩一首。

韋應物

長安人。歷仕爲滁州刺史，調江州，擢左司郎中。貞元初，復出爲蘇州刺史。詩一首。（今按：實有五首）

李嘉祐

字從一，趙州人。天寶中，擢第，授秘書正字。大曆時，刺袁州。詩一首。

皇甫冉

字茂政，丹陽人。擢天寶進士第一，授無錫尉。大曆時遷左拾遺，終右補闕。詩一首。

劉方平

河南人，隱居不仕。詩三首。

韓　翃

字君平，南陽人。屢辭幕府。建中初，除駕部郎中，知制誥，終中書舍人。詩一首。

盧　綸

字允言，河中蒲人。大曆初，舉進士不第，以元載薦，累遷監察御史，終檢校户部郎中。詩五首。

司空曙

字文明，廣平人。登進士。貞元初，官水部郎中，終虞部。詩二首。

張　繼

字懿孫，襄州人。天寶末進士，大曆時官祠部員外郎。詩一首。

張　潮

潤州人。大曆中處士。詩一首。

耿　湋

字洪源，河東人。寶應進士，官右拾遺。詩二首。

李　端

字正己，趙州人。大曆進士，初授秘書郎，後爲杭州司馬。詩一首。

顧　況

字逋翁，海鹽人。至德進士。德宗時，官著作郎，坐詩語調謔，貶饒州司户參軍。詩一首。

戎　昱

荆南人。登進士第。建中時，官辰、虔二州刺史。詩一首。

李 益

字君虞，姑臧人。大曆中進士第。憲宗時，官集賢殿學士，太和初以禮部尚書致仕。詩五首。

嚴 維

字正文，山陰人。至德時，擢辭藻宏麗科，歷諸暨、河南尉，終秘書郎。詩一首。

陳 潤

大曆間人，坊州鄜城令。詩一首。

于 鵠

貞元時人，隱居漢陽。詩一首。

戴叔倫

字幼公，金壇人，劉晏掌鹽鐵，表主管湖南，歷撫州刺史、容管經略使。詩三首。

韓　愈

字退之，南陽人。擢進士第，署推官，調四門博士，遷御史，歷史館修撰，知制誥。元和末，累晉刑部侍郎。諫迎佛骨，黜刺潮州，移袁州。召拜國子祭酒，會鎮州亂，詔往宣撫，以兵部侍郎行，還轉吏部。卒，贈禮部尚書，謚曰文。詩四首。

柳宗元

字子厚，河東人。貞元初，登進士，舉博學宏辭科，授集賢殿正字，遷監察御史裏行。善王叔文，擢禮部員外郎。叔文敗，貶永州司馬，終於柳州刺史。詩八首。

劉禹錫

字夢得，中山人。登貞元進士，博學宏辭二科。始附王叔文，擢屯田員外郎。憲宗立，貶朗州司馬，久之，刺播州，易連州，徙夔州、和州。入爲主客郎中，進集賢直學士，出刺蘇州，遷太子賓客。會昌中，檢校禮部尚書。詩七首。

張　籍

字文昌，和州人。第進士，爲太常寺太祝。韓昌黎薦，歷水部員外郎，終國子司業。詩四首。

王　建

字仲初，潁州人。第進士，授昭應丞。歷侍御史，出爲陝州司馬。詩三首。

孟　郊

字東野，武康人。登進士第，授溧陽尉。詩三首。

賈　島

字浪仙，范陽人。初爲浮屠，名無本，後返初服。文宗時，官長江主簿。詩三首。

李　賀

字長吉，系出鄭王後，家於昌谷。避父晉肅諱，不舉進士。年二十七，以太常協律郎卒。詩一首。

元　稹

字微之，河南人。元和初，應制策第一，歷官同中書門下平章事。太和初，拜武昌節度使。卒，贈尚書右僕射。詩一首。

白居易

字樂天，下邽人。第貞元進士，歷官翰林學士。以言事貶江州司馬，入爲主客郎中，知制誥，出爲杭、蘇二州刺史。文宗立，召遷刑部侍郎。開成初，改太子少傅。會昌初，以刑部尚書致仕，稱香山居士。卒，謚曰文。詩四首。

李　涉

字清溪，洛陽人。憲宗時，試太子通事舍人。太和中，爲太學博士。詩一首。

施肩吾

字希聖，睦州人。元和中進士，隱西山不仕。詩一首。

張　祜

字承吉，清河人。卜隱丹陽曲阿地。詩二首。

張仲素

字繪之，河間人。憲宗時，官司勛員外郎。詩一首。

劉采春

越州妓。詩三首。

以上中唐三十六人。

杜　牧

字牧之，萬年人。太和進士第，復舉制科，歷官司勳員外郎。乞刺湖州，徵拜考功郎中，知制誥，遷中書舍人，有《樊川集》。詩五首。

李商隱

字義山，河内人。開成初，進士第，授弘農尉，擢侍御史，檢校工部郎中，自稱玉溪子。有《樊南甲乙文集》。詩十五首。

温庭筠

本名岐，字飛卿，太原人。大中末，以上書授方山尉。徐商知政事，奏授國子助教。詩八首。

許渾

字用晦，丹陽人。太和進士第，大中初，官監察御史，歷睦、郢二州刺史，有《丁卯集》。詩三首。

薛能

字大拙，汾州人。舉進士，累官工部尚書，節度徐州。詩一首。

馬載

字虞臣。會昌進士，授龍陽尉，終太學博士。詩二首。

趙嘏

字承祐，山陽人。會昌進士，大中間官渭南尉。詩三首。

劉綺莊

毘陵人。初官崑山尉，宣宗時爲州刺史。詩一首。

劉駕

字司南，江東人。大中進士，官國子博士。詩一首。

唐彦謙

字茂業，并州人。咸能中進士，官閬、壁、絳三州刺史。詩二首。

陸龜蒙

字魯望，蘇州人。舉進士不第，隱居松江甫里，自稱「天隨子」，亦號「江湖散人」。詩一首。

崔魯

一作「櫓」。大中時進士，官棣州司馬。詩二首。

杜荀鶴

字彦之，池州人。大順初，擢進士第二，歷官翰林學士，主客員外郎。詩一首。

李　頻

字德新，壽昌人。大中進士，歷都官員外郎，出爲建州刺史。詩一首。

李昌符

字巖夢。咸通進士，歷膳部員外郎。詩一首。

崔　塗

字禮山，江南人。光啓中進士。詩二首。

羅　隱

字昭諫，新登人。自號江東生，十上不第，依吴越錢鏐掌書記，奏授司勳郎。詩三首。

鄭　谷

字守愚，袁州人。光啓初擢第，乾寧中官都官郎中。詩一首。

吴　融

字子華，山陰人。龍紀時進士，歷官中書舍人，進翰林學士承旨。詩一首。

韓　偓

字致堯，萬年人。龍紀進士第，歷官中書舍人，遷兵部侍郎，進翰林承旨，自號「玉樵山人」。詩二首。

韋　莊

字端己，杜陵人。乾寧初進士，授校書郎，後仕蜀王建，至吏部侍郎同平章事。詩四首。

于　鄴

唐末進士。詩一首。

盧　弼

唐末登進士第，以祠部員外郎知制誥。詩四首。

沈　彬

字子文，高安人。唐末應舉不第，仕吴爲吏部郎中。詩一首。

吴商皓

里貫未詳。詩一首。

西鄙人

詩一首。

無名氏

詩一首。

以上晚唐二十七人。

附録一：鄒美中傳

鄒美中，字聖贊，號華亭，别號西林山人。試用訓導振讓之子。家於西林山之陽，因自署「山人」云。山人甫成童而孤，能讀父書。弱冠試第一，補弟子員，久乃食餼。年三十，即謝棘闈，楗户課子，時藝外，壹肆力詩、古文詞，兼擅考證之學。訓二子崇泗、崇漢，亦皆以第一食餼，漢後首列鄉薦。

山人性耽書，儲十三經、二十二史，下逮脞説叢談，不下數萬卷。日坐二分竹屋中，丹黄不去手。嘗有句曰：「聚書三十年，讀書三萬卷。有如蠹簡蟲，形骸幾時變。積沫不成篆，食字不成仙。生死於文字，永結未了緣。」山人可謂樂此不疲者矣。

讀書事事求是，不以人之説蔽己，尤不以己自蔽於經義。有《八家同井辨》《祫禘辨》。韻學尤深，所撰《古韻今韻表》，判時代以定音，啌嗟以出切。凡舊韻「乖關瓜臻莊簪」之附二等者，改列一等；「責」字之隸照母者，改隸精母；「楚」字、「策」字之隸穿母者，改隸清母；「衰」字、「所」

字、「删」字、「生」字改隸心母；「雖」字改隸審母。其一出一入，具有心得之妙，昧者觀之，茫如也。

于鳥獸蟲魚辨核無遺力。鶺鴒鵙鴂，笑《本草》之不分；蛞蝓蚰蜒，詆《字通》之誤合。鸜鵒爲《鵲巢》之鳩，證以《古今注》而益信；桑扈爲竊脂之鳥，得諸目驗而疑始決。更因《淮南》「蜚蛩」，而悟《周本紀》「飛鴻滿野」即今之蝗蝻，實前人所未剖者也。易司訓湘巖言里有白犬，夜輒飛入人家，逐之即隱。山人曰：「是名猭子，能攝人精氣者，見於《浮山外史》《通雅》。」檢之不謬。安邑李上舍鳴盛，言邑之後湖，有物牛首，昂出水上，目炯炯然。市人噪而觀之，三日始去。山人曰：「此《埤雅》所載『龍有九似而首如牛』者，蓋蛟螭之類，水祥也。」其貪奇多識如此。旁通天官家言，製有中星儀、星漢平儀，辨古今之垣宿，考中西之異同。每暑月露坐，指某星某部分，歷歷不爽云。著述凡十餘種，載《藝文志》書目中。

自時藝盛而古學荒，漢唐箋疏相棄若土苴。山人獨能旁搜遠紹，非真讀書人不及此。故終歲所入，悉購異書。有餘則散之親故，無慮三千餘緡。其弟壁中歲歉，輒舉粟百餘石予之。築淤泥垸塾八百金，立社約以訓化鄉里，使相友愛扶持。胥由天性醇厚，復從書籍醖釀而出，非豪俠者可比也。卒之日，邑人士輓云：「訓俗型方，一鄉善士；著書立説，尚友古人。」嗚呼！盡之矣。（同治《公安縣志》卷六《人物志》上）

附録二：鄒美中詩文摭遺

藏書記

余性嗜書，每試輒購數篋以歸，邑業制舉者，咸目笑之。余竊以之自多，人事之弗知，饑寒之弗恤，晦明風雨，手一編不輟也。漫畫之鳥，蠹字之魚，大都類是。書舊藏西林山房，懼其散遺，移於宅之西廂。室數椽，不能容。兒輩議改藏他所。余方疾，聞之，謂與其藏之，無寧散之。率愕眙，謂：「是病中寱語也。」余招而進之，曰：「士豔心於科名久矣。副墨之子，挾兔園策數種，會逢其適，亦能掇巍科、負大名以去。而余也窮年兀兀，妄希稽古之榮，神疲力盡，究竟何裨？猶憶十年前，偕友人夜坐縱談。酒酣耳熱，悵江河之日下，迴狂瀾而無從。友人曰：『君果欲階何科目也？今之士類，皆章句之外無學術，帖括之外無文章，應酬之外無經濟。然非是而望針芥之相合，難矣！子顧嘘秦坑之冷灰，蠹漢臺之殘簡，所學非所好。吾惜操瑟而來者，不早挾瑟以去耳。縱有汲冢，誰搜竹書？何如百城，徒擁萬卷。吾子休矣！』吾思之，吾重思之，覺其言有足以警余者。且夫古今猶旦暮也，白頭可期，汗青無日。一邱之貉，恐終不免爲所噉盡。異時能致青蠅，作弔客否耶？故曰：與其藏之，無寧散之。」

兒輩曰：「是固然。然若大人言，則與其散之，終不如藏之之爲愈也。屈指而計，吾邑之業制舉者衆矣。數十年來，要未見一人掇巍科、負大名以去也。抑又聞學古而遇知己，得則俱得，否則尚有一得焉。其弗信乎？」予曰：「有是哉！而乃見及此哉！」甫再欲有言，聞剥啄聲甚厲，則故人李春溪踏雪來圍爐話舊。偶及之，春溪因言：「江陵居停主人，藏書甲一邑。然吾聞其牙籤萬軸，縹緗燦如。而竟至今新若手未觸者，則又何也？」（同治《公安縣志》卷八）

重修宫保懷白公故第碑

邑城舊瀕大江。明崇禎末，宫保懷白公疏遷今治。其東北隅，公之第在焉。道光十二年，江決上游，水下注城，不没者三版耳。瀾安後，濟南焦明府，今郡司馬牧銓先生奉檄飭修墉堞之頹圮者，時有啗宫保公後裔，以重金鬻公之基於官爲射圃，且毁垣甃城，獲十鎰。先叔父梅軒公慨焉，題詩敗壁，有「王謝舊時雙燕子，銜泥猶傍古墻頭」之句，託意深微，匪第傷心於野草夕陽已也。會司馬佐郡日過此見，駐車徘徊者久之。已而仰屋歎曰：「是非當年遷城，以固國衛民者耶？今金墉鬱其萬雉而已，顧不能享此一片土。高臺曲池，詎堪憑弔？其以宅歸鄒氏，值勿取。」嗚乎！武子清風，惟餘片石；萊公祠宇，莫問竹林。每覽昔人生長之區，嘯咏釣遊之所，大都歌舞既歇，荆棘生焉。更數十百年，欲求遺蹟之所在，而碎瓦斷甓，徒髣髴於泠露荒煙間，既已蕩爲邱墟隴畝矣。設有好事，如李子蘭之於漢陽園圃，雖世遠年湮，漠不相關之人，猶將感激欷歔而不能自已，況爲吾宫保公之子孫乎哉？且夫有功烈於民者，皆在祀典，而崇鄉賢以慰士民之謳吟，則良有司事也。惟宫保爲民人捍萬世之患，而奠厥攸居。惟司馬爲國家酬勤事之勞，而有基勿壞。惟吾族人士念立德立功之大，興肯堂肯構之思，則今之庀材鳩工，因舊第而斵礱之，黝堊之，祀宫保亦以表司馬也。抑吾猶有慨焉！宫保公五世祖太子少保、户部尚書莊簡公第臨邑之白蓮湖，府縣圖志所謂「白蓮莊」者，久爲里人所據。其子孫弗能有，亦更無表宅里如司馬其人。門户之故，一廢一興，能無爲之悲喜交集也哉？瞻堂中之俎豆，弔湖上之煙波，後之覽者，尚有感於斯文。（同治《公安縣志》卷八）

道光壬辰大兵南下道經公安

妖星耿耿射天狼，羽檄飛來自鬼方。萬馬奔騰塵不斷，將軍昨夜發襄陽。